汇镇人物传

吕　杰　著

中国文联出版社
http://www.clapnet.cn

图书在版编目（CIP）数据

汇镇人物传 / 吕杰著 . -- 北京：中国文联出版社，
2018.8（2023.3 重印）

ISBN 978 - 7 - 5190 - 3832 - 8

Ⅰ.①汇… Ⅱ.①吕… Ⅲ.①中篇小说—小说集—中
国—当代②短篇小说—小说集—中国—当代 Ⅳ.
①I247.7

中国版本图书馆 CIP 数据核字（2018）第 173390 号

著　　者　吕　杰
责任编辑　周小丽
责任校对　李海慧
装帧设计　赵　静

出版发行　中国文联出版社有限公司
地　　址　北京市朝阳区农展馆南里 10 号　　　　邮编　100125
电　　话　010 - 85923025（发行部）　　　　　85923091（总编室）
经　　销　全国新华书店等
印　　刷　三河市华东印刷有限公司

开　　本　710 毫米×1000 毫米　　1/16
印　　张　15.75
字　　数　203 千字
版　　次　2023 年 3 月第 1 版第 2 次印刷
定　　价　78.00 元

序　言

　　我是一个对表达事物迷茫的人。有时静观沉思，写作本身不就是作者满怀着对自然与生命的崇尚，去摹写它吗？这样一来，如何表达，最终就取决于表现对象的本体了。因此，语言的语境之宽广，并没有不能表达的事物，好像也没有固定的模式了。语言构架只是不断对表达对象做一个适时调整的过程。随着人们对其自身以及所处外部世界的认识，文学表现方法正层出不穷，并不断推陈出新。纵然回首，而唯一永恒的竟是我们对描绘对象自然与人的虔诚和敬畏。或许，写作真实的努力，就是考量各种方法，并从中选取合适的表现构架，最终直达自然与人的内核。以上便作本文集的序。

目　录

一、母　亲

一时间，就急急盼望着晴好的天空。那积压在机场跑道的音波，能纵身穿透云层，带着那撕裂的啸叫，划向蓝色的苍穹，飞翔在大地与白云之上。

那女性的声音，带着亲切、带着安慰，更带着对自然极端气候的无奈："乘客们，你们好，台风还将持续，请耐心等候！"接着是许多道歉的言语。

天空永远是这样深不可测。人们站在宽敞的候机大厅，看见很大的雨点，打在巨大的弧形的观光窗上。它发出的声响，像在极遥远处的爆竹声。然后，那淅沥沥的雨水流下来，却像白净美人脸上的泪一样，慢慢地滑落。

我看见机场候车厅外的大巴车。女售票员呼喊着，她正分流一批滞留的旅客，让他们转到周边另一座城市登机。我便在分流的人群中，我想：这下一定会经过日照湖畔的家。

好像已经许多年了，人总是在高空飞翔：上海、东京还有纽约。有时，我在极高速的旅行中，梦想着自己能在高空停一下，看看眼底已经模糊的山村与湖泊，那是自己小时候跑过的林海、漂游过的水面。

今天，顺应天象，我就破一次例，让行程辗转一下。

大客车在高速公路上飞驰，这相对于航空旅行是很慢的速度。

一刹那，云层慢慢向四周退去，淡淡的天雾弥散，偶尔，露出纯蓝的天空，太阳瞬时把明亮的光辉投向湖面。而远处的天空还有雷与闪电。

曾经熟悉的小船出现了。女人穿着白底玫瑰红的衣裤，她慢慢地把长长的竹篙升到空中。爷爷就坐在船头。他还像我离家时一样，抽着水烟，沉默不语，望着混浊的水面。淡黄色的水像浅海的潮起伏着。女人半侧着身，已经能看见她湿漉漉的发，那发梢依然贴着深红色的脸颊。我在车厢里屏住呼吸，暗暗地呼唤："妈妈！"

我知道，奔驰着的汽车发动机正在轰鸣，远方还有雷声，她不可能听见儿子在较远的高速公路，那密闭的车厢里的呼喊。但仿佛有一种天生灵性，我看见母亲整个身子在颤抖，她竟回头，朝着高速公路上我坐的这辆客车望来，并凝视。我想，她一定看不见茶色玻璃窗内她的儿子。但她一定能想象出她儿子的模样。

毕业以后的工作，我总是在空中飞，竟没有时间回家，更没有相对这么近地看着我的母亲。她继续把竹篙升到高空，然后，慢慢把它插入并不很深的湖泊边缘的水域。我看得出来，她是在用力，她是在拼搏。

在前行的客车中，母亲撑篙的影子，那白底玫瑰红的衣裤渐渐模糊了。是速度、是距离，也是眼中我的泪花。天空那刹那间开启的云层，又慢慢地合上。就像一道梦幻影子消失了。

另一个城市的机场隐约可见了。我又重新听见女播音员的声音，"乘客们，你们好，U1988航班就要起飞了，请还没有登机的旅客，抓紧时间……

但此刻，我有些恍惚，眼前还是湖泊、小船和云雾间的日光。我在心里想着，甚至呼喊着……

当这次环行世界的旅程完成之后，我一定回到那童年，和母亲一同牵着手，再一次走过湖畔、再一次走过白桦林，我会在芦苇花丛里对着母亲喊："妈妈，儿子回来了！"

二、萍姑娘

那些年，每天放学后，沈萍赶到家里，就是照顾脑瘫的弟弟。

弟弟在床上流着口水，沈萍就拿着半湿的毛巾给他擦嘴。最让人费劲的，就是清理大小便的时候。虽然弟弟智力没有长进，但体重增加很快。沈萍抱着他翻身，已经很吃力了。沈萍的母亲，在附近一家机床厂工作，是要三班倒的。沈母有空时，和女儿一起做，这样沈萍就感觉轻松些。母亲看着就要毕业的女儿，问她："累不累？"沈萍有时觉得手脚特别酸疼，但她也只能对母亲笑道："不累的。"

沈萍毕业后，到一家纺织厂上班，每天也要倒班，她就比较发愁弟弟的事情。街道主任赵阿姨曾来过沈萍家几次。第一次，赵阿姨说可帮忙介绍保姆，而且所有介绍的保姆，因为有主任的面子，都开价不高。沈萍母亲也豁出去了，她看看小背心上汗淋淋的女儿，想：萍儿父亲过世得早，就当萍儿还没工作吧，用萍儿的工资养个保姆，工钱不超过女儿的收入，还是能承受的。

请来的保姆，有年长的大妈，也有和沈萍差不多大的姑娘。但进了沈家筒子楼的门，就能闻到弟弟身上一股怪味道。有一个来应聘的保姆，还热心地走上床前，推了一把正躺在床上憨笑的弟弟，她感觉到一个很沉、很重的身子，来应聘的保姆差点闪到腰，她很不好意思，和赵家母女俩打着招呼道：实在做不了的。

　　街道主任赵阿姨第二次来沈萍家，是想给沈萍介绍一个男朋友。沈母觉得女儿大了，也该到谈婚论嫁的年龄，但一谈到这件事，沈萍就一个人独自坐在弟弟的床边，望着窗外发闷。弟弟洗净安顿好，吃喝拉撒完了，就是一个很可爱的孩子。他喜欢侧着身，在墙上画些古里古怪的画。那些画没有什么想要表达的具体形状，是让正常人看似云，又像马，又类似蛇的奇怪线条组合。沈母想到一旦女儿出嫁，自己和儿子怎么办？想着就要落泪的。

　　来沈家的男青年是一个老实本分人，还没有与沈萍见面，就知道沈家尴尬的境况了。这种情况又让街道赵阿姨担心：家里负担这么重，是没有人愿意娶沈萍这个闺女的。但沈萍却不以为然，她想：如果男孩真的接纳不了本人家庭的现状，自己就算守着母亲，还有脑瘫的弟弟一辈子，又怎样？

　　沈萍自己也喜欢弟弟在墙上的涂鸦。她照顾躺在床上的弟弟累完了，也发傻地看着墙上的画，像是获得了心理补偿。

　　那天，沈萍起得比较晚，也许是前一天工作劳累的缘故，她像照顾婴儿一样，给弟弟梳洗清理完毕，喂了饭后，发现上班的时间近了，自己连吃饭的工夫都没有了。这天她穿着乳白色的毛线外套。毛衣是沈姑娘自己新打的，穿着时胸部曲线丰满。沈萍急忙冲向纺织厂大门，顺便就在路边小吃摊点买了一份糯米包油条。她正准备离开摊点，一个穿着很绅士、头发梳得很顺亮的男生忽然打了个喷嚏，把口中的豆浆喷到沈姑娘的毛衣上。沈萍厌恶地皱皱眉，瞪了男青年一眼。很奇怪，当时沈萍觉得，她每天都被弟弟口水喷吐在自己身上和脸上，一点不会感到什么怪异，但这个男青年却让她情绪很不好。

　　到了下班时间，沈萍还一直感到脖颈上有残留着的异味。她打算到家后，晚上先好好洗个澡，把毛线外套换掉。沈萍刚出厂门口，她发现有一个男孩子，在等着她。

这个叫小林的男孩，就是早晨那个很绅士的男生。但是，早晨这男生意外的举动，却让沈萍觉得他不那么绅士。男生拿了一件新的同样是乳白色的风衣在等她，说是对沈姑娘的赔偿。沈萍当时没有理会他。

晚上，沈家母女俩把弟弟浑身上下都清理一遍后，沈萍愤愤地把乳白毛线外套扔到洗衣机里。沈母很愧疚，她并不知道沈萍今天为什么闹情绪，她想：按照女儿这个年纪，应该是天真烂漫的，至少她应该有很多时间和同龄的女孩子一起看电影，逛公园，去商店的。沈母怕女儿有什么埋怨自己或者想不开的地方，沈母道："你要是有什么怨，就跟妈说……"

沈萍擦擦躺在床上弟弟流的口水，说："妈，你想多了！"

沈萍想跟母亲说一下早上的事情，但话到嘴边又咽下去了。

第二天一早，沈萍到厂门口时，发现那男生还在大门口伫立，他手上托着那件乳白色的风衣。虽然沈萍没有理会这个男孩，但她发现，自己心里已经没有昨天厌烦这男生的情绪了。沈萍抬着头，眼光直看前方，有些高傲地从小林身旁走过。小林也没有跟着沈萍，只是默默看着姑娘，从身边擦肩而过，然后是背影。对沈萍来说，这种有些傲慢的神情，让她心里产生一丝快感。这是沈萍过去所没有的感觉。原先街道赵阿姨在给她介绍对象时，她也见过几个男生，一想起自己的家境，女孩子就有一种卑微感。沈萍这时感觉到，这高傲的报复给自己心理带来了宽慰。

第三天到第十天，就一直是这样了。当进入第十一天时，沈萍在纺织厂门口本能地朝早点小摊旁的柳树下望去，她心里忽然感到一种惆怅和空无。她没有看见拿着乳白色风衣的男生。回到家里，她竟有些魂不守舍，打坏了一个碗，打翻了一只痰盂。沈萍有些后悔自己这么多天，连话也没与那小伙子说一下，头都没点一点，更不要说问候一声早上好，什么都没有！沈母摸着女儿的头，又摸摸自己额头，问闺女是不是头痛或是发烧，但女儿额头温度还正常。

这一次，沈萍向母亲发了脾气，道："妈，你别管我！"沈母觉得这是从来没有的事情。

不过没过两天，街道赵阿姨来沈家，她又要给沈萍介绍对象了。这一次，赵阿姨与前几次有所不同，讲了那个男孩子的许多好处。沈萍也与前几次不同，她有些淡淡的伤感，两只眼木愣愣的，好像一个木偶，准备听从母亲和媒人摆弄。

沈萍要与赵阿姨介绍的男友见面。约会的地点不是在公园，就在离自家住的筒子楼不远处公路边水塘的湿地。此时，杨柳絮满天飞舞，就像雪一样的。这个约会的地点，让沈母与赵阿姨看，一点也不浪漫。

在时间上，沈萍是卡着准点去的。远远的，沈萍看到一个手拿乳白色女式风衣的男孩。这不就是小林嘛。她心里有些暗自庆幸，竟有这样一个男孩子执意追着她。但沈萍开始脸上并没有笑容，只平淡地看了人家一眼。

双方第一次的别离很快就到了，这时沈姑娘有了淡淡的笑意，在小伙子看来很美。小林执意要把沈萍送回家，沈萍没有拒绝。在沈家的屋门口，就能闻到一股怪异的味道，沈萍说对小林说："你走吧，我到家了……"

小林道："你家的情况我是知道的！"

当沈母回来时，看到小林在帮女儿，他俩一起给脑瘫的弟弟翻身。家里散发着一股奇怪的香味，像是百合花的香水味，弥漫四壁。小林在喊："我看，今天小弟弟画得很好，他画的是风！"

三、婧姐姐

春天的早晨，太阳刚刚露脸，山洼间树木的水珠还挂在叶片上，没有消散。一个穿淡褐色咖啡大衣的女孩子站在那儿，她的目光没有什么表情，看着坟头。云雀站在还没发芽的树枝上，静静地歪着头看。一个上了岁数的女人，刚从一种悲怆中缓过，她咬了咬牙，拉了拉身边的女儿，声音不太大，但很坚定道："走吧！"

婧姐的父亲是一个快乐的人。婧姐一家是我家对门的邻居。婧父在机床厂做技工，车、刨、洗床样样操作熟练，精通修理。婧父原来是个大胡子，但自从找了婧母结婚后，每每出门逛街、上班都把胡子清理得干干净净，看上去就像奶油小生一样。

在机床厂的平房宿舍，两排房子之间距离狭窄，长条卵石小路背着瘦直的电线杆，一头通向远方青山，一头连着机床厂的大门。下班后，婧父走在下班回家的路上，我和婧姐从两街道正对的巷口，突然蹿出，一个人先用手扶着婧父的腰，然后是腋窝，等放倒婧父后，另一个人用小手蒙住他的眼睛。现在看来，他一定是佯装倒下的。他用有些中性的尖嗓子叫："靖娃，京娃呢！"

有时我们这些动作，让在家门口水池洗衣的婧妈看见了。她毛衣袖口挽起，露出白生生的手臂，手指红通通的、水淋淋的，便跑过来，一只手揪着一个孩子的耳朵，然后就拽，继续向前小跑。靖妈是怕两个孩子胡闹，会闪着靖父的腰。我和靖姐嘴歪着，一直尖叫。靖父有时就向靖妈发脾气道："孩子嘛，闹闹有什么关系！"

大约过了半年，大人与小孩的这游戏就结束了。也许我与靖姐个长高了，人就变得不很活泼了。刚上初中时，我们一同走在上学的路上，我拉着靖姐的手脸就红，有些紧张。听班上的议论，男女同坐在公园的条椅凳上，就能生娃娃呢，很奇怪的论调，但同学都相信。一天晚上，天都很黑了，星星在夜空中闪烁。那时，我父母出差，去祖国西南苗寨山区支援那里的军工厂了。奶奶从苏北农村赶到机床厂的宿舍房看护我。因为需要问课堂作业，我就跑到了靖姐家。是不是真有必要，很难说。我不是有心眼的人，但那时，男女中学生交往，都是以询问作业为由。

屋内灯光有些暗，机床厂的工人不是用不起电，而是都想着为厂子多节约一些电，大瓦灯都换成了小瓦灯。但没想到，他们的子女大了以后，基本都戴上了眼镜，平心而论，当时家庭作业与现在学生比，是很少的。靖姐看着我，竟然，她脸也红了。我像第一次刚认识大姑娘靖姐似的，不知从哪儿说，怎么说话了。望着她白炽灯下圆圆的脸蛋，以及略略隆起的胸，被粉红色的毛衣裹着。靖父的眼神有些疲惫的样子，在他手上，正车着东方红一号卫星的一个重要的部件。他也会木工活，坐在自己打的一个写字台上。那写字台尺寸比一般家具店的要长些、宽些，靠着北面的窗子摆着。台桌上放着卫星部件的图纸，后来成了他的珍藏。但他手里，还写着批评自己思想不能进步的检讨。

他知道家里有人来，便转过身。我看见靖父竟然留了络腮胡子。他见了我，一下变得很开心，好像我和靖姐还是一个幼儿园的玩伴一样，他的外表与当年奶油小生的样子不能比了，但他的声音还是一样的，带有中性的尖嗓音，他笑着说："靖娃，京娃呢！"然后又反过来说，"京娃，靖娃呢！"

靖妈有些不高兴道："孩子都大了，你愈来愈没正经话！"

靖父并没有理会这些，很认真地站起身，放下笔，然后，让我和靖姐一齐到他身边，让我俩背靠着背给我们比高矮。我的背靠着靖姐的背，很温暖，我的血一下沸腾起来。我和靖姐一直是同龄班，靖姐就比我大两个月。从幼儿园到高中都是同班，小时候，我还从她手里抢小凳子，我伸手抓过一次她的肩膀，她疼得哭了。最后，我又把小凳子还给她。那时，我的个子比靖姐还矮一些。现在经过靖父一比画，我比靖姐高两个手指头了。靖父满意地点点头，说："男孩子还要长！"

又有一天晚上，天空晴朗，也没有月亮。各家收音机里，都播放着东方红一号卫星划过太空的实况。我和靖姐一家都出了平房，站在离平房不远的旷野，仰望凝然不动的星群，看着有一颗星星划过，然后消失。靖父带我们向天空指了指，道："那就是东方红一号！"

紧接着，靖父投入一项数控机床的科研任务中，每天都很晚才到家。那一段时间，我躺在床上，半夜被小便憋醒，如碰巧，就能听到街对面传来木门"吱呀"开门的声音。

有一天早晨，天蒙蒙亮，是已经入冬的时节，我半睡半醒地，被子里面真暖和，能听到奶奶小脚踩着水泥地，轻轻震动地坪的声音。奶奶慢慢掀开我的棉被，一股寒气直逼我的脖颈。我知道奶奶又要喊我起床了，但今天是星期天，应该睡到自然醒才是。奶奶俯下她胖胖的身子，道："邻居的靖父走了！"

"走就走了呗！"我反感奶奶打搅我迷糊的梦。机床厂的人，不都有东奔西跑的时候？

"是，死了！"奶奶补充道。

一下我脑子里闪现出微笑的靖父，也闪现出疲惫的靖父，但昨天看上去还好端端的人，怎么就……我穿衣起来时，打开家门，看到街道黑色的灵车，手臂带着黑纱的靖姐和靖妈。

　　静静的小山洼，靖母要带着女儿回涪陵老家了，我不能跟她们一起去。云雀一声叫，一下从枝头上跃起，纵身飞向旷野的空中。靖姐跟在母亲身后，她那长长的头发披到了腰间。随着风在轻轻舞动。淡褐色咖啡大衣的绒毛白领，也被吹成一个个小窝点。忽然，她回过头，嘴唇动了一下，但并没有发出声音。

　　我站在山洼的风口，没有动。母女俩快出山谷时，忽然靖姐又回头，这时，我已看不清靖姐的五官。靖姐伸直了手臂向我用力摆了摆。我想喊，但也无法出声，我也伸出手臂，向靖姐拼命地摆动。

四、大妈舞

今晚跳舞的广场很静，翟大妈从家里出来，一开始心情是很好。昨天，翟大妈打发女儿和女婿又回到自己所在的小区，小外孙的感冒也是折腾了一个多星期才好的。翟大妈有一个多月没见到小外孙，亲家是专程从北大荒赶到本市看孙子的。亲家见了小孙子，像见了自己上辈的祖宗，哄着拍着同呵护冰淇淋似的。亲家们相互会过一次面，小孙子被奶奶抱在怀里，一个劲儿亲。做爷爷的一会儿就用手指在小孙子脸蛋、腋窝处挠上两下，搞得小孙子似笑似哭的。

小外孙是翟大妈一把屎一把尿带到现在两岁的。他不认生，或许是爷孙间的天性，那与爷奶亲热劲让人能说什么好呢？去玄武公园，去栖霞古寺，阳光晒、风里吹、雨里走。小外孙还挺争气，爷奶在时个把月也不生病。他俩一上高铁回北大荒，小外孙当晚上就发烧，即刻就赶到医院挂水，翟大妈是日夜看护。小外孙出院后，大妈的女儿、女婿一来为减轻老人的负担，二来还是不放心虚弱的孩子，就根据单位工作情况，断断续续过来住上两天，减轻老人带孩子的负担。不知怎么，这两天，翟大妈看着小夫妻俩手里抱的小外孙，有被边缘化的感觉。

这是个暗夜，天上没有星月，地下没有灯光。翟大妈想起在商业广场跳舞的那些大妈，其中还有一个老头子。他也是解放战争中参加革命的，比大妈小五岁，曾给大妈做过什么证明，最后让大妈恢复了公职和名誉，但男人一拨头顶，看上去年纪竟然与自己相仿了。翟大妈从明亮的楼道出了单元门，径直照记忆当中热闹的广场走去。这暗夜与大妈从家出来时觉得应该有的样子不同：没有"小苹果"广场舞的音乐，连广场灯也看不见了。大妈以为自己真老了，怎么连退休后天天都去的，那跳舞广场的路也不认识了？不就去照顾生病的小外孙个把星期嘛！她在一个十字路口疑惑地站着。路边一个垃圾箱下，躺着一只虎皮大花猫，翟大妈站在那儿凝视很久，发现它身体没有一起一伏的呼吸状态，她伤感地蹲下，拆开旁边一只包装苹果的废纸箱，慢慢盖上它。

不远处的街道，隐约有一个拄着拐的人影出现，慢慢地朝大妈这边走来。难道她也是跳舞的舞伴？翟大妈有些兴奋，也有些着急。翟大妈心里有许多问题：天为什么这么黑？跳舞的大妈们哪去了？走近的那个人头发有些蓬乱，是个与翟大妈年纪相仿的女人，她停住脚步，嘴上咬着坚硬的甘蔗，那甘蔗棒很长，一头拄着地，一头就这么被她啃着，像一辈子也啃不完似的。终于，可以有人问问了，翟大妈想着便上去搭讪："大妹子，这里跳舞的人呢？"

对方摇一摇头，并不认识她。大妈觉得很奇怪，这个街道，几个小区没有不认识她翟大妈的。几个月以前，她还是这里跳舞大妈的领队，当时街头大妈舞并没有流行开，方圆百里感觉孤寂的大妈都到这个点学舞呢。这开始翟大妈只是自己跳着好玩，然后，跟在她后面跳舞的人愈来愈多。学会了基本舞步的人，慢慢到其他地方开舞场。然后，各小区新业主入驻，又有新大妈、新媳妇来，一来一去，本地人都称这街头舞为翟舞。翟大妈已经是本街区的名人了。

大妈这几套街头舞虽说是自己悟的，可是还有一些来历的。大妈的爷爷是早期清朝留美的学生，生了多个子女：有争气从政的，也有经商的，也有做下人的。翟大妈父亲算争气的一类，在民国政府教育部做过官，是蔡元培先生的下属。当时正推行女子教育，翟父看着小女儿喜欢听西洋音乐，无师自通跟着音乐旋转舞蹈，就让她进了一所女子学校。那所学校宗旨是让女子受教育，最后却成了培养民国高官太太的地方。其实翟大妈的街头舞就融合了伦巴、探戈、小拉等交际舞的动作，只是转化成了独舞的形式，男女身体不接触。翟大妈到过一次北大荒，一是旅游，二是考察亲家，也就是女婿小林在北大荒农场做场长的父母。亲家两口子都是从上海过去的，他们当年没有和其他知青一样回城，一直就扎根在那儿了。大妈去那里还有一个最大收获，就是带回了东北秧歌，把它融入大妈舞中，让这街头舞更符合传统。大妈舞就迅速风靡开来了。

"我是翟大妈，这跳舞场的领队呀？"翟大妈道。

"我的孩子？"猫妈一个人坐在路边，样子苦楚问道。

猫妈也住在翟大妈同一小区，她是因旧石库门拆迁分到的房子。翟大妈是处置了旧别墅，购得了两套商品房，自己与子女各一套，同住本市但不在一地。两个大妈是同时代人，只不过翟大妈读旧女子学校时，猫妈已经做童养媳了。猫妈的男人没有生育能力，又死得早，她三十岁出头就孑身一人了。早年她有个堂姐，没见过面，原来还通过信的，后来石库门的房子四周，有一些人打打闹闹，堂姐就没再来过信了。幸好猫妈男人辞世时给她留下一套石库门的旧房子，一半自住，一半出租，这样她就没愁过吃住了。

当年猫妈还是有几分姿色，也不知有多少人劝过猫妈改嫁，可猫妈用奇怪的眼睛看着来人。如果是男性，猫妈觉得是这些男人要打自己的主意；若是老妈子来说媒，她咬咬牙，重复终身不嫁的决心。当然，她从来没考虑过别人给她立贞节牌坊，无论如何，那是抗美援朝的新时代了。猫妈听过，旧时寡妇吹灯黏人、数捡落地铜钱熬夜的事情，但她没有这个必要的，她养有宠物。在挑选宠物时，猫妈在猫狗之间选择了许多年，最后，她发现猫比较安静，也不黏人，有吃没吃的无所谓，没吃的，猫会到石库门外的阴沟抓老鼠。而狗黏人，每天定时要让主人牵到门外遛弯，若有哪一次没外出，还不高兴，整天就躁动不安。现在养的十多只猫，都是猫妈的孩子呢，但今晚少回家一只。

听到猫妈惨兮兮喊她的孩子，翟大妈犯了同情心，她以为猫妈的孩子就和自己的小外孙一样，也病了，对孩子生病，她是深有体会的。话是说，外孙隔代，也不与自己同姓，但也连着自己的心肉呢。她开始现身说法，道：孩子有病，要及早看病，不能因为跳舞，还有别的事情耽误；跳舞只是活动一下筋骨的事情，千万不能耽误下一代。比如大妈自己，参加革命时间早，早年在民国市政府机要处做电话接线员，秘密参加地下工作，为保卫石库门居民区不被炸，做了自己应该做的事。解放后，有一段时间还被晚辈们误解，解除过她公职，但现在好了，恢复了待遇，她只想儿女大了，享个清福。但小外孙一病，她想撒手不管都不行。亲家抱过几天孙子就走了，大妈在医院曾几夜没合眼。翟大妈讲起往事，眼角露出泪花。

"石库门！你也住过石库门？"猫妈眼里放着光道。

翟大妈摇摇头，道："我不住在石库门，我当年住在离石库门不远的翟公馆别墅。"

那时，石库门里住着许多发电厂的工友。如果石库门半夜在人的睡梦中被炸，那发电场的技术骨干就全毁灭了，解放后的城市建设就受重大影响。大妈又问："你住石库门？听说过翟老爷去香港的事吗？"

猫妈知道石库门的许多事，她知道民国教育司有一个翟老爷，没去台湾，结果去了香港，后转道去阿根廷，死在异国他乡。临死前，他想看看海和他的女儿。猫妈不喜欢聊过去的事情，何况是陌生人，谁知道别人姓甚名谁，她想："我还姓翟呢？你信吗？"

此时此刻，翟大妈家里的小外孙静静睡着了，翟大妈的女儿丽丽给儿子打着毛衣，屋里很安静，偶尔能听到很远地方火车隐约的鸣笛。她感到屋子里少了什么，便问道："妈呢？"

女婿小林脑海里浮现出当年态度严肃，如同考官一样的丈母娘。他觉得丈母娘脑子里除了装载早年的电话号码、发报密码外，再装的就是给女儿婚姻编成的笼子。那竹笼除了女儿做的纬以外，还有丈母娘做的经。女儿编一个未婚夫个子要高的条件，丈母娘编一个女婿父母要在本地工作的条件；女儿又编一个条件男人要老实；丈母娘编一个条件女婿收入要高一些，还有很多……小林求婚时觉得自己什么条件都不符合，但什么条件能与时间赛跑？丽丽从学校毕业以后，挑了许多年，竟没有值得中意的男朋友。蓦然回首，丽丽都快三十了。母女编成的密不透风的竹笼子，一夜之间轰然崩裂散架，丽妹才投入了同院校的学长林哥哥的怀抱。

无论怎样的纠结，丈母娘失踪了总要找回的。

翟大妈的男人是旧时发电厂的操作工。这与早年翟父对女儿的希望也差很远，翟大妈没有嫁给国民政府的达官贵人，受进步思潮的影响，她下嫁了原住石库门发电厂的普通员工，这在当时也是一个很进步的举动。婚后双方感情不错，在翟大妈被人误解为是国民时期潜伏下来的特工人员，那样困难的岁月，两个人还忠贞不二。只是翟大妈现都已到更年期，离休后又迷上大妈舞，造成一些小问题。有一个相识半个多世纪的老同事，据说还拯救过大妈，他用血写的保证书还了大妈一个清白，为大妈平反铺平了道路。这老男人现在也跟着翟大妈学跳舞。翟大妈男人发现不久前，那个老同事死了老婆，心里总感觉怪怪的，不舒服。翟大妈听出自己男人的枕头边的意思，忽然大笑着从床上坐起，点着老伴的鼻子道："又不是西洋交际舞，大爷、大妈身体都不碰的，是适合国情的舞。"

翟男人想：如果是精神出轨，那法官就没办法了？他知道，小区附近的舞场，因居民嫌吵闹有意见，开发商和物业要将场地改成停车场，附近路灯电源暂时都断了。老伴不见了，是不是与老相识相会去了？翟男人觉得还是让女儿女婿快去找。他有些怕受刺激，便叮嘱两年轻人不仅要找到大妈，还一定要把情况弄清楚。

"我的孩子，我的儿啊！"猫妈在黑暗中哭泣，无力地慢慢蹲下。她那眼神很像猫的表情，虚着眼睛，也许与她的猫儿子同吃同住，变成猫家族的老祖母有关。

"孩子多大了？"翟大妈不知道眼前的猫妈，是养了许多猫做孩子的。

"它老了，已经养了十多年了！"猫妈道。

翟大妈弯下腰，用手摸摸猫妈的脑门，并没有发热异常。但她估计猫妈丢了孩子，意识已经有些失常。最近，据外省报道，拐卖孩子的案子出现了，可十几岁都是大孩子了。翟大妈有些着急，她没带手机，也没法报警，四处原野漆黑。

"十几岁的孩子，又怎么会老呢？"翟大妈自语道。

猫妈用甘蔗棍撑着，又想努力站起，却觉得两眼闪着金星。原来整个朦胧的黑夜更看不清了，那平时本来不便的脚，也崴了一下，翟大妈本能地上前去搀，两人身体还没有碰到，就闻到一股直冲鼻腔的怪异气味，那味道比牛栏味道难闻。翟大妈强忍着继续搀扶。

"谢谢你了，老婆子。"猫妈拄着棍，慢慢起来了，她心里很清楚，她中年时与猫度日，就没有人愿意靠近她，因为她身上弥漫着猫味。她何尝不愿来小区的舞场和大妈们一块学舞，可她一来，自身半径十几米远都被气味熏得没人了。她的宠物猫，已经养到十多代了。现在养宠物很艰难了，到派出所办了宠物证后，街道办会经常上门检查。自从老石库门拆除，猫妈搬入新区楼宇，周围小区环境好了，猫妈忘记给猫儿们准备食物时，猫只有饿着。没有阴沟，野鼠们也看不见了。圈养在小区高楼里的第四、第五代的猫，几乎连老鼠什么样都没看过。野鼠们也没见过这样老实的高层猫，一点没有敬畏心。猫妈的担心是有道理的，早几年曾有一只猫，独自跑到很远的荒野外，碰到一窝野鼠，竟然被鼠儿们戏咬。

猫儿们的存在，给猫妈带来快乐与安慰，她给家里十来只猫取了人常用的小名；她收集与猫有关的新闻；猫崽儿繁殖太多，她就赠送给宠物机构；她还关心百老汇《猫》剧的演出盛况。她不能理解，甚至憎恨吃猫狗肉的行为。喜怒参半的生活，让她一个人有坚强活下去的动力。

竟有人不用尊称，叫翟大妈为老婆子，这让翟大妈有些意外，但找孩子要紧，丢孩子的心情她理解。翟大妈那个小外孙，就曾有这么一次，家里其他人都有事，她独自带着小外孙子到街边公园玩，绿草坪中格桑花在开放，大妈望着牵狗遛猫的同龄人发愣，也没想什么，就觉得自己一下弱智，或者单纯到和小动物一样，等大妈一转身，两岁的小外孙子不见了。大妈脑子空了，除了急得捶胸顿足，她什么办法也想不到了。那不就是个老婆子的样吗？什么跳舞领队名家，什么离休干部身份都显不出了，往街中心一站，和大家伙儿模样不差的。围观市民知道后，到处在满大街人群堆里帮找孩子，一个警官还认真做了笔记，了解大妈家庭祖孙几代的状况，家中每个人近期行走路径，并约时间准备取孩子父母DNA样本。结果，就在公园格桑花的草丛里，刚学会走路的孩子，正呼呼大睡，什么心思也没有，这让翟大妈哭笑不得。

"大亲，大亲……"猫妈的声音穿透夜的宁静。她拥有过许多猫，以前是用类似人名称呼：如大宝、二宝、三宝……现在，网络语流行了，连公路或隧道入口处，都这样写："亲们，前面超速拍照，违章罚款！"最近，猫妈定下来，把"宝"称置换成"亲"称，这让猫界一下有些混乱，不知道自己叫什么，猫儿们迷失成为常态了。

两个大妈互相搀扶，在黑夜中寻找失落。她俩喊着："大亲……"同时，却感觉在夜的天空，有很长光的隧道，它由红到紫七彩颜色组成。光的拱壁上，还有由许多影像：翟爷出海时的蒸汽船，翟家兄弟们在战乱中逃往重庆并在湖北荆州一带散失，然后各自娶妻生子，在炮火中离开海岸的人影，新时期小区的建设，还有子女或猫的动漫。

忽然，一只敏捷的动物从路边草丛蹿出，那动物印在人眼构成的光雾隧道的下部，感觉十分真切：毛体、虎皮、抖动。猫妈在夜幕里大叫一声："儿啊！"

翟大妈眼睛还好，老花眼近了看不清，远了却看得较为真实，借着瞳孔内闪现的光道，在夜的草坪，是有一只虎斑皮的小动物出现，它在淡白如雪的水泥地上，先安静趴着凝视一会儿，像是想看清它眼前的两个影子是什么生物，是否能填肚充饥？还是需要迅速逃生？当它看清是两腿人时，就又转身蹿回原先的洞穴。

"是大仙，黄鼠狼！"翟大妈道。

这时，翟大妈忽然才明白这猫妈丢失的孩子的真相了。她挽着猫妈沿原路返回。此刻，天空朦胧的云雾渐渐散开，露出点状的繁星，还有淡淡的月牙，一下让先前压抑的夜空，变得辽阔起来。翟大妈带着猫妈，回到离广场舞场地不远的路口，在一个垃圾箱前停住，翟大妈慢慢蹲下，掀开一个果皮纸盒盖。猫妈喊着："我的儿呀，你咋就这样离我而去……"说着痛哭起来。

没有嘲笑的意味，翟大妈只是静静地看。在深更半夜，翟大妈也更理解失去意味着什么：无论它是猫，还是人，或是物，总之，有的就是失去。猫妈想起十来年前，这小虎皮猫的出生，它慢慢睁开了眼睛，猫妈把它抱在怀里，用牛奶喂养它。一些清洁楼道的人士，拿着抹布、扫帚搜索它，要把它送到宠物流浪站，猫妈就把它藏在自己怀里。这虎皮猫最喜欢的事情，就是蹲守在女主人面前，听她唱百老汇歌剧《猫》里的《回忆》之歌。它会用一只爪子，轻轻打着拍子呢！

猫妈仰起脸，面颊上的泪没有干，她忽然显出不信任的表情，对翟大妈问："这猫是你杀死的？"

翟大妈摇一摇头，觉得很奇怪，她一辈子杀过鱼，宰过鸡，可就没杀过猫呢。猫妈用颤抖的手在猫身上抚摸，眼睛贴近，努力察看猫身上每一根毛，从皮的表面一直到皮脂下的孔。这猫很硕大的。然后，猫妈道："它是老死的，你是个好人呀！"

翟大妈的女儿、女婿正焦急寻找自己的母亲，他们先到没有亮灯的广场绕了一圈，没有人影。广场边的十字路口也去了，那时翟大妈她们正与黄大仙相碰，小夫妻俩想：广场上原来都有物业保安巡视和维护治安的。他俩便急匆匆赶到物业管理办公室了。物业与开发公司是子母公司关系，业委会在隔壁房间也设有办公地点。管事与值班的秃顶大叔，坐在灯火通明的办公室，正看国际新闻电视，他不知道萨达姆是被美军马上抓到好，还是能多在地下掩体躲上几天好，听到走道上有人的脚步声，他有些紧张。

最近几天，不断有大妈大爷上访，一路人马要求打开广场灯，允许翟大妈跳舞队恢复活动；另一路人马是抗议舞蹈音乐扰民的。广场灯暂停，但楼上的靴子没有落地，两路人马心悬在那儿，急啊！秃顶大叔见进门的是两位小夫妻，心里稍稍松了一口气。

大叔是一个不听人解释，只顾自己说话的人，没等小夫妻俩说明来意，他就道："我知道，你们的来意，每家都有大妈，大爷。我可透露一下，本小区业主委员会准备开新场地，让大妈舞的爱好者能尽快活动起来，让家有读书的学生安静学业，在岗的职工也能有休息之所，使各方面都能满意。"小夫妻俩很想知道那新地点，也许这对找到母亲有帮助呢。大叔脸上露出很神秘的表情，道，"这场地很大，周围没有居民点，而且是滚动的场地，等批下来，大家就知道了。"

小夫妻俩听来一头雾水，还是把话题转到找母亲的事情上来，他俩要求看看小区监控，查查他们母亲的下落。

大叔很同情这小夫妻，道："要注意老年痴呆的病症，现在所有小区内的广场灯都暂时关闭，外面的灯灭了，那摄像头也就是摆设了，懂了吧？"

小夫妻俩有些着急，大叔本也是为整个小区值班服务的，不能再要求他多做什么了。

随着时间的推移，两人有一种预感，找母亲会愈来愈困难。他俩重新来到没有灯光的广场舞原址，对着天空和原野喊："妈……"两人的声音此起彼伏，不远的小高层楼处，有人嫌闹得慌，轻轻关上了半敞的窗扇。两人重新环视每一个角落，希望在黎明前有奇迹发生。

在离广场东面百米的十字路口，小夫妻俩隐约听到了歌声，这歌声开始如泣如诉，可慢慢变得高亢起来。

"午夜，路上寂静无声，月儿也失去记忆……"是音乐剧《猫》主题曲《回忆》。

夜幕下，有两个年龄相加超过一个半世纪的老人，一个坐在地上唱歌，一个在深情地跳着。歌唱者音不太准，音调有些发颤，如变形的胶木唱片，从老的留声机上划过；跳独舞的体力有些不佳，如风中的柳叶一样，有一种飘浮感。这两位老人很奇怪，都半闭着眼睛，唱着、跳着。此时，她们觉得先前看到的七彩光的隧道，正慢慢变成圆形的苍穹，那是一个巨大的七彩旋光球。

小夫妻俩跑到跟前，喊着："妈！"

小两口有些怨气道："你老出来也不说一声，丢了怎么办？"

这时，东方的天际出现了淡淡的鱼肚白，有一小片云，在高楼缝隙间的空中飘浮，早晨的太阳在那片云层的后面升起，能明显感觉云与太阳相隔了巨大的空间，其间充满了鲜红的光，还能看到海浪与喷泉。

丽丽与小林结婚时到过青岛，两人结婚后，生活条件好了许多，他们还去过印尼巴厘岛旅游，就是为了看日出。可他们从来没有留意过，家门口就有这么美丽的日出。

两位老人事先在心底已经感到了光。她们没有睡意，就要分别了，彼此拥抱了一下对方，就相互告别了。猫妈重新撑着甘蔗棒，一边走着，一边想着要啃食。终于，她也消失在早晨的光雾里。

　　说来也怪，就住在同一小区，两个大妈再也没见过面。而翟大妈，现在回想着，觉得猫妈很眼熟，就像早年与她通过信，但实际并没见过面的堂妹年轻时的模样：堂妹忽然从老信封内一张旧照片中滑落出来，她似可爱的小猫咪，有时虚起眼，在那暗淡的星光中看着你！

五、海丽姑娘

——没想到，我的这段文字，竟被做石匠的老父雕刻在碑的背面了！

1

我一直很喜欢站在村头，看那伸向天空的山谷。山涧流淌的小溪，在茂盛的树林间，远看是那样不起眼。但不知几时，它们仿佛是一下从林子里钻出来似的，竟汇聚了成一股奔腾的河流，在石板和沙滩间穿行，冲刷着雨后光滑红色的山岩。它让人想着，流水远去富足的天边，只要自己能逃离这贫瘠的小山村，人的肉体就是与这可以漂游的水流一起撞到岩体，头破血流，粉身碎骨也值。

2

山上的坡地，种植着木棉，经常需要锄草，我望着离我家坡田不远的海丽姑娘，那日的天空很晴朗，远处没有一丝的云彩。很热的天，你也没有戴草帽，但强光照着你。你的肤色显得很白。我能看见你一滴细小的汗珠在日光下，好像一粒小钻石一样闪烁。我傻愣愣地望着你。你锄完一片土地，渐渐挺胸起身。我突然感到，我的心跳得很厉害。更让我惊喜的是，你竟朝我这儿微笑。

3

简陋的草院与茅屋，基础却是石垒的。狂风经常越过远方的山脉吹来。暴雨送来漂浮不定的山泉，稻叶与草蓬经常浮在水面。人陡然能望见天幕，高远而辽阔。怪石嶙峋，泉涌潭清，母亲挎着洗衣篮，迎着晚霞，从泉池归来。母亲总对着父亲说："我随你。"父亲仿佛很沉稳的样子，拿着很长的旱烟，抽着，掀开封存已久的话语，并对我说："儿，我一直瞒着你，你和海丽姑娘是娃娃亲。"

4

远方，绿色的山林，泉水，还有轰隆隆的炮声，看不见硝烟，但能感觉世间的变迁与冲击，终于赶走了头戴钢盔的日军，但又多了几个国军的影子。我朝着自认为是无比安全的家—茅屋的方向奔跑。耳旁带着风，桦树林向后倾倒，被留在很远的山谷。我发现左边是红色的岩壁，右边是圈着白色浪花的溪流。一个像道士的老翁对我喊："方向走反了。"我迅急掉转头，没有停步，也没有思索，在半明半暗的天色，在游离的蒙雾中，继续奔跑，一个头系发结的儒生对我喊：快跑呀，是去村头的大榕树吗？

5

我完全茫然地望着山道，也望着溪流。我看见村头蓝色的天空，还有绿色的草坪。大榕树下的海丽姑娘，站在晨光下，失望地望着迷茫奔跑在山林旷野中的我。是啊，我迷路了，找不到家，我不能改变自己，更不能改变你所处的环境。在山村，男人不出远门，命里就不能改变自己。

6

那是一只废旧的反复修补过的皮划艇，它经过战争、经过遗弃、也经过缝合。你怨气十足地看着我，慢慢地把皮划艇溜滑入水中。我竟没有看见，在山泉的尽头，有个戴八角帽的年轻人也在等你。斜阳正照在那人青灰色的布衣军装上。我还不知道你在抗争，在战斗。你怨我，但绝没有恨我的意识。

7

你在旋转的水流中挣扎，像坐过山车一样。一会儿上，一会儿下，整个心被狂奔如马的水系牵引，我在水岸，一边跑，一边喊并伴随着你。有那么一刻，皮划艇卡在光滑落山石的夹缝，你进退两难，并带着求救的目光看着我。我多希望这一眼神能长久至永远。我跳到路边的草丛，并没有来得及脱鞋，踩入齐腰深的水中。初春的水还很凉。我拼命把皮划艇推向村口和我家茅舍的方向。

8

但是，当我把皮划艇从卡住的崖缝中拉出，你整个身体在激动地颤抖，我以为我的梦想就会成真。但无奈，那水流猛烈地抖了一下，皮划艇在白色的浪涌间跳跃，却斜冲下山，向着遍地锦旗的道路劈浪而去。我看见你从诗境一般的流水中立起，并被那早已在尽头等待的青年守住。成片的战地黄花在开放。还有通向林海雪原那牦牛的队伍。

9

记得，又一年秋天来临的时候，山林的枫叶红得像雪一样。水流有些寒冷，但却清澈无比。阳光照在跳动的水面上，透明的水珠折射出七彩的光珠。远远的，我看见你回来了。头上裹着白色的纱布，那雪一样的白色却映着鲜红的血迹。它与山林的红枫连成一片。你那演着白毛女的装束好像还没有完全卸去。我知道，那在水流的尽头，但守住你的年轻人竟然与你擦肩而过，他去了很远的地方。

10

这家乡土地，是你梦中时常留恋的地方，没想到，如今在夕阳的光辉下，留住你的方寸之地，竟是高高的土堆。你是因寻梦而远去，现在却因思念而归来。不知为何，这曾经在我眼前跳跃的小河，在你回来后变得那样平和。静静的水面，在阳光下偶尔荡漾着涟漪。我始终不肯远离这生长着古老榕树的故土，所以我不能改变自己，更不能改变你的生活。我也一直没有娶其他姑娘。

11

那年秋天，送你回来的，有剿匪战士，也有我苍老白发的父亲。海丽姑娘去战地医疗队的这许多年，她在家乡已没有直系亲属。我父亲依旧拿着很长的旱烟，但手已经颤抖，他那布满血丝的目光望着我，说："好歹父辈对你们俩曾经有约，你也没娶，她遗留了言，要回家的，海丽姑娘就是俺炎家的媳妇啊！"我家的茅屋后山，那离山泉泉眼不远的地方，秋风在吹。阳光斜射，整个山、水、人影，被拉得已经变形。

12

　　我在斜阳下走。我仿佛学着刚从书上看到盲人海伦·凯勒在白桦林旁行走的样子，金黄的秋叶飘落满园。她是徒步，还是轮椅？我已经记不清了。人们在阳光下行走，但人的个体永远围绕着一个很大的圈旋转，只是每个人没有意识到而已。那对世界改变的渴望，也是我们身强力壮，青春美貌时的一种坚强意志。一旦我们面对夕阳，一切又归于源。

六、现代一日

1

家中，没有女人是万万不行的。

炎彬迷糊间，感到天亮了，他觉得自己睁开了眼，但事后并不知道，自己是睁开了双眼，或者哪怕是一只眼也好，但他无法正确地感觉。总之，他觉得自己睁开眼之后，天并没有亮。

他下意识地摸摸床的左边，并没有柔软的女性的胳膊存在，这让他感到有些沮丧。但忽然，有个身影在他眼前晃动，一会儿朝他温情地微笑，一会儿又似乎在嘲笑他的薄弱的情感控制力，一会儿又像蒲松龄《聊斋》中漂亮狐狸精一样。他努力回想，这个在淡红色海洋浮起的女孩子是谁？她像美人鱼的半身像。原来，那不就是前年，自己每天走过街心花园小林海，通向公交站台小路上，早晨必遇的女孩子吗？

然而，整个画面一闪，炎彬跟着那飘然的身影，走到街边的小房子前，但女孩子已经消失无影无踪了。他听见小房子里有一个孩子在哭的声音，他的心里猛地一紧，这不是自己儿子的声音吗？他用手在自己全身上上下下摸索。他感觉在淡紫色的天空，还有个第三只手协助他在摸自己裸露光滑的身子。他不知道自己是在努力反抗那第三只手，还是应该感激这第三只手呢。

结果，终于，他从自己身上的肉里，摸出一把冰冷很大的钥匙。它银亮银亮的，是镍制品，还是银制品，也都无法说清了。他在淡紫色的天空下，去开那房门。孩子的哭声没有一点要停止的样子。这时，炎彬却仿佛看见遥远恒星世界发生的事情：两颗相距十亿光年的星系爆炸了。那巨大天体的物质，像蟹云一样在太空扩散，彼此撞击交汇，纠缠。忽然，有一个看不见的蛇形的黑洞，弯曲着吞食着那蟹云。最后，紫色的天空竟什么痕迹也没有留下。他终于拿着摸索到的钥匙，去开房门紧闭的铜锁孔。但这钥匙即刻变成了两半，是从横向的匙间缝裂开的。

一切的幻梦就到此了。他听到一个真实孩子的叫声。天空真的放亮了，但它却是淡蓝色的。这时，梦幻的时空和真实的空间联成一体了。

2

炎彬的儿子单独睡在隔壁的小床，每每天空放亮的时候，孩子会闹上一闹。这是一向为了孩子和工作很早就起床的大人，烧饭拿牛奶之后，是儿子撒娇的时辰。炎彬今天有些不耐烦。这倒不是他不心疼儿子，而是他觉得，现在的孩子总是长不大。他觉得，自己五岁时，在家里好像什么事都做似的。他这个年龄，已经在风雪中拎着小菜篮，在农贸市场还未开启的大门前，帮母亲排队买青菜了。

此时，天光大亮，梧桐树在晨风中转动着叶片。晨练的歌星做完早操，在路旁的绿地林间唱起了意大利民歌《我的太阳》。炎彬记得：这首外国歌曲的原歌词，是将心爱的姑娘当作太阳的，但国人的翻译家把歌词动了动，抹掉了宝贝一词。因为外来的宝贝，实在不符合《诗经》里风雅颂的风格。

今天，炎彬父子起来晚了。家里没有妻子有规律的督促，一切显得十分忙乱。炎彬自己口腔洁白的牙齿还顾不得刷洗。他想：这一定会让自己律师所，坐在他对面的女同事笑话的。儿子摇晃着站在席梦思床上，竟把两条腿穿在了一个裤管里。孩子莫名其妙地望着他的老爹，说："分分裤脚。"孩子用手指比画得似乎很认真，但要孩子自己去分别重新拉出一只小腿，再套进另一只裤管里，却十分艰难了。

墙上的德国挂钟，在静静地走。炎彬很喜欢用德国的产品。那是一个善于思辨的民族，产生了歌德、黑格尔、尼采、叔本华这样一些天才的思想家，为整个人类创造过灿烂的辉煌，但是，却因为有对希特勒的盲目崇拜，差点又毁灭了整个人类的文明。总之，德国的挂钟走时十分精准。炎彬毫不怀疑，自己再这样被儿子折腾下去，上班就会迟到。幸好律师是个比较自由的职业。否则全年的考勤奖就要被扣发。

炎彬想抡起巴掌，教训一下自己的儿子。孩子望着挥舞在空中的巴掌，耳边还没有听见拳击运动的风声，孩子就提前哭了。炎彬住了手。这倒不是因为儿子的哭声把炎彬给唬住了，而是在他的脑海里浮现出妻子曾扬言要与他离婚的威胁。那一年，孩子才两岁。为什么事要打小孩，炎彬自己都忘了。总之，他要下手打孩子。妻子闹着要与丈夫离婚。炎彬一直追妻子到自己母亲家。他母亲问清事情缘由，竟支持媳妇离婚的意见，弄得炎彬哭笑不得。

3

炎彬自家的门厅，同幼儿园一样，也已经安装了监控探头。他望望那紫色的监控探头，忽然他感觉，身体一阵发毛。而这种感觉，是他以前没有过的。他觉得，现在人实在是很苦痛的，自哈勃望远镜遥看苍茫的百亿年的宇海之后，现今社区的街道、公共场所和幼儿园，甚至家的门厅里也装了防盗的监控探头，当然，这家庭的探头，只是方便家庭成员自身外出时，用手机或在网上监控不速之客。

炎彬还记得，自己这个城市在1998年的一次抗洪抢险救灾中，整个部队挺进万里的长江大堤。炎彬的儿子出生不久，他和生了孩子才半年的妻子，一起和附近的居民上江堤。他给抗洪抢险现场扛运救灾物资，妻子给奋战在江坝上的军民送热腾腾的米饭，而自家的门却忘记了上锁。但第二天清晨，两人从江堤归来，家中一切毫发未损。睡着的孩子也没有人抱走。

现在的平日反不能与抗灾时的紧急状态相比了。我们在监控别人的同时，自己也被人监控。

所以，炎彬正要举起手打儿子时，他仿佛看见妻子正拿着3G手机，静坐在异地豪华的五星酒店的自助餐厅监视着他。炎彬真的不敢再下手教训自己的儿子了。

终于，孩子坐在餐桌前，吃上牛奶和鸡蛋了。

炎彬在餐桌前转过来跑过去，他觉得自己丢了什么东西。他觉得是很重要的东西，他努力看着身边的物品，希望引起联想：妻子的金项链、房产证、装着驾照和信用卡的牛皮小包。但都不是。

炎彬在一种完全无奈的情况下开了电视机。荧屏忽然一亮，闪现红色的河南云台山的峡谷。谷底间，人们缓缓而行。阳光穿过石峰，与瀑布一同倾泻而下。

炎彬觉得，有时看电视确实是一件极轻松的事，它不像在律师所办理案子：推理、证据链条、写法庭上的辩方稿，弄得人精疲力竭。画面是现成的，解说词是现成的，男播音员口齿伶俐，女播音员美丽动人。他们说什么，你就听什么。人为什么总要产生自己独特的想法呢。独特的想法常常与凡世格格不入，并让自己处于一种不利的生存状态。

忽然，荧屏下角，闪出一行字：因担心美国次贷危机，美股道琼斯指数再度跌破万点大关。

4

　　孩子金宝在餐桌前吃着，他不小心又打翻了奶杯。整个前胸的小褂浸着奶汁。

　　而此时，炎彬发现自己缺失的是什么了，就是昨天华尔街的股票指数。他的眼前仿佛看到了证券交易所巨大的红绿屏。自己则像进入一个完全另类的世界，整个生命的情绪被红绿的翻滚的海洋紧绞着。红色代表欣喜，绿色代表沮丧。整整一天，他的情绪一定会被盘面所控。

　　他发现，他自己分成了三半，三分之一是老婆娟娟和他的孩子，三分之一在律师事务所挣票子，还有三分之一在股池。

　　他是为了抗通胀才心甘情愿做股民的，他又不相信任何人和机构的代理。他只相信自己。

　　但他觉得自己在一片绿色的青竹间迷路了。偶尔，有一些的红丝带从天空飘落。他只守着众多竹林间，那属于自己的一小节的毛竹，他希望它能变得通红，并延伸，长如巨型红色的蜡烛一样。的确，属于他的那青竹节经常在变红，但不知为什么，到了自己真正想摘取收割时，它却是绿的。

　　他想着那投入股海的属于自己的一分小水滴，能够像核裂变的蘑菇云一样膨胀。为此，他愿意等十年呢，但事实，那属于自己的小水滴，总在股海里化为缭绕群山的雾气，让人迷茫，捉摸不定。此刻，从天空发出贯穿长虹浑厚的声响："看好你盛着股本的酒杯，那股市的钱可是咱们大家的。"

　　他最近才领悟，这没有股息之源水的巨大股海，其实，就是和零的游戏。他想退出股池里自己全部的血汗资金了。

　　而这时，炎彬又回归到他第一个三分之一了。那是他做丈夫或父亲的角色，角色时常变换，让他感到精神与肉体都十分疲惫。尽管窗外，清晨的红日刚刚升起，眼角睡梦的分泌物还没有来得及清洗，他就觉得一种莫名其妙的身心疲劳袭来。

他慢慢拉着儿子，在银色镀镍的水龙头前站好，帮孩子清洗着胸前的污渍。这时，他仍然看到自己儿子满腹委屈的样子，他真想再说教上两句。可金宝这孩子好像心有灵犀一样，伸展小手，一边接着龙头中的水流，一边抬着头，噘着小嘴，看着自己。这种异样的表情，是孩子母亲在家时完全没有过的。

炎彬觉得自己仿佛变成作古而去的孩子的祖母。而金宝的样子表情，不就是童年时的自己？在四合院方桌前洗手的自己！那旧式红木方桌的右侧，有一个镶着铜锈镜子的大衣柜。镜面却清晰地映出因为在打谷场上玩河泥，而弄脏衣服的自己。

炎彬舍不得说他的儿子了。他在心里叹口气：现在的孩子也是唯一的，已经变得说也说不得，打也打不得了。

5

儿子坐在别克轿车的后座，炎彬坐在驾驶位，起程了。

炎彬小心翼翼地扶着方向盘。车窗外的景象在移动。一切都很匆忙，一切都有点浮躁。

现在，炎彬一点也不觉得，自己比路边慢车道骑自行车的人优越多少了。这就像早年，手持大哥大的人，看着腰别BB机的人，刚显得神气活现，可一转眼，满街3G手机已经漫天飞舞。他刚买车时，眼前的道路通畅，阳光明媚，绿林成荫。但如今，虽然市政上砍了两排古树，道路是扩宽了一些，但车辆更加拥堵，小车像海边急于上岸生产的雌乌龟一样，挤在狭小的通向沙滩的一条道上。后来的车辆恨不得压着前面车的顶棚开过去，但这拥挤的甲壳虫的队伍，总被一个又一个红灯截住。

炎彬想，这股海与路海的红绿色要能倒过来玩，自己的心情也许要好许多。他通过后视镜望望后座上的儿子。孩子有些不安地四处张望。上班的自行车、电动车车流，不断地冲向破腔的路面，与他的别克轿车擦身而过。他凝视着自己汽车的倒车镜，它不断惊吓地呼出来："当心，我的耳朵！别吻我，俺怕羞！"这不就是车屁股文化嘛！

前面的车子终于启动了，炎彬轻轻加了车的油门。然后，又挂上空挡。很长时间，小车才走到一个小的下坡道，今天这小坡道却意外地没怎么堵。炎彬心里一阵得意，想：昨天虽然国际原油突破每桶 80 美元，但今天，他庆幸自己早年买了个手动挡的车，刚才还省了一小笔油钱呢。这样，他的心里充满一丝宽慰。他脸上，露出了清淡的笑意。好像唯有自己能独自笑看世界了。

路过同样拥挤的幼儿园门口，他开了车门，放出了像困在笼中鸟一样的孩子。幼儿园绿色的草坪上，香樟树下，许多孩子做起了晨操。炎彬知道，孩子来晚了。他无法下车去和幼儿园阿姨解释孩子晚来的原因。他用电话向孩子的阿姨表示深深的歉疚。但孩子的阿姨却并不领情，说："希望看到一个以身作则的家长，而不是一个仅善言辞的人。"

炎彬心里很是不痛快，他想：在自己的社交圈中，还没有人对他这样的态度讲话呢。儿子的阿姨，一定大过儿子的家长了。

6

办公楼的电梯在迅速地上升，人就像乘着正在起飞的民用航空客机一样，耳膜觉得鼓胀。

炎彬习惯性地看看手机显示的时间，他发现只有两个人在电梯箱里，一个职业女性注意着他。也不知为什么，平日，妻子在家时，他那种坐怀不乱的感觉没有了。他和这个职业女性，平常就经常在这电梯箱中碰面。

相互熟悉的面容，却彼此叫不出名字。

他第一次这样十分注意，关注自己妻子以外的女人。她眼睛很大、很亮，她表情平淡地面对眼前这个面容熟悉，却并不知道其社会关系的男人。

让炎彬自己都没有感觉到，与妻子短时分离，如今让他有些异样的想法。也许，人还是在比较古典的环境好。如果，没有妻子的存在，满眼是青山、小溪与竹楼，看不见其他的女孩子才好。眼前的世界，有那么多穿着性感暴露的女孩。作为男人需要很大的控制力才行。

"我是有妻子的人。"炎彬警告自己。

"我是寻找没有结婚的男人。对他，我什么都不知道。"职业女性也许这样想。

到了二十八层，电梯门自动打开。两人出了电梯。过了光亮的电梯前室，有一条光线暗淡的公共走道。女人淡淡地望着曾注意自己的男人，用很慢的脚步转向右边亮着灯的信息技术公司。

炎彬望着女性的身影。她苗条的身材，一步一摆诱人的T舞台的小猫步。他忽然联想起清晨，自己起床前做的梦。她也像在淡红色海洋的女孩子，一切都让炎彬已不敢肯定什么。他想：也许只有自己的妻子是踏实的，但妻子已经有很多天没有回家了。

关了手机盖，炎彬上了电脑台式机的网络。这是他每天上班前要例行的事，他先上了QQ，偷了好友的菜，又打开儿子所在幼儿园的网站，看儿子所在的幼儿游戏室的视频。

能清晰地看到雾一般的光从窗外的花园，射入幼儿游戏室。儿子似乎垂头丧气的，没有往日活泼好动了。早晨，在电话里对炎彬态度有些生硬的阿姨，走近儿子，说了些什么，然后，她竟然打了儿子头一下呢。

炎彬脑袋一阵轰鸣。他就像又在网上看到美国世贸大楼在大火中坍塌的那一幕。

他接着打开电脑的另一个视窗界面，他发现满眼皆绿，所有均线在向下坠落，向着氤气很重的山谷坠落。正当他准备奋力杀跌时，他发现他所购的股票不翼而飞了。他情不自禁地喊："有黑客！"整个办公室的人都被他的突然喊叫惊了一身冷汗。

也许，炎彬要面对自身两场官司了。

整个一天，炎律师对别人的案子，对前来咨询他的人还是在尽职尽责的。上班八小时，推理、思辨、论证，可他觉得自己的情感世界始终是一片空白，什么形象的东西也没有留下。

7

绝美的晚云，太阳在遥远的山谷间燃烧，天空浮着无数像带帆的船一样的云朵。湛蓝的天像海洋，整个浮云就像郑和下西洋的船只，慢慢移向西方的天际，那远方山谷构成的岛屿。炎彬很想融入那实景美妙的天际。他想，有时，我们地上平日的生活是多么乏味、枯燥。自己总在一种对别人的怀疑中度过。

在幼儿园的香樟下，儿子的阿姨满脸委屈，半蹲在儿子身旁。年轻的她眼眶流着泪。炎彬知道，是自己把眼前这位女青年打儿子的事情告知了幼儿园园长。她面临开除的可能。但儿子拉着阿姨的裤腿，孩子不希望她走。其实，经炎律师了解，在那个被家长时时监控的视频上，孩子的阿姨只是说了句：金宝今天真乖。然后，阿姨只是轻轻摸了摸孩子的头。如此而已。

"没有人动你的股票账户。"作为高智商的律师，炎彬只想着网络满眼全是黑客，官司是解决一切问题的方法呢。但忘记了，还有妻子知道他股票的密码，并在远程操作了一下。这让他的资金避免了进一步损失而已。

他此时，真盼望妻子能早日从外地回来。

城市傍晚的旷野，那许多美丽的帆船形状的云朵仍然汇聚着、浮游着，在已变为深蓝的天空浩浩荡荡。炎彬竟听到吹鼓手美妙的打击音乐。张扬的牛皮鼓，铿锵的铜制锣。晚云下的空气在震颤。炎彬努力在大街上张望，却看不见鼓乐手组成的方阵。当他对着自家小区的门楼，穿过假山、小道，在单元门前，竟有许多高矮不一的吹鼓手一字排开，喜庆地送着楼上一位百岁老人的辞世。

炎彬慢慢地走在小区弯曲的道路上，经过几丛细枝窄叶孝竹。偶尔那尖长的竹叶，划了他的脸，但他却一点也不感到疼痛。

他牵着孩子，父子两人开始在红色的霞光间奔跑。炎彬想：有时，人一生和一日所想、所做的，其实都是一样。

七、山坳女子

（一）

周海打算在这昔日的马帮古镇留下，远处是延绵的雪山，风吹着南来的白云，却在壮丽而险峻的山顶回旋，然后向海洋的方向飘荡，渐渐消失在一片奇特得犹如梦一样蓝的天空，就像回忆，也像命运那捉摸不定的痕迹。

昨天，周海给小镇设计的砖木结构的古琉璃塔方案被否决了。他觉得在事业上，自己从来没有这样被人打击过，也许只要再过一小时，他的方案就能在小镇的博展会上通过的，但是一个女孩子来了，她拿了一幅挂轴画，那画装在精美的圆筒里，展现出来，让所有的评委惊呆了，画上没有年代，也没有设计者，但在场的所有专家都觉得，那三百年前，被闪电雷劈的古塔，就应该是这样的。

傍晚，流经古镇蜿蜒的小河，浮着许多亮着蜡烛的小船，人们望着在轻盈河水中远去的纸船，思怀旧日，许愿未来的幸福，周海又一次看到河对面那隐隐约约的身影。这在许多年以前，周海觉得她还是很一般的女孩子，但如今在隐约古镇的远方，那雪山、近处的河水，一切在傍晚那橙色的晚云映衬下，显得很美，并有让人有超出凡尘的感觉。

周海一夜没有睡好觉。清晨，他走入小镇临河的七里湾煎饺锅贴店，进去，眼前还是一样，他不清楚，自己十年之后，从那工业化的钢铁厂出来，没想到在古镇的博览会上与她再相见，内心比以前更加冲动。清晨，古街道上还很安静。周海发现，她已经坐在他的对面，或者说，是周海有意坐在了她的对面。初夏，她穿着轻薄的连衣裙，纱一样的披肩，随着轻风飘着，粉色的胸衣下，是安静的心。整齐的头发一并向后梳理，在脑后挽成高高的发结，有点古代仕女的装束。

周海知道，她就要吃完了，他看着她，算昔日的情人相见吗？她很高傲地望着店外，那木窗格的屋檐，似乎并不看对面的周海，但她向老板结账时却很奇怪，又要了二两煎饺，摆在周海面前，用很大的眼睛看着周海，没有说一句话。她把自己吃剩的馄饨汤往前推了推，起身走出店门。她那似乎永远也晒不黑的肤色，在晨风中发着清淡的幽香，这香气，好像是周海许多年前没有闻过的。这个场景间的动作，就如同十年前，他俩相互离别时的动作一样。只是一切让周海觉得迷茫、深不可测罢了。

那年，周海终于从工程学院建筑本科班毕业了。他回首望着在古城新区原野上的校园，白色的带着天文圆顶的校舍建筑，离他自己越来越远。蓝天与白云，他就这么长时间地望着，无论理性与学识已经告诉人的常识怎样，但此时，周海还是有些眩晕，他觉得白云是静止的，湛蓝的天空却在移动。难道是天真的在动吗？他一边这样问自己，一边为有这种奇怪想法而焦虑。

四年的大学生活，许多情景还这样记忆犹新。他坐着绿色车皮的火车来，在燕翅般的站台前停下。数学教师穿着西装短裤，一个高年级的女生，戴着洁白的旅游帽，在大树荫下举着校牌等着新生。周海紧张而兴奋地问："是工程学院新生的报名处吗？"他紧张的脸对着老师，却兴奋地望着举牌的女生。来时，他是一个人，如今离校了，他还是一个人。他甚至已经记不起一些专业课程考试的公式，但他时时想到学院碧绿的球场。他看着女生依然会兴奋，却脸红说不出很多的话。他目光始终有些凝滞。同班的女孩子或邻班的女孩都曾与他说笑过，但很快感到他性格内向，有些索然无味，纷纷地如同蝴蝶远飞，寻找更美丽的林海去了。

终于，他还是一个人，远远望着美丽如画的校园就将在地平线消失。毕业了，他留下了出色的成绩，岁月把分数转化为怀里的一叠证书，终于，他要独自走南闯北了。有时，他这么安慰自己：建筑系，这个女生少男生多的地方，本来就是很少有动人恋情展开的场所。

无怨无悔地对待自己曾经的选择，对情感没有追求不也是一种选择吗？无为也是选择。一切都无怨无悔，这不就是生命对过去已逝时光的态度吗？

至于未来，许多也不是自己能完全把握，那些说把命运掌握自己手中的人，并不是普通人。普通的人，只能顺应河流航道的变化，借助水流或风力，总之是自然之力，慢慢地向着理想的彼岸艰难前行。也许，他们自己一生都达不到彼岸，但临了，只能宽慰自己：我努力了。难道这不已经足够了吗？

（二）

那似乎是一个很奇怪的年代。所有的靠脑力维持生计的人，都被时代确认为是不受欢迎的，或者说，根本不被社会认为是一种劳动。

又老又破的蓝色大客车，穿过周海家乡的古城，黑色明代城墙，红色城堡立柱，渐渐消失，汽车忽然一个右转，所有的绿色小山岗，还有小山坡下民国的许多红顶别墅样式的小楼都不存在了，一座建了十年终于成功的公路铁路两用跨江大桥横卧眼前。

那天早晨，江面笼罩着苍茫的雾气，但隔着同样雾朦状的车窗玻璃，还能看见江豚吃力地拱起脊背，在白帆点点的江船之间，抗争着，游过巨大的椭圆形钢筋混凝土墩柱。也许它根本没有想到，不再受保护的话，再过二十年，这个比人类历史还长、古老的物种扬子江豚或许就会消失。

周海仿佛听见岸边告别古城的歌谣："江水东去不见天，洞房花烛未见熄，秋雨如泪落扬子，一叶小舟送君郎。"

离别校园的情思如梦，但这奇怪的梦好像还没有苏醒，周海觉得自己又陷入另一个惆怅之中。环顾并不宽阔的车厢四周，完全没有读书时对毕业的幻想：蓝天、白云、苏州古典园林的设计院，窗外是鸟语花香，院内是红鱼荷塘。

周海一直站着，他周围此时的再教育他的老师，都是身穿蓝色工作服的民工。也许因为朦胧的雾，耽误了进钢铁厂工地的时间，在笔直过江面的正桥道上，厂车加起了速，并变道超过一辆慢行运生猪的车，司机迎面忽然发现一辆解放牌卡车正对着客车驶来，它仿佛是在淡雾间猛然显现的，已经完全没有退路了，车上人面对这危险的情景都这样想。但此时，车上的人谁也拿不出办法，就像一架空中客车，面对着舱外旋转的气流和已经熄火的航空发动机，这时，就算是拿破仑或丘吉尔坐在上面，也是无助的。虽然，双方司机采取了紧急制动，巨大的惯性依然存在，这"嘭"一声，对整个车的人来说，这就是宇宙的灾难、如同小行星再次撞击地球一样，还是撞上了，撞上了。

客车司机本能地站起，侧身躲着那飞溅的车前视窗的碎玻璃，但他的前额开始流着殷红的血。此时的周海，同整个车厢里的人一样，在巨大的撞击声与冲击力下，身体随着惯性继续前行，摔倒并与车厢内座位的硬物碰撞，有生命的个体与无生命的物体碰撞，整个车厢一片狼藉惨象。周海的眼镜飞了，他的头重重地撞在车座椅背的一角。可他身体却本能地被一个陌生的女孩一抱，或者说，周海也本能地抱着她。

终于，还没有发生命案，厂车上大部分人为轻伤，只有驾驶员身负重伤。救护车的铃声响起，在堵塞的桥面艰难穿过，车顶警示灯的蓝光在朦胧的雾间闪烁。

（三）

对轻伤者的处理是简单的，大家匆匆地都又忙着下一件神圣的事情。傍晚，落日的夕阳火一样在江对岸燃烧，云彩仿佛熔化的铁水，在淡蓝天空横竖涂涂抹抹。

红砖黑瓦的平房前的篮球广场，除了能看见落日奇特的霞云，也能看见钢铁厂未来最显著的标志建筑：36 米桁架的脚手与模板，它就像一个镂空的花篮，倒挂在篮球厂的右侧的两个小山岗之间。北方闪烁不定的北极星，点缀在它的上方。桁架在视觉上连着炼铁厂的高炉与炼钢厂的平炉。

周海感觉胸口还是很闷，他倒在别人安排给他的床上。他似乎记得，自己从出生到长大，就没有自己安排过床位：第一次，就算是自己的母亲了，但在他的印象中那床是温暖的；第二次，就是去念大学时，那是辅导员老师给他安排的，但那时，30 年代的电影《周海的轮渡》正在各大影院火热重新上映，而电影的女主人公叫周海，于是，他竟被辅导老师先安排在女生宿舍楼，他诚惶诚恐，走入那异性的陌生之地，差点没让女保洁员当偷窥者抓到校保安室。真的，没有什么道歉，只有老师和高年级同学的轻轻一笑，好像在火车站，那个戴着洁白的旅游帽，在大树荫下举着校牌等着的高年级女生，也在里面。然后，他背着行李，又被老师重新安排到男生宿舍楼。总之，这件事，很快传遍学院。周海觉得，学院的女生总和他避而远之，一定与这件事有很大的关系了。

而今天，来到钢铁厂的建筑工地，给他安排宿舍的是个剃着小平头的施工队长。周海一声不响，跟在小平头队长的身后。通向山坳排排的小平房的道路，路边长满了随风摇摆的马尾草，而紫色的野花，在沉重

· 41 ·

的晚云下开放。施工队长回头，望着走得很慢的周海。这队长一整年都住在工地，他城里没有家，家在乡村。平日，他只是偶尔写个信回家问候一下。所以，他也没有坐出了交通事故的厂车。队长并不觉得眼前的小伙子，头脑眩晕，手脚有些外伤有什么大碍。队长认为，人的精神是主要的，是能战胜一切自然之力的。眼前，这刚毕业的学生，刚来工地接受再教育，却就从头到脚哪哪肌肉都不舒服，这明显是嫌弃做体力活的人。

但施工队长林开明却不乏热情。周海觉得，林队长不是说教，虽然，看起来像是说教，但应该算是开导。林说："刚来工地的人，总是思想不稳定。我们一些老职工在这钢铁厂从1958年开始，一建设就是二十年。只要他老子娘不是省长，就准备在这儿干一辈子呢。"

"干一辈子！"周海想，他头脑里立刻想象蓝色的地球环绕太阳已经转了七八十圈的样子，然后，自己老态龙钟，依旧走在眼前的山道，他觉得，如果真这样，倒是一件有些可怕的事情。但他无法想象自己的未来。

他终于在陌生的地方安顿下来。晚霞落尽，繁星当空，萤火虫贴着玻璃窗在飞。他想，看来，明晨不会再有轻雾了。

由于周海的伤势较轻，下半夜睡得很沉的，他感到腿脚创伤的部分有些酥麻，并感到两个软绵绵的组织贴着他的背部。第二天，他一边回味着那燃遍全身的酥麻感，一边又想：自己真不是东西，一天见不到女孩子就做桃花梦。

（四）

那时，似乎与轰轰烈烈"大跃进"一样，每个人都努力进取，但有时，个体之间彼此并不相信对方的能力。天色微亮，施工队长就拉长了声音喊："出工了！"周海这时才发现，建筑公司的编制，就和农村的生产队一样，民工的作息方式与管理方式与农村生产队也完全一样。

这天正是酷暑，太阳火一样在天空燃烧，周海右肩扛着铁锹，左肩背着小画夹，离开小山坳下黑瓦红砖的单身民工宿舍，走在去 36 米桁架工地的下山道。天空被淡淡红色粉尘的烟雾笼罩，下山后，月牙弯的湖水看不见了。路边的轧钢厂房，围护的墙体破损，人近旁走过就能看见橘红色钢锭在滚轴上移动，巨大的热浪与空中近四十摄氏度的高温气流结合成气浪，直逼袭人。

跨度 36 米桁架并不神秘，它其实就是向炼铁高炉输送铁矿石的输送带架子，因为要用到钢筋预应力技术，这在当时就算高科技了。

整个工地一片热火朝天的景象，滚筒式绿色搅拌机在旋转。黄色的翻斗车在桁架的井字架葫芦吊与搅拌站之间来来回回。此时，风好像停顿了，钢铁厂的烟囱顶端，那粉色和淡黄色的烟云向远方的高空散去；此时，天空湛蓝，正努力稀释着这些怪异的云烟。

但忽然，整个施工场区停电了，不知道是拉闸限电，还是因为高压输送电缆出故障，这是谁也没想到的。

开明师傅开始有些烦躁，但忽然他竟兴奋地大喊："来啊，考验我们的时候到了。用手代替机械，用簸箕代替吊车的时候到了！"

这时，他的眼睛却望着施工队唯一的女孩沈丽菁。她也是整个施工队唯一一家住城市的女孩。她父亲病退，她顶职已经两年了。这在当时，也算是一份无奈的职业。她看上去脸很白净，与每日在烈日与暴雨下描写的劳苦大众存在很大距离。

那是人的本性，在异性面前的张扬，但也许也带着一种理想与壮举，可周海不清楚，为什么队长林开明与其他工友看自己时的眼光，都带着一种嘲讽的态度。

开明师傅眼里放着光，嘴里喷着唾沫星，大谈徒手用簸箕传料的技术，就像一个经验丰富的球星，给足球队员讲解脚下传球的技术。

顺着十字形的墩柱，沿着竹林一样密集的脚手，民工们搭起通向 36 米桁架的人梯，把混凝土料一点一点地，用传递的簸箕将其不断倒入胎模。

一个拿着画笔的，始终幻想着能像贝聿铭那样设计出自己作品，做一个建筑师的人，终于抵不过铁锹与簸箕，周海有些伤感。

（五）

终于整片 36 米桁架梁体混凝土硬是用人工灌注完成，但小型柴油发电机仍在轰鸣，机械震动棒在热浪的原野鸣响。正像开明师傅所张扬的一样，他体力劳动的技术非常熟练，而在周海的身上混凝土紫色的浆料已经污染得满身满脸，别的民工身上也污渍斑斑，但开明师傅的衬衫依然雪白。

他用高傲的眼神望着周海，望着大家，不知是在嘲讽还是语重心长，他说："每个行业都有将军，要好好地学，爱好与理想抵不过命运啊！学到我这手艺，年轻人，至少现在已是衣食无忧了。这要在十多年以前，我连澡都不用洗，直接上舞场，没有人能看出我是从混浊的建筑工地爬进舞厅的呢！"

他俨然如同将军。他说这话的一半时，眼睛转向女孩沈丽菁，周海顺着他的目光也转向这城里的女孩。此时，天空微蓝，一股淡青色的云团在这女孩子背景上翻滚。她拿着小泥瓦刀，蹲在四层高的狭窄的梁面，一点一点平着刚振捣完成混凝土梁面，女孩子动作很细腻，像拍打一团紫色的面浆一样，高低不平的石子被铁板压了下去，然后，从没有凝固的石缝里冒出胶状的青浆，这材料的表面不一会儿像镜子一样反射出天空和滚动的云层。

但周海发现，丽菁眼里流出晶莹的泪水。这时，他整个的心为之一颤，他想起自己刚进工地时，那场不大不小的交通事故，因为碰撞的惯性，无意间与女孩的身体意外地相贴。他忽然对着夏季暴雨来临之前的天空喊："难道我们就要这样一辈子吗？"

但周海第一次感到，女孩子那永远不被日灼晒黑的白皙脸，很久地凝视着自己，仿佛是在说：海，不会的，你不会的。

"快，用塑料布盖住梁面！"林开明大声地喊。他的眼死死盯住已经浇灌好的梁体，他怕这些没有初凝没有强度的梁体，被忽然的狂风打散、打烂，然后浆液流失。

此时，天空的云层在翻滚扩大，闪电的影子在江岸浮现，并向钢厂延伸。一个亮丽的闪电袭来，丽菁在高空打了个寒战。周海其实也很恐慌和害怕，但谁也没有想到，这个看来弱不禁风，满脑幻想的人，坚强地一手抓紧立着的圆木，一手紧紧地拉住丽菁姑娘下意识伸出的手。这就像在那场交通事故中，丽菁姑娘下意识地抓住汽车扶手，用自己的前胸紧顶住就要摔倒在车上周海的脊背一样。在忽然的强风暴雨中，丽菁的身体明显地摇晃了一下，但她终于在空中稳住了。

他俩尴尬地站在暴雨来临的天空下，周海不知道自己为什么，眼睛下意识地盯住姑娘潮湿的身体，她单薄的衣着，显示出她胸部均美的轮廓。

一双怪异的眼睛也盯住这夏季暴雨的风波。终于，开明师傅很不情愿地走远了。

暴雨过后，曾经热闹的工地一片安静。雨后的天空，碧蓝如洗，当眼前的乌云消散，西方的白云，像香格里拉的雪山一样。太阳慢慢隐入遥远江畔青色的山峰。一片鲜红色的晚霞好像忽然呈现在眼面，就像金色的沙丘夹着一粒粒红玛瑙一样。

丽菁静静地坐在混凝土搅拌机旁的沙堆上，她那纱一样半透明衣裙，轻轻铺展在同样金黄色的沙堆，而红霞就在她屈腿盘坐的沙丘高地。

周海忽然感到又一种激情与冲动，他没有想到，在这建筑工地上，有这样美的情景与美体。这比在学院课堂里的模特，竟美上不知多少倍呢。

（六）

周海当时没有能记录下丽菁的倩影，他早晨来时，左肩背着的小画夹已被暴雨浸泡了。他只能用记忆回想那一刻的美丽。

傍晚，雨后的空气让人舒心与畅快，他和丽菁走向小山坳处的黑瓦红砖的单身民工宿舍。自来到这个巨大的接受再教育的钢铁厂工地，周海曾一个人在苍茫的暮色中，走向民工聚集的房屋，他感到孤独和恐慌，星月当空，霞光却还没有完全收敛。他想起自己很小的时候，他同样孤独地站在筒子楼的小区，邻居老人和母亲在夜的灯光下讲着狼来了的故事，他觉得现在自己已经成年，为什么会对童话世界慌恐呢？周海腿脚依然发软、发颤，一点不像受过无神论教育的大学生，反而有一种返童的无知与怯弱。

但今天，他与丽菁走在回工房的小山道，他凑得与丽菁很近，总好像想看清她眼内瞳仁反射的那个外部世界。他觉得，在丽菁的眼中，是一个把普通平凡的形象折射成另一个完全新奇的景象世界。他有意靠她近些，还想努力看透她半潮湿衣裙领内的丰胸，还有更深处那跳动起伏的心。周海不知道是自己的幻觉，还是真实的感觉，他发现，丽菁姑娘浑身散发着幽香的气息，他不清楚，这种幽香是否由于丽菁姑娘体内生命自然地散发。他想，刚下过暴雨，她并没有带什么香水，更不用说去擦拭了。半潮湿的衣裙，依旧紧贴在丽菁的身上，这对周海的视觉产生一股强烈的冲击。孤独的男女，命运的船锚又好像把他俩紧紧拴在一起。

这是一种完全不同于读书时浪漫的感觉，校园男生女生的爱情就像春天绚丽的花园，那是一些新生的含苞待放的花朵，爱情属于锦上添花的事情。而如今，无奈的命运就要把人一生的经历都消耗在这无底的山崖之底，同情与缠绵相互依存，成为全部恋情最基本的旋律。

周海望着眼前视觉上很透的少女的身形，忽然，他想起，在刚进钢厂那个出事的大客车上，姑娘的双乳偶尔间擦着了他背部，那软绵绵奇妙的感觉现在还让他回味着；还有至今死活也不肯穿肥大工作衣，却总穿着淡黄色连衣裙，立在海一样蓝的高空的倩影。她干活时经常蹲着，总落着泪，拿着小瓦刀，痛苦地平着梁体表面的水泥浆液。周海感到内心有一种强烈的冲动，他想若能紧紧抱着眼前的女孩，就是两人一起滚下小山崖，让这辈子一直埋葬在这块土地，也没什么遗憾的了。

"我爱你，丽菁！"周海的声音不太，但在静静将落的晚霞中，却显得很清晰。几只美丽的蝴蝶在晚云中飞，更远处愉快的小燕子箭一样冲向霞云端。

丽菁望着周海，开始显得很惊讶，然后，又说："不，你不可能！"她深深叹着气，身子还是与周海保持一拳的距离，没有远离，也没有贴近他。

晚霞就要落下彩色的帷幕，放目远眺，山下近钢铁厂家属小区的月牙湖畔，挽臂的情侣在小路前行。直到这时，周海才忽然体会到，那让人能真正扎根于这土地与环境生存的基础是什么了。

对于未来，周海竟不再打算什么了，所有从小学唱到大学高亢的歌曲，渐行渐忘，他真想抱紧眼前的姑娘，与她一起走向未知的明天。

"她不可能不愿意！"周海这样想。

<h1 align="center">（七）</h1>

晚霞隐入远方的江岸，山坳处单身民工宿舍前排的头两间房，就是民工的食堂。此时，正赶上周末，饭堂内灯火通明。周海像往常一样，拿着饭盒走向小小的半圆形的窗扇，但却被林开明叫住。周海的目光充满了得意，也夹着淡淡的苦闷。那是一种让人难以捉摸的表情。而对周海来说，他不喜欢与这些民工交流，他觉与这些人交流不出什么深邃的内容，是浪费时间。有这个闲时雅兴，还不如看看小说或人物传记。

望着陷入沉想的周海，开明师傅拍了拍他肩膀，这让周海像打了个寒战一样地转过头来。林开明说："我们这个施工队受到了公司的表彰。顺利完成36米桁架是多少代建设者的梦呢，我们用手工完成了征服尖端技术的创举。"他说完竟快乐地流出口水。但周海觉得，这种说法是十分可笑的。开明师傅说："小老弟，喝杯酒！"说完，开明眼皮向上翻着，将瞳仁斜视着对着周海，这让人感到一种强迫的可怕。但周海长这么大只喝过少量的红酒，却没有喝过白酒。

周海转向饭堂长条的桌子，他发现丽菁已经洗完澡，女孩子头发湿漉漉并卷曲着。她似乎很希望周海同工友一起喝点并聊天，同他们打成一片并不吃亏。人总要屈从环境，才能活下去。丽菁已经习惯这种聚会，并不为理想，而是为生存。丽菁的父亲退休后不久便忽然去世。一些一生从事重体力劳动的人都是这样，到六十岁刚退休时，表面看上去身体还挺硬朗，但也许年轻时过多地透支了体能，说不行就不行了。丽菁的母亲没有退休金，她还得靠女儿每月送钱养活。丽菁觉得，如果在有些时候，不顺从和迁就这些乡村农家人的儿子，便无法在眼下的环境生存。她用鼓励的眼睛望着周海。

第一次喝白酒，又呛又涩，很难咽，真让人眼泪都要流出来。而开明师傅已经半醉了。借着那一点酒兴，周海的肩主动靠在丽菁软绵绵光露的膀子。丽菁喝了小杯红酒，竟然也不躲开周海看似轻浮的举止。

开明穿着在乡下那半身已经瘫痪的妻子寄来的白衬衣，他红着布满血丝的眼睛望着周海。这双微红的眼睛，让这位一直想做建筑师的男生感到心里有些恐惧。他甚至想，如果自己一个人走在山道，开明一定会持着刀，红着眼，跳出灌木林，从背后向他捅来的。周海不知为什么，自己竟会对这个人人称赞的好队长，有这样的想法的。

周海也不清楚，自己在什么地方触怒了开明。队长忽然冲上来，用双眼盯住周海说："我苦呀，我有两年没有回家看一下瘫痪在床的妻子了。"但一会儿，他像了泄气的皮球，说："回去又有什么用呢！"也许，在周海看来，开明在节假日多加班，就是想对他残损的家庭做最好的回报：荣誉和加班工资。

"让开明师傅收你做徒弟吧！"丽菁用软绵绵的膀子，碰着周海。这让周海骨头都酥了。

没等周海说完，丽菁拉着开明师傅新换的雪白的衬衣说："你让周海做你的徒弟吧，这样你和小组其他的师傅就不会欺侮他，也不会看不起他了！"

（八）

半醉半醒，那也许就接近一个真实的人了。

周海被丽菁轻轻推着，丽菁用纤细的手，给他的小搪瓷酒杯倒满了酒。虽然，周海有些半醉，但他还在思想，此时，他整个的口腔，已经感觉不到初次抿酒那涩涩的感觉，他觉得口腔有一种甜麻的感觉。周海斜过身，看着一旁扶着他的女孩子。他发现，眼前的丽菁眼睛画着淡淡的黑圈。她的嘴唇很红，噘起来，真是一副让人爱怜的样子。

周海想起了汉代，韩信屈辱别人的胯下。也许自己真的要在这山坳待一辈子呢，他的目光穿过宿舍的门窗外，远眺这半山坳之下，南面被灯海笼罩的炼铁高炉的轮廓，它似乎想与头顶的小山之峰比肩。那山下的灯海，遮掩了半个天际的星空，明月此时也只发出暗淡的光辉。他想：丽菁，一个城市的年少女工，离家独自生活在这山坳，也许不是开明的保护，眼前自己心仪的姑娘，这生存在男性成堆里的唯一女孩子，也许早就被人暗暗糟蹋了。

"为了她，也为了我自己。"周海这样继续想，"听人说，整个施工队不久，也要划为钢铁厂的地方修建队了，这样热爱建筑的自己，不能走遍全国的大江大河了。也许，就要在这里度过一生了。可有丽菁在身旁，自己又怕什么呢？"想到这里，周海咽下一股苦苦的口水，拱手上前对林开明说："师傅，受我一拜吧！"

但开明马上拉住整个身体重心下移的周海，说："大学生，怎么……"

而此时，周海显得很恳切，其他在场的工友也乐哈哈地说："好事啊！好事啊！"

那是一个奇特之夜，已经过了十二点，大家才借酒兴散去。周海知道自己已经不胜酒力，他悄悄跑到宿舍后山的灌木林，吐了。当他苏醒之后，他发现，整个高炉的灿烂的轮廓灯已经灭了，近处的小月牙湖笼罩在黑暗里，完全看不见。夜的星空辉煌，弯月静挂在树梢的背后，蟋蟀在林中轻叫，萤火虫闪烁在夜幕下小叶的青绿间。也许虫界自己认为，已经叫响整个寰宇，已经点亮一片世界。

周海好想丽菁姑娘。他没有回自己的宿舍，轻手轻脚走到丽菁姑娘独自的房间。那里的灯光还亮着，细碎梅花的窗帘拉着，但它却意外地露出一角。周海慢慢地靠近自己刚来这工地就迷恋的小屋，他发现，有个人影在窗台下蹲着。透过那窗帘意外露出的一角，能看见里面只戴胸罩、没穿上衣的姑娘晃动的身影。周海发现那个影子慢慢地立起，却用手紧抓住自己的下身，然后快乐地在夜幕下轻叫。

"有人在偷窥！"一个念头立刻闪现在周海的脑海。凭借着刚刚的酒力。周海浑身热血沸腾，眼前这影子是在窥视自己心仪的姑娘啊！周海顺势操起一根枯木棒，朝着那影子就砸过去。那影子闪了一下，终于，踉踉跄跄倒在黑夜的土地。

左边的门开了，一股白色的亮光陡然照在影子人的脸上，他的前额印满了血迹。丽菁姑娘从门的光雾冲出，淡黄色的衣裙彰显出她从未有的高傲的身材。她忽然向影子人扑去说："开明师傅，你怎么了？"

"他在窥视你！"周海愤愤地说。

"不，他怎么会这样，怎么会这样！"丽菁哭丧着脸喊。

（九）

并不需要周海与丽菁的拯救和搀扶，开明师傅从血泊之中站起。他已经没有英勇的气概，他在朦胧的月影中摇晃了一下。平房外的骚乱，引来刚要上床的两个工友推开了房门，他俩探出脑袋，朝周海这边的三人张望。丽菁转身对着那两个工友喊："没什么的，睡去吧！开明师傅醉酒摔跟头了！"两个工友互相望望，吐吐舌头，把脑袋缩回去，关上房门继续呼噜去了。

周海怨着丽菁，知道出了这样的事，她为什么不拿起法律的武器抗争，委屈自己又何苦呢！

丽菁也在奇怪自己的刚才的举动，这是对以前开明师傅的报答和感恩吗？也许，她还记得自己刚住进这山坳民工房的日日夜夜。同样的朦胧之月夜，丽菁出了宿舍门，拐进最后一排平房的茅舍。一个影子尾随着她，并从后面抱住她的胸部，丽菁姑娘吓得在夜幕中要惊叫，但她却被一只手捂住嘴叫不出声。是开明师傅突然冲上来，用手扼住那人的颈部，让他动弹不得。第二天，那个作怪的民工就卷铺盖回家了。丽菁没有好的家庭背景，她只有混迹在这群民工中，才有工作、有收入。她想，如果不是开明师傅，自己那次就失身了。她当时用感激的目光望着开明师傅，想：如果师傅没有与一个因在一场意外交通事故中而高位截瘫的妻子组成了家庭，或许，时光再倒流十年，自己有可能会以身相许地报答别人呢。三年来，丽菁与这些民工风风雨雨，开明师傅在各方面都挺关照自己。但这一次，他的形象大打折扣了。

此时，丽菁抬起弯眉，望着被淡黄月光照着的周海，她想，自己应该寻求新的依靠。

她望着开明师傅。开明狼狈地走回自己的住所，忽然，师傅又转身，很不心甘地走近体形瘦弱、还像学生一样的周海。周海望着眼前壮实的汉子，心里立刻有些紧张。难道两人今晚要有一搏？

丽菁喊："林师傅。"开明愣了一下，然后，态度忽然变得很诚恳，他说："小老弟，丽菁姑娘算是你的了，你看，她多么在意你，要好好地待人一生啊！"

周海和丽菁此时都清楚地看见，这淡黄如琥珀色的弯月下，一个坚强的汉子潸然泪下。他的背影无语，却依旧歪歪斜斜，走向他应该走的道路。

而此时，周海转身把将丽菁紧抱在怀里，而丽菁一点也不躲闪，任周海把自己搂在胸前揉抱，亲着自己的脸颊、眼眉和嘴唇。

"丽菁，幸福吗？"周海整个身体在颤抖，他说。

但丽菁眼睛微闭，并没有回答他月下的问话。

（十）

"丽菁，把衣裙脱了，做我的模特！"周海说。

还是这一间简陋得不能再简陋的民工宿舍，虽然，夏季天气闷热，让人感觉喘不过气。但在这间让周海记忆深刻的小屋，门窗时常紧闭，细碎梅花布的窗帘依然拉着。

周海与丽菁紧搂着，那闷热、呼吸不畅的感觉，反而让人中枢神经麻醉。墙壁斑驳的石膏粉脱落，但没有《西斯廷圣母》或《蒙娜丽莎》的油画。

丽菁紧拉着连衣裙的肩带，似乎并不想让周海很快洞悉她身体的全部。她可以让周海搂抱，并闭上想象的眼睛，让他亲吻，但她不愿在白炽的灯光下，一丝不挂地端坐在床上，或手搭在靠椅小背，用一种十分奇怪的目光望着眼前和心底，我们这个惨淡的世界。

周海并没有违心，在这一顷刻，他心里清楚，自己是深爱着丽菁的。他此刻，也无法想见未来的事情，如果环境就此停顿，他完全不会考虑别的什么归宿，他这时，就仰躺在姑娘的怀里，他看着如同两座雪山一样美丽的山峰，它们在自己的鼻尖上起伏，他好像仰视着山峦之上的蓝天与白云。

雪山向广阔的原野铺展。周海嗅着姑娘淡淡的体香。有时，他自己感觉就像在无际的沙漠孤寂地旅行，眼前还看不见绿洲和乡村，正当自己精神处于极度贫乏，肉体处于苦难煎熬之中，一个命运同他息息相关的异性与他相向走来，但谁又能抵御这种吸引，不想与姑娘真诚地结合呢？

终于，周海扯开姑娘淡黄色连衣裙的腰带，白色柔嫩的肌肤显现.

丽菁整个身体震颤了一下，然后，苦痛地把头扭向一边。上面的眼泪与下面殷红的血在流淌。

周海很激动地喊："怎么了，丽菁，很痛苦吗？"

丽菁那苦涩的表情，变成淡淡的微笑。她美丽的头发，在床上散开，就像雪山融化为泉水一样，好像也在流着。她露出洁白的皓齿，轻轻说："不，海，这一刻，我很幸福。但我，好像忘了一切，过去与童年……"

那是，周海惬意的表情。他静静望着眼前，在自己身下，一丝不挂的女孩子，他嘴角淡淡的，那是征服者的微笑。周海在学校时，总是被别人征服。如今，面对一个委身于他的女孩。虽然，周围的环境一点艺术气息也没有，但他与她，就这样结合了。是现实超越了理想，还是理想屈从于现实，周海已经无法描述与表达。

忽然，丽菁紧搂住周海，不停地吻着他。一粒钻石般莹亮的眼泪珠淌了下来，她对周海说："永远爱我！"

周海让丽菁的头枕在自己的手臂上，墙壁依然斑驳，没有绘画，窗外也没有音乐，只有钢铁高炉在较远处的山脚下发出响声。

（十一）

次年的夏季，蚊虫依然在草叶上飞舞，但从山坳间的平地通向山脚南面的湖畔，推土机推平了高低起伏的丘地。周海每次走过这片小山地，望见在这重工业区的钢铁基地，这儿还存在一片海蓝蓝的月牙小湖，他总感到心情愉悦。然而现在，这最后的一片原始的土地也被推平了。

这天，丽菁说她头有些痛，她并没有陪周海到这片被夷平的山地间刚建造起的图书馆来。周海低着头，注视着湖边的落日、火一样的霞云的倒影，还有在路边随风飘浮的小草，美丽的蝴蝶在飞。

"也许，还能看到掩埋在草根下的霸王别姬时的汉代遗骨。"周海这样想，但最终没有看见它们，也许它们都已化作茂盛的草叶？其实，生命是脆弱的。周海最近总感觉有些魂不守舍的，他知道这样是对不住丽菁的，毕竟丽菁是一个把最洁美的身体给了自己的女孩子。有许多天，周海独自在钢铁厂的各个角落游荡，仿佛心里有一种离别时的怀旧感，而丽菁说什么也不愿意陪伴他。她说："海，你最近怪怪的！"有时，周海并不知道，这是平静，还是悲伤，但总之他除了反复回味与丽菁身体接触的快感外，他觉得，丽菁与他的话愈来愈少了。

然而，那肌肤相亲的快感，随着时间的流逝，也慢慢淡化。"难道自己真不懂得爱情？"周海这样想着，走进了他与丽菁共同用体力建造起来具有知识的人才热爱的图书馆大楼。但同时他又觉得，自己也走进了一条没有退路的胡同，不是翻身跳过这坚强的围屏院墙，就是倒在像开明师傅所派的追兵之下。

图书馆窗明几净，雪白的墙壁，让实际并不大的阅览室显得很宽大。周海习惯性并下意识地朝南侧的阅览桌椅望去，他看到的是另一个女孩：卷曲的长发，微笑着轻轻露出皓齿，仿佛总在说笑、等待。周海清晰地记得，自己刚入学时，一个高他一个年级的女生，戴着洁白的旅游帽，在大树荫下举着校牌等着他们新生。她为什么现在来？也许并不仅是因为她那作为教授的父亲看上了周海—这个曾是学院建筑系的高才生流落钢铁厂几年了。

周海想：为什么读书时，自己对这个女孩，或者没发现女孩对自己的感觉呢？

可如今这些天，这位女校友两个微笑着甜美的酒窝出现了，也许她已费尽心力，才找到了周海。通过她，周海完全看见了另一个世界。苏州园林一样设计院古典的四合院、假山、喷泉，黑色的奔驰轿车无声地折射出太阳的光辉，慢慢朝机场那湛蓝而广阔的天空开去。她会把自己林园的设计带向国外。周海知道，如果没有老教授—这个还惦记着自己的恩师相提携，理想永远只是海市蜃楼。

但暗恋，是个奇异的东西！

图书馆北面的窗户，就能看见自己山坳间的小屋红顶。周海也奇怪，他与丽菁那样的结合：夏季的夜晚，两人赤身裸体，是情爱？但两人竟不曾谈过结婚的事情，也未谈及未来的生活。也许当初那急风暴雨般地结合，双方后来都觉得有些草率吗？或者，还是两人完全知道，在看不见尽头的漫长岁月，彼此确实没有发现周围有更合适的，是完全出于肉体的需要？这就像人需要空气和阳光一样。但也许，那真的有爱情，因周海遇见教授的女儿就变心了！生命与爱情太复杂了。

完全没有像初遇见丽菁时的激动，但周海又遇见了教授的女儿雪梅。

（十二）

周海慢慢走近书架。每个架子组成的方格子，它就像整个处在嘈杂、充满淡淡硫磺味的钢厂，开启明亮的通向外层宇宙的天窗，周海仿佛又走近大学图书馆似的，眼前的一切，就像旧日再现。那充满幻想的天窗，和南墙明亮的窗扇，透着太阳绚丽的光辉。一个穿着蓝色低领连衣裙的女孩模糊的影子，她坐着，正朝他微笑。周海不敢正视女孩的眼睛，却离不开她圆领前露出的小半个胸乳。

周海自己也觉得奇怪，自己已经拥有丽菁，却依然喜欢看其他的美女。

他随手翻起一部刚上架的精美的杂志，上面印着一幅影印画。画面是如同香格里拉一样的古镇，雪白的山峰下，是一片碧绿的草场，河流蜿蜒穿过，红色的小房子，就像玛瑙一样点缀其间。有一支笔在古镇西部的坡地补画了一个古塔。

周海觉得这人为刚描上去古画的笔法似乎有些熟悉。他想借出图书馆，但被管理员拒绝了。周海在书架前又走了两步，眼前一亮，他又发现一本旧苏联时代的书，封面是一个年青军人戴着钢盔，在西伯利亚的暴雪中筑路的场景，书名为《钢铁是怎样炼成的》，周海记得，他在初中时就读过这本书，开始他还以为这是与《十万个为什么》一样的科普书。但他如今身在钢铁厂，却不知道这块非钢似铁的自己应该怎样做，才能炼成什么。他一下子翻到了那个名句，但如今读起来，已经没有少年时代那样冲动了。只有往事配合着那默念的句子涌上心头。这就像音乐，真正美的音乐是在能够唤起人类情感深处形象记忆的。他念着："人最宝贵的是生命，而人命对于只有一次，只有在他临死的时候……"他无法默念下去，他看见正等着他的穿着蓝色连衣裙的女孩子，她起了身，但却一点没有怪罪周海怠慢自己的意思。

"我们去楼下的溜冰场吧！"雪梅说。周海思想虽有些犹豫，但身子不由自主地被别的女孩子拖去了。她是与自己同岁但长一年级的校友，周海很想重新温习一遍自己在大学校园的生活。人在绿色的河堤上席地而坐，聚精会神地画着蓝天白云下橘红色的教学大楼。他幻想着，像恢复了风华正茂、青春如歌那最华美时候，他开始歪歪斜斜挽着雪梅，走向溜冰场的中央。他牵着一只柔软的小手，在旋转的天空下飞翔。

"周海——"周海发现场外有人在喊他，是丽菁。自从周海与她成为男女朋友之后，丽菁就没有呼喊过他的名字，不是叫海，就是喊亲丈夫。虽然，他们俩并没有履行过结婚的手续和仪式。此刻，周海的脑子一阵紊乱，所有美好的幻影一下消失。

丽菁好像听不见周海的呼喊，径直朝小山坳的平房奔跑。雪梅穿着蓝色的裙，低领的口，雪白的半胸。雪梅好像知道已发生的一切，好像知道将发生的一切，她没有脱下溜冰鞋，站在那，只是静静地望着。

（十三）

　　丽菁在钢铁厂区的柏油路上奔跑，重型装载拖挂卡车一辆接一辆，带着盛着铁水的钢锅，从女孩子身边飞过。丽菁仍然穿着每年夏季都穿着的淡黄色连衣裙。所有一切的苦闷与猜疑，就在今天的溜冰场得到证实。周海牵着这个与丽菁如孪生姐妹模样的人，快乐地溜滑着。这不就是最近两个月来，周海魂不守舍的根源吗？

　　"他依然寻找机会，撕开我的上身衣裙，头钻进我的怀里，抱着自己，但心里却怎么想着偶然来钢铁厂寻找什么人的女孩子。怪不得他对自己避而不谈婚姻的事情。但是，他仍是高傲得像流星一样坠落在钢厂这片土地的天之骄子。而我自己……"丽菁想着，小跑着，一棵歪脖小树似乎想挡住她直跑的路，她放慢脚步，想："自己从高中毕业进钢铁厂，已经四年了，天天从这个灌木林间的小路上山下山，却从来就没有看见，这个如北京景山公园的那株微缩的歪脖子小树。"这时，人能看见山下冒着硫磺色的高炉轻烟。刹那间，丽菁想沿着并不很陡的小山崖跳下去。但她紧张地发现，周海追上来小小的影子正在放大，朝向自己。丽菁目测了一下这坡的角度，它竟然不超过四十五度，她嘴角稍稍地抽动起来，忽然她淡淡地嘲笑起自己："这平缓的小坡，能结束自己的生命吗？如果只摔个半死，自己还要痛苦一生。"但她想："自己一定得报复周海，他欺骗了自己的感情与青春。而自己现在一想到与周海发生关系时刻，在他构建的已经具有艺术气息的小平房内，他早晚总是缠绵自己，但他心里竟还有一个多年前暗恋着的别的女孩，现在她竟找上门来。不行，我得报复他，报复他的世界！"

　　她拉起黄色的衣裙角，继续向山坳的平房奔跑。

在一扇门上挂着一束意味主人平安的马尾草前，丽菁慢下脚步，她看到了开明师傅住的单身宿舍，屋内光线虽然很暗，却也能让人看到占了整个屋子一半的床，那杂乱的床上，半躺着一个女人，她天天如此，月月如此，年年如此，并用无奈神情面对眼前的一切。

"我已经和她离婚了，但我答应要照顾好她，我曾经的女人一辈子。"开明曾与丽菁说。

而此时，开明站在自家的屋檐下，像是在等着自己，丽菁想。而开明的眼睛此刻放着光。

丽菁整个身子为之一颤，她一下要猛扑到这个比她大十五岁的男人面前。开明仍然坚实的臂膀散发着水泥特有的让人窒息的气味，他也没躲闪。丽菁没有再喊师傅，她不顾一切地冲上去，搭紧开明师傅宽厚的肩，说："开明，你不是一直暗恋我吗？这就娶我吧。我们结婚吧。让我们一起照顾高位截瘫的嫂嫂！冶

"小丽，你不要作践自己！"周海已经跑向山坳的平地，他痛苦地喊，他想伸手拉回丽菁，但开明师傅大声地喊："她已经是我的女人！"

小丽慢慢坐在一只小方凳上。小凳前面有一个紫红色的木盆，里面装满了刚换洗的衣物，白色的肥皂水在阳光下一荡一漾。小丽此刻低着头，没有理会周海，她拼命地搓着洗衣板，好像要搓掉过去自己全部生命印象一样。

"你和他没有爱情，只有性！"周海对着丽菁说。

终于，丽菁停下搓着衣物的双手，嘴里嘟囔着说："性与爱情，也许，我真的不懂它们的区别。"

"小子，现在这儿有你说的话吗？有你说话的份吗？"开明师傅怒目圆睁，对周海说。

（十四）

周海最后离开江畔钢铁厂那个小山坳，或者说，最后看一看他生活过的钢铁厂的时候，就是丽菁与开明师傅结婚办证的第二天。周海没有脸去参加他们的婚礼。而那天的早晨，丽菁的母亲却悄然离逝了。工程队的民工传言：是做女儿的丽菁的行为，她把本来就有心血管病的母亲气死了。

那天傍晚，天空黄灿灿的一片，看不见蓝天与白云，那像淡淡黄雾一样的空间，笼罩着整个钢厂，还有仰头在深绿间山坳处青色房屋的红瓦。

教授的女儿雪梅在前，周海背着画夹在后。他俩似乎带着沉重的心思，赶往过江的长途班车。

忽然，雪梅转身朝山坳的平房连排宿舍跑去，周海有些茫然，跟着上了小山道。此时，山脚下的一汪月牙状的湖水也是黄色的，一切景致，还有轻风中摇动的树叶，都像浸在琥珀色的玻璃体中。

在山坳的一间民工的宿舍旁，丽菁依然坐在小方桌上，在紫色的木桶边洗着一大堆衣裳，神情就像莫泊桑《项链》里的女主人翁失落假项链以后的样子。但她皮肤依然雪白。雪梅站在丽菁面前喊了声："妹妹！"

丽菁惊讶地抬着头，看着眼前的情敌，自己怎么竟与她是双胞胎姐妹？而丽菁那童年刚懂事曾有的预感终于出现了。她还记得，自己很小的时候，被母亲牵着，来到眼下刚建设中的钢铁厂。就在这个山坳之地，丽菁被养母拉着并仰看着养父，长一辈的建筑工人没看见这么白净的女孩，他们都扬起脸笑着说："这可像你们的女儿！"丽菁养父母显得很尴尬，这一对没有生育能力的夫妇俩，知道站在眼前的，是一个下放钢厂劳动的知识分子过继给他们的孩子。建筑学院的教授觉得，把自己双胞胎其中的一个留在钢铁厂的工人家里，她会比生活在知识分子家庭生活得更好。教授就要赶往更艰苦的农场牛棚了。

雪梅对丽菁说："妹，不瞒你了，我来钢铁厂就是两件事：一是找我大学时代暗恋的男友；二是受父亲的托，来钢铁厂找一找我孪生妹妹你。没想到，竟夺了人的爱，但爱真不能相让的。我们的父亲说，如果妹你的养父母不在世了，就让我带你回家啊！"

周海紧张地后退两步，说："雪梅，可我并不爱你啊，你太理性了，我们只是普通的朋友，我这次回母校，也是看在老教授爱生如子的分上，我自己也想在事业和理想上有所发展。"

雪梅一下倒在水桶边："周海，你早说呀！你总那么暧暧昧昧，我害了自己，也害了我妹！"丽菁立刻从矮凳上起身，搀扶着这个自己打出生后就未见过的姐姐。此刻，双胞胎姐妹抱头痛哭。

丽菁帮姐姐擦擦眼角的泪花，说："姐，你也不要替我难过，我曾尝过爱情，我只要知道，我在曾爱我的人心里现在还有分量，就足够幸福一生了。我相信，人刻骨铭心的爱只有一次。以后，多半因为性而重新结合，而婚姻，多数只因为生活与生存的需要啊！"

（十五）

淡黄色的天空，在这天的傍晚停留了很久。林开明师傅又去工地加班，而他的半身不遂的前妻依旧半躺在床上，她没有办法说出什么，这个同样悲苦的农妇，只是默默在屋内木愣地静看静听。

"开明是个好人，我会和他一起照顾好嫂嫂的。"丽菁说。

雪梅说："妹，你从小就离开了亲生父母，太苦了，为什么不重新再来？"

"那一次的爱情，就像流水一样，去了不会再回来了。我已经是林开明的媳妇，让我认了永远是打工仔的命吧！"丽菁把眼神转向周海，说，"爱我姐姐吧！"

此刻，周海多想冲过去，再紧抱一下丽菁，就像以前，能狂吻一下这个女人的眼睛、睫毛、嘴唇，她的全部……

不是吗？那蓝天、白云、雪山、古镇正是他与丽菁共同幻想的地方。

当傍晚，黄色天空的帷幕渐渐落下，周海与雪梅已经坐在离开钢厂过江的长途大巴车上。周海与雪梅买的票虽然是连在一起，但却在分开的俩座位上。他们之中谁也没有提出与身旁的独自而行的旅行者换个位，好能双双坐在一起。纵然回首，当客车跨过连着江南对岸的大桥，钢铁厂的炼铁高炉，还有小山坳的平地，竟如同白天一样清晰。那与天空同样淡黄的江水，时而起伏跳荡，时而形成大大小小的漩涡盘旋。一艘艘巨大的货船劈开浪花，正向能卸载铁矿石的巨型舶位驶近。周海一下觉得，过去消失的生活、第一次过长江时那场不大不小的交通事故，竟不是什么苦难，一切的回忆，是多么美好呀！

昔日的马帮古镇：远处雪山，白云，蓝的天空，这完全就像早些年，钢铁厂图书馆书架上的那份精美杂志内页的插画一样。周海自从进了学院的设计院以后，也一直想找到那本画册，特别是那画册上一幅影印画，应该有铅笔勾勒出古塔在夕阳中轮廓，但他没有找到。

许多夜晚都没有睡好觉的周海，依然单身，他从小镇临河的七里湾煎饺锅贴店走出来，他远远注意着一个女孩子的背影，她手中紧紧攥着那幅珍贵的古典影印画，现在竟攥在周海的手里。望着在钢铁厂旧日的恋人丽菁，忽然周海又想起丽菁还有一个孪生姐妹。周海对着刚才在店内与他相视而坐的女性，那姐妹俩的定位，是丽菁还是雪梅，他一下子变得模糊与茫然了。人通过思维，要把情感或感觉的内容完全理清，就很难了。

但那女孩子送来的影印画，的确是老教授的珍藏，周海沿用了画上用铅笔勾勒的古塔造型，并把塔间的飞檐、斗拱、石兽、风铃细化了，现实让设计回归古典。终于，在二次的设计大赛时，周海中了大奖。

他依然孤行，在理想与现实中，在回忆与生活中。

八、离别安蕾

（一）

我最后一次与安蕾在丰县小长途汽车站离别，两人就这样面对面坐着。那闪光镀着铬的铁椅，在午后小站窗外透进的白光中显得十分耀眼。它就像一颗闪亮的流星，在白天明亮的天空划过，但它出现于冬季的天空，看着光亮，感觉还是让人寒冷。

我望着安蕾那楚楚动人的眼睛，她在这冷空气刚南下的初冬，依然穿着黑色的丝袜。那丝袜内，是迷人的长腿，有着丝一样光滑的白皙皮肤。我曾轻轻抚摸过它，但它终于不属于我的。她仍低着头，玩着我送给她的苹果手机。她的睫毛不用化妆，也显得很长很弯。我不能面对她过去的感情经历，但我却尊重她的选择、敬慕她的人格。

我俩此时都在等着离开乡镇的车，但绝不是一个方向。燕飞蝶舞，各去东西。

远远的，那经过整治的丰县水泥厂的白烟，慢慢飘向蓝色的天空，带着悠长的尘埃。

"到丰县乡里的班车马上就要开了，请还没有上车的旅客抓紧时间上车。"车站门口检票小姐用甜美的声音，善意地提醒候车的旅客。安蕾忽然紧张地站起，望着候车室那巨大的落地窗。涂着广告油彩的大巴来来回回游起，车站就像生命旅途的港湾，而我们无奈地等候着如同海船的班车，把我们送到目的地。也许那是安蕾和我心里情愿去的地方，也许，那根本是我或安蕾不想要去的地方。但终于，她起身了，从冰冷的铁椅上站起。她用很大但急促不安的眼睛看着我，至始没有说一句话。

她的身影终于消失在一群急匆匆的旅行人群之中。

我站在候车室巨大的落地窗前，一下子没有勇气面对来回的人流，甚至没有勇气去看已经发动着的大巴。安蕾也登上大巴了。初冬的太阳、白色的道路、桦树的防风带、彩色的大巴车影子，都倒映在浸着夜晚雨水的停车场上。我还想奔跑过去，再次摧毁我过去所有的承诺，但就在这时，检票口的小姐对我喊："到临城的班车已经开始检票了！"

我慢慢回身，走向另一个检票门，但所有在这一星期前发生的事情，又浮上心头。

（二）

我所在的临城写字楼，很高，它像浪漫巴黎凯旋门的造型，但大楼的基座是八层方形的塔楼，人乘着电梯上去，可踏入每层的方形廊道，基座顶是金字塔的外观，由巨大水晶玻璃盖顶，也围成四方的回廊。我喜欢天气晴好的市区。南方实际入冬比农历节气要晚，梧桐树冠还夹带着绿色，像北方秋天的样子。早晨公园的绿地还能闻着露水蒸腾的清香。偶尔，一两部高档的轿车无声驰过青色的柏油道路，那光彩的晨霞，在新洗的蓝色金属车身上一闪一闪的。

我经常很早就走进写字楼。这时，穿蓝衣的清洁工还没有上班，一切都十分安静，就算一根针掉在地，人也能听见，这声音在八层顶部的廊道天井里清脆地回响。我早早地到来，就这样傍依着廊道透明的玻璃

栏杆，等待那水晶构成的金字塔顶透过来的晨光。它们绚丽华彩，就像

一个走在晨曦的女孩子，她那水晶鞋高跟底折射出的光辉一样，五颜六色的。

好些天，我却没能看到那一束水晶鞋的光带。是啊，我好像觉得，有很长时间没有看到那美丽的光了。写字楼的生活有时是十分枯燥的，我沉溺于文山会海，每天强迫着自己去记一些商品交易会的议程，就像小学生记外语单词一样，要逼迫着自己，每天都必须记住那些出席会议的人名，并忙着用电话联系客户，填写大量与会者有关的表格，这些表格要从会议开始填到结束。其实，如果这些会议完全可以先开一个，先踏实解决一部分问题后，再开下一个。但问题是，每一天都有两三个会议日程让我联系。根据机关安排的时间，我们从每个成员座位到食宿，还有礼品，都不能遗漏，否则就会出礼节上的大事，影响整个集团的商业运作。这些工作对我来说脑袋都会裂开的。那出头露面的都是各商家、各会员单位董事会的头面人物。而当一个会议刚开始，我就又悄悄地走回写字楼的四方廊道，组织安排往下的会议流程了，汇报签字手续烦琐。

这天，电梯又开始不断地把我升向凯旋门楼的第八层。早晨的电梯，好像应该就是我一个人。当电梯门刚合拢时，它忽然颤抖着，挣扎着要重新打开来，我心里一下烦起来，莫明的心火，从胸底而升，想：怎么搞的？

但当电梯门完全打开，一个美丽的平齐刘海的女孩子笑着望着我时，我的烦闷像了泄气的皮球一样。很快，从不知名的地方又给我一股精神，让我愉悦起来，我从心底喊：安蕾！

（三）

对于公共活动场所的设计，是一个比较有趣的问题。我不知道，我们应该感谢这写字楼电梯间的设计师，还是应该蔑视他。眼前的电梯，

我反反复复上上下下乘坐它，好像快两年了吧。它的门和四壁用明亮的不锈钢镜面包着。合上电梯门，轻微的排风扇发出海浪般的潮汐声，远远的，像隔着丛林或远山听见那潮汐的声响。我现在一点没有上班高峰乘坐写字楼电梯时的那种压抑感。现在，这个空间只有我与安蕾。

忽然降温的初冬，安蕾穿着丝袜，那迷人的线条，让我感觉到心里隐约的异样。不知为什么，孤男寡女在这狭窄的空间，情绪会骤然紧张起来。安蕾无论怎样摆动作，或者说怎样掩饰或躲藏，都无法逃脱暴露，但面对四壁的镜子，她下意识地把短小的外衣拉紧，努力掩盖住她那粉色毛衣绷着的两个胸乳，可她的全息的俪影就在我的眼前。这时刻，促人行为的欲望都有，我真想冲上去，抱紧她，紧紧地搂住她娇小的身子，吻她个不停。

但也许会有监控！一这样想，我立刻恢复常态了。监控，是一种现代文明，它催促人们在公共场所的文明，同时，也是现今文明的无奈。

安蕾，她从来没这么早来过单位，但她今天例外了。她竟与我在一个电梯里，只有我们两人互相望着。这种相望的眼神，带有一种相互沟通的渴望。

方形的写字楼过道。每天早上十点，与我办公室相邻的女子美容服务院的员工会准点出来。此时，音乐响起，女孩子们含着笑，在幸福的男老板的带领下，做起第三套广播体操。那一阵，无论我再忙，我都佯装解手或打电话，放下手里工作，出来看看这些容貌姣好的女孩子。

"闷骚男！"也许是我自己责备自己，也许我的职场同僚就是这么看我的。今天，我还是准点走出昏沉的办公室，出来看看做早操的美女们。

我在做操的美女间来回穿梭，很长时间没有人注意过我。我是谁，我在她们眼里只是匆匆过客，或者，干脆就不存在。但唯有这种情形，会让人心跳的。那是安蕾刚来美容院不久，她就注意到我，不！是我死皮赖脸地注意到她。夏季她半裸的丰胸，还有她那双眼皮的大眼睛。我盯住她，以至于她无法动作，仿佛音乐和体操都不存在了。我走近了她，她紧张地让着路。我往右，她往右，我往左，她也往左，躲避不开。大庭广众，羞人啊！对峙、相持、心跳。

有一天，我听见了，她正用丰县下面一个小乡镇的口音，招呼着等在门口要美容的女士。那是我家乡的口音，我也用这在临城人听来十分老土的口音，说："听见了！听见了！"就像巴黎圣母院聋哑敲钟人卡西莫多，对着吉卜赛姑娘埃丝米拉达那样的呼唤。安蕾的眼里放着光，惊喜地看着我。

这电梯缓缓地停了，我望着安蕾说："今天是冬至，晚上我请你吃饭，就在本写字楼二楼餐厅！"

她好像听见了，但她好像并没有把这当回事，她身上带着茉莉花香水味，从我鼻尖飘过。闭上眼睛，枯燥的写字间是不存在的，人整整一天都在花香中。

（四）

餐厅灯火通明，男女服务生来来往往。入口的喷泉，被彩色的泛光灯照着，随着店堂内的轻音乐跳着绚丽舞蹈。我一个人找到店内背靠巨大落地窗的位置等待着。落地窗外，是夜苍穹的帷幕，街的对面就是新建的高档住宅小区，万家灯火闪烁，就像银河的星星一样。

它就是每个流落城市街道或河畔小桥洞底单身者都向往的归宿。

店墙角上法国挂钟的指针在轻盈地游走。巴黎裸体美人的彩雕，作为巨型的钟摆，正计数着流逝如水的脚步。已经晚上九点钟了，安蕾还没有在餐厅出现，也没有电话。当我晚上六点钟坐在这四人桌的橡木餐桌前等待时，那一时刻初恋的感觉又回来了，我的心在跳，整个思想在浪漫的星空遨游。而当过了两小时之后，我真的绝望了，我知道安蕾不会来了。平时，她在写字楼与我轻松地微笑，一切都只是应酬而已？这正如我陪上司，偶尔成为招待宴上的座上客，脸上赔着笑脸，心里也许惦记着阿里巴巴的财宝，或者古罗马恺撒大帝权柄，其实彼此之间一点感情也不存在的。

但我有时喜欢这样静坐，无论是在幽静的湖畔，还是像今天这样，在酒家的一角，品味这淡淡的忧伤。真的，我要起身走了。整个餐厅，那离我较远的屏风处，服务生们正在清扫曾经热闹过一阵的餐桌。都走了？当我拿着春天的风衣，慢慢地站起时，我真不敢相信自己的眼睛：一个精心打扮的女孩子，她的眼睛动情地望着我们生存的世界，那说单不单，说双不双的眼帘，如同秋月一样迷人，并带着神秘的难以捉摸的蒙娜丽莎似的微笑，竟朝我走来。

我的心重新燃烧起来，就像夜间快熄灭的火焰重新堆上干柴一样。

"我在夜幕间的窗外，注意你好久，我也犹豫了很久！但我不想在这有很多人时我们相约见面。"安蕾说。

我想："什么也别说，噢，你就这样开始用我们一词。"

我约安蕾，竟并没有相约今晚吃饭的时间，久久的等待，然而她终于出现了，不就是上天安排的吗？谁也没有失约，也不存在相互捉弄，只是彼此长长的等待而已。

餐厅的女服务生递上了菜单。我们只求这里的环境，那轻飞曼舞的音乐萦绕整个餐厅的回廊四壁。

我没有打听过安蕾的家世背景，我开始感觉与安蕾应该有很多话要说的，但一开始两人在一起，还是默默地，我望着她，她也望着我。我问了我心中积蓄很久的问题，想说："有男朋友吗？"但话到嘴边变成："你一直一个人？"

是的，她的长相，完全像是二十一二岁的青春女生，我只能这么问。她停了很长一会儿，摇摇头。我很奇怪，这样清纯的女孩子，竟没有人追求。

但也许，她就是一张洁白的纸巾呢。

上来的菜中，有一道青笋，但口味有些咸。安蕾皱皱眉。我感觉，我真对不起安蕾，我很不满地看着上菜的女服务生，而今天，是这女服务生第一天工作，她委屈的眼里噙着泪。但安蕾用自己柔绵的左手指轻轻碰了我的右手面一下，说："算了，你又不是出钱雇她的老板，还是心平一些好。"

也许，那是因为她这触摸到我，让我整个心都酥麻了；也许又是她的宽容精神，但总之，我不会再计较别人的一些失误了。

我俩开始愉快地交谈，谈到古老的丰县，那一条沿着小山的街道、河流，那如同世界著名东方慢城一样的田野风光：风吹着银色花絮的草场，天空蓝的水潭，还有斜阳光照下，拍摄过近代许多影视作品外景的残垣断壁，偶尔，我们也聊到近年建设的丰县水泥厂对环境造成的污染。但一谈到水泥厂，我发现安蕾很不自在，浑身颤抖。

（五）

临城写字楼的北面，有一条蜿蜒而过的河道，那花岗岩的栏杆，还有围栏旁的斜枝杨柳，它们努力地把头探过如同围城的石栏，把长长的柳枝挂垂到碧清池里，水中有红鲤鱼游动。每当我想念宁静的家乡村镇的小河时，就会在上班前或下班后，有意地绕一下路，走过那雕花的石栏，沿着河道舒缓自己的情绪。那时，我竟能看到背影同安蕾一样的女孩子在河的对岸徘徊，她的脸形和穿着衣裙的颜色都模糊不清，也许是因为早晨临城的雾气，也许是由于黄昏后夜幕的降临，一切都朦朦胧胧。

有时，在晴好的午后，我独自走向繁华喧闹市中心处这一片楼宇与道路间的小公园散步，也希望那个模糊的女孩子的影子能够出现，变得清晰而实在，但终于没能如愿过。那时的印象好像已沉入心底，如今隐约藏着尘世的缘？

我与安蕾从餐厅出来，安蕾说："我要回租住的小屋了！"这时，写字楼入口巨大的玻璃门还在旋转，大厅内许多的装饰灯慢慢熄灭。我凝视着安蕾的眼睛，说："希望你能再陪我一会儿！"我清楚，自己的孤单和可怜。

忽然，城市楼宇间，一股夜的寒风袭来，安蕾打了个寒战。我脱下自己的风衣迎向女孩子。安蕾猛然想起了什么，说："等我一会儿，一会儿回来！"便跑回大楼。

我拿着自己咖啡色的风衣，它在夜风中空灵地飘动。我第一次感觉，安蕾的背影有些熟悉，怪怪的。在我的潜意识中，我想起了在晨雾与夜幕间那朦胧女性的影子。从我心里来讲，我竟对那模糊的女子的影子幻恋过多次。但此刻，我是在追求现实的安蕾，可却对那曾经幻恋过的影子有所愧疚。

城市的街道，路影渐稀。四周五颜六色的霓虹灯也渐渐熄灭。也许，对我来说，我在夜幕间走神了，竟没有看见一个穿紫色风衣的女孩走出已经停止旋转的玻璃门。这里写字楼大厅所有的灯都熄了。也许，对安蕾来说，她努力抗拒心理另一种存在，或者她摆脱不了另一种情节。总之，她从我眼前走过，竟没有理我。但她眼里一定是含着泪的。

就在这秋风寒夜中，我又站了两小时。城市，那晴朗的夜空有时也是看不见星星的。但人能看见这淡淡黄色路灯下夜的雾霭，就像煤灰与金粉混合的粉尘一样。我慢慢地沿着写字楼北面的石雕无目的来回走着，像已经走了整整一个世纪一样。

我这时心里充满了被人欺骗和玩弄的哀伤。我想，难道现实的一切都这样光怪陆离吗？

我强忍着，不愿再等安蕾了。雾霭轻歌曼舞如纱飘过。我感觉她就要来了，那脸形和连衣裙的颜色都模糊不清的女孩子，徘徊在石雕栏杆前的女孩子，这时，初冬快凋零的柳叶正遮住她的眼睛和睫毛，就像她自己的长发一样。

（六）

我此刻看到了小河对岸朦胧女孩子的影子。也许是因为安蕾莫名其妙在晚餐后消失，我一下想到在这个晚餐前，迟迟来到的我跟前的安蕾。我想，这场恋情，是我完全单相思的啊！或许，也是现实的，安蕾在故意捉弄我。我此时，面对夜幕，心里有一种说不清楚的感觉。

我想通过一种全新的情感依靠来摆脱我这精神上的困惑。

还能隐约看到黑幕下河对岸杨柳的风姿。我跑到离写字楼五十多米处的小桥，然后右转。那夜影似乎在等我，感觉我靠近后，又向公园深处小区的围墙飘移。那好似美少女影子，随着我的脚步快慢而飘移。

半夜，远处老教堂的钟声响起。我似乎像夜游一样，在清醒与迷糊间神游。

我愿意堕落，然后力图把安蕾这几个月来在我脑中的影子挤掉。突然，眼前这模糊的影子在一株香气扑鼻的桂花树前，停下，慢慢倒下了。她的紫色的衣裙被一棵斜生的藤蔓绊住。但我已无力前行，身体像被什么冻结住了。

很多事情，当你忘记的时候，它又出现了。

这天，有同办公楼的同事约我吃饭，他们是情侣，我像第三者似的坐在那儿，当然他俩有事求我，让我透露一个商业会议的内容。为了一顿饭，我不会没有德行并丧失操守的。

饭菜和时间都过半了。此时，就在冬至那天晚上，这餐厅给我和安蕾上过菜的女服务生，出现了。她请我去离这餐厅北面的公园，说那儿有人等。我竟没问人缘、也没求因果，就半醉着的，恰好脱身走了。

公园的湿地是黑漆漆的，天空也没有星月。奇怪的影子，脸上竟罩着古代楼兰美女防沙尘暴用的纱巾。我慢慢地下蹲，她的身材让我惊讶，使我立刻想起一个人，而当我又想去掀开这女孩子的盖头，那盖头是紫色的，这女孩子说话了，她说话的声音就像京剧里的花旦青衣的腔调，带着一种假声。

她说："你就是经常伫立在河南岸石雕栏杆处的男生？"

我说："我是啊！你就是经常在河北岸出现的女孩子呀？"

我猛然抱紧了她。她身体柔绵似水。她忽然，迎合着我的拥抱，说："你是我的幻恋。"

我想进一步撕开她紫色的衣裙甚至内衣，此时，人没有寒冷，只有澎湃的热血。当我要掀开她脸上的纱帘时，忽然，她央求我说："我刚才跌倒了，请永远不要把我脸上纱巾掀开。答应我。"

夜里，她的声音颤抖。

我说："我答应你。"这时，是她主动拥入我的怀抱。她曾经是我看到的河对岸女孩的影子，现在与我摩肩碰胸……而此时，东方隐约出现了鱼肚白。

我心里想："我不能这样不明不白，难道我自己真堕落了吗？我能让自己永远在朦胧之中吗？"

她似乎好像还要和我继续这样约会的，如果我当时没有违背我的承诺，暂时不掀起她的盖头。我俩还能厮守，还能相拥相抱。为什么要把一切推向清晰与现实，而这不就是悲剧的根源吗？

我乘她不备，顺着陡然刮起的黎明前的夜风，终于掀起了她的盖头。我惊叫道："安蕾！"但她挣脱我的怀抱，向公园更深的林子奔去。

（七）

许多天，我就在临城这八层的方形廊道徘徊。早晨和晚上，下班的人群里，有的美少女独自拿着时髦的粉红外壳苹果手机，显摆得连耳机也不插着，听着梁静茹的《可惜不是你》；还有的女孩子，下班后相互勾肩搂腰，嬉笑着走过方形廊道，头上金字塔巨大水晶顶面，就如钻石一般，时而折射着早晨的光雾，时而反射着银色灯火的光带。

但我竟没有发现安蕾。

我推开美容院的玻璃门，眼前是高大的屏风，一块用朱红色绒布做成了扇形标志，用大理石板铺贴的前台柜前，没有人。我好像还看见安蕾那修长的影子，虽然这个影子最近已不出现在公园河畔雕花石栏前了。但她那修长的影子，还在这朱红色绒布前晃动，她胸脯挺挺的，努力把自己企业的金牌标志贴到这块绒布上。

我想，安蕾一定是一个工作勤勉的好女孩！

我走过屏风，就要看到宽敞美容大厅，无数明亮的方形灯箱，放着柔和的光，有许多手术台一样的床，像摆在了白净休闲的海滩一样。爱美的女孩们静静地躺在上面，承接着那如同银河一样的光芒，同时，她们享受着穿粉色长褂天使的美体护理。安蕾呢？我那些天几乎完全失去理性，整个头脑一片空白，总是想着安蕾：她的影子，和她名字。

胖乎乎的前台女孩忽然出现在我眼前，挡我的去路。她说："你没看见门口挂有男士留步的提醒牌？"

我很尴尬，我贸然撞入一个不属于男性的地方。是，护理大厅内，做理疗的女孩子们上身几乎是赤裸的，但我慌忙解释道："我只想找安蕾。"

胖女孩惊讶道："你是安蕾的男朋友？"

我先犹豫了一会儿，当时我觉得：我与安蕾曾互相强烈地想过对方，但我并没有与安蕾明确关系，可我就在那天无星月的夜晚，安蕾在一株香气扑鼻的桂花树下跌倒，我竟乘势拥抱她，隐约看见还亲抚了她的娇美身体，并撕下她最后用以遮掩的脸部纱巾。我用颤抖的低声调对前台女孩说："是的，我是她的男朋友。"

胖女孩眯起眼睛，凝望了我一下，说："安对你很失望，你是不守承诺的人。她不在这里，她回丰县老家小镇了。"

我摇摇晃晃，被人轰出美容院的大厅。

我向着长途汽车站的方向奔跑，也许是想让那一切清晰展现在自己眼前的东西：爱情、希望都还原到它那朦胧的形态呢。

人流匆匆，就像两颗流星偶尔相碰，但它们并没有形成更大的彗星，相反被分裂成许多更小的尘埃。

长途车站的大厅，悬挂着一个淡蓝色的黑板，那是备给同行者却不小心走散了亲友们的留言板。我此时有一种奇特的想法，想：也许安蕾会突然改变想法。因为那天自己暴风骤雨般的拥有，虽然离进入她只差一步，但我那种渴望完全拥有对方的感觉，在安蕾身上也一定会有，她会告诉我，她等我的地方。

（八）

长途车站的淡蓝色黑板，背景就是蓝天与白云。我站在海天一色的场景中，站内站外，所有的人流与嘈杂都像阵阵海浪一样，我此时完全感觉不到其他人的存在。那上贴的许多白色的纸，一会儿如同白云，一会儿如同白帆在天空或水面漂浮。

我奇怪地想，人的观念是多么滞后，淡蓝色的写字板为什么还叫黑板，而不叫蓝板呢。但说成蓝板，谁又能懂你说的话呢。

但我为什么会预感到安蕾的留言，我自己也不清楚。也许是一种巧合，自己虚空的眼光茫然望着周围一切产生的巧合，而并非什么超人的灵感。

我此时看不见其他白色字条的留言，只看见那熟悉的字体，安蕾每天在美容院上班签名的字体：

妈妈、阿婆，你们在哪里？女儿并没有失踪，今天我回来了，来继续照顾你和你的儿子，我的明哥。安蕾！

对我来说，这些文字留下的，都是一串串的问号，明哥又是谁？

离开镇长途汽车站，我独自行走在不算宽，也不算窄的柏油道上。这小镇道路两边的房屋，都是不超过三层的红瓦青砖小楼。眼前直通山里柏油路比较陡，到了远方地平线处，就有隐约形成二三股岔道，消失在初冬的山野。天空湛蓝，但风还刮着。头上的云彩，不时被太阳撕裂开，那镶着金边的云，同时让半个太阳穿透，一股股光柱倾泻，投射到很远的山谷与河床上。

我走过一间粉刷着淡黄色涂料的小院，这院墙并不算高，站在倾斜的坡道上方，人能看见小院里小楼的二层。这是我上学经常经过的路啊！

那也是一个午后的斜阳，院墙的影子一直投到柏油路上，一个穿着紧身紫毛衣的女孩，从院里走出，好像是想在门口等着什么。她的身材娇小，有着刚刚发育挺起的胸。她出了院子，差点与我满怀相碰。结果，那女孩子羞涩地朝我看看。我也感到脸上一阵潮热。

有那么两三天，我走在放学回家的路上，就一直能在这个小院门口碰上这个女孩子。我们之前没有言语，也没有过交往，只有那几天眼神的对视。现在我终于明白了，自己毕业到了临城工作，总是还幻恋着少年时候那种感觉的出现，所以我已经很难看上自己单位一些已婚同事，他们给我介绍对象时其他女孩的模样了。

我母亲曾有意无意地对我唠叨说："丰县林家的孩子不读书也蛮好，进了水泥厂，娶了我们乡镇最漂亮的女孩子。"言下之意，我到了谈婚论嫁的年龄，却还是孑身一人。我想：这事和读书有关系吗？

母亲知道这个女孩子姓甚名谁。小院，在斜阳下那女孩子等着自己进县城打工的父母亲回来！

但我却始终对不上人，我们乡里最漂亮的女孩子嫁人了！

而她终于又出现了。天空的云层渐渐散远，西方天际露出高远的靛蓝。穿着紫色毛线衣的女孩子，在乡镇的柏油路口，她还是美丽的少女的样子。东沿的盘山道迎着斜阳，女孩子朝那个方向的天边望去，她身子软软地，依着木门框。她的眼神与我面面相觑，可我们俩之间并没有相约啊。少年、青年，到成人，我对女性的幻恋，一下子竟然集中到她的身上。

我再一次呼唤："安蕾！"

而当我走近时，发现这个女孩已消失得无影无踪。

（九）

我只有再次寻找。

再回到丰县的日子，终于，我打听到安蕾的家，让我吃惊的是，那同时也是她的婆家，而且，是我在写字楼与蕾相识之前，她就有了婆家。

斜阳下，安蕾用身体堵住门，堵住我通往她家庭院的路。

而我每天，就像旧日自己少年一样，每到快落日的时候，等待着她的出现。我们俩相隔着，迎面是上坡，背着面是下坡的柏油路。人上坡或者下坡，就是一转身的事情。而我的去留，也就在于安蕾脑子的一闪念。

这一天，我站在安蕾家的门口等候。小乡镇的柏油路的街道冷冷清清。百货老杂铺店，有时很久也没有人光顾，但小店主们依旧悠然自得在晨光中卸着门板，在落日中费劲地安上店门板，这里完全是休闲的店铺与街道，小镇的人等着自然的恩赐，与我们工作所处的临城那种被商业气息环抱的天地形成鲜明的对比。

有两个老妇人推着一个浑身缠裹黑衣的男子出来了。我后来知道，那男子是丰县一场水泥厂粉尘爆炸事故中，受重伤的一个工厂员工，他竟是安蕾的老公：全身百分之八十烧伤，眼睛也失明了。据说，水泥厂还对上隐瞒了事故工伤死亡的人数。安蕾老公在养伤时，情绪暴躁而烦闷，每天吵吵嚷嚷要与安蕾离婚。两老妇人推着轮椅，吃力地上了柏油路的坡道。安蕾跟在后面。

安蕾好像感觉到我在她的身后，也许她感到我的眼睛正望着她，而她的背一定是很热的。

渐渐地，安蕾脚步慢下来，她与自己的母亲、她的公婆，还有她的坐轮椅的男人拉开距离。那个正好是一组电线杆挡住前面三个人视线角度的时候。那长长的、在风中悬挂的电线，晃晃悠悠伸向十分遥远的地方。安蕾忽然转身，后退几步迎着我，亲了亲我的额头，说："现在我男人又要我了，我不能抛弃他的。谢谢你，你曾给了我那念想的幻觉，我知道，我是一个妻子！"

我不想再提，一星期后，我们俩在乡镇长途车站再次离别的事情，安蕾回了丰县。但我们俩自那个乡镇小车站离别后，我就再也没有见过安蕾了。

九、小球记忆

（一）

又是金黄的秋天，莲花池带金边的叶子，尽染在绚丽的晚霞中。被人作为观赏的红鲤鱼轻盈地摇动尾巴，但它们并没有觉察到，是人需要观赏它那美妙的身段才把这鱼儿养在一个并不广阔池塘里，可鱼儿却都显出很快乐的样子。

黄色的军用书包，印着红金星，它带着一个特有年代的印记。荣祺在苍茫的天空和华彩的晚云之下，手上持着如同天空一样蓝色的乒乓球拍，愣在那里。

荣祺刚从学校乒乓球比赛场上下来。那是一个用大礼堂临时改造过的比赛场，幸好全民体育活动的展开，乒乓球又成中美大国关系的推手，加上小小的乒乓白球，已成我们的国球，把专门斗争会场，临时改成国球比赛场地，那谁敢阻拦，真是活得不耐烦了？

这次球赛是淘汰赛，在荣祺与他的同班同学秦树之间展开，对荣祺甚至他的家庭，和他的个人情感来说，似乎有生死攸关的感觉，但他们的班主任梁老师已深深松了一口气：反正名额都在自己班上产生，就看弟子们各自的发挥和造化了。

刚刚上球台时，荣祺铆足了劲，扣杀得十分厉害，汗水像喷泉一样，从身体每个毛孔流出。周围的老师和同学都在为他欢呼，其中还有同班女生蓉雪，但当连胜两局之后，对方球员秦树采用卑鄙的刁球，但合规合法，赢了第三局，然后，抓住对手的软肋，满桌用刁球调动，让荣祺最终体力不支，以五比三败下阵来。

不远处，学校放学的钟声悠扬，像专门为荣祺敲响的败钟，它穿过大城市远郊区的街口，在那匆匆忙忙前行的人群之上，回回荡荡。青石板的街道朝东转个方位，就朝西连接着街市的宽阔的柏油路面。晚云之下，有轨电车在行进，长长的两根辫子，在彩色的光雾间与裸露的电线擦出灿烂的火花。

"自己还是站立着吗？"荣祺想。路旁的每一个学生、镇子的居民，无论他面向哪个方向，此时，他们都是在前行的，但荣祺知道，只有自己是失败，现在站着的，因此发呆，是静止的。唯有静止，我们才有心对那匆匆的人和事，还有旋转的时空给以观照，才能平复丧失机会的不安。他知道，自己参加县乒乓球集训队的机会没有了。

远处青山已经变成淡淡的褐色，晚秋金黄的银杏，还有枫树那美丽的红叶，调出迷人的秋色。静止是一种等待、一种想法。终于，荣祺看见蓉雪斜挎着小号的黄书包慢慢走了过来。她的身后，就是匆匆的行人。每个人都带着自己的眼前那确定的想法，也许由于天色渐晚，当每个人把目光放远时，一切却都显得那样不确定和迷茫。

但在荣祺眼里，只有蓉雪的眼睛是清纯的，那眼神并不确定一种具体的影像，或者说不凝固聚焦到特定的一点，但却好像均匀平等地看待所有远近距离的事物，无论是巨大的山岩，还是在莲花池旁飞舞的那橘色的蜻蜓，一切都让人喜悦。她淡淡的笑容，对着山水和行色匆忙的人群，那偶尔会让像荣祺这样的少年有一种冲动和想法闪过。

面对乒乓球场的失败，别人，还有蓉雪已经另眼相看自己了吧？荣祺想。

（二）

由于荣祺学习成绩平平，他经过商的母亲通过走后门，到向阳学校校长那里说情，把孩子摆在学校唯一由体育老师做班主任的班级里。这倒不是家长为揠苗助长，让孩子出人头地，而是让这个生性好动，上课坐也坐不住的儿子，因为有打乒乓球的爱好，望老师能网开一面，像照顾正常孩子一样较轻松地毕业罢了。

已经读书许多年了，荣祺想着自己刚刚背着书包时，他从这所不大，但却是一个从小学到高中都有的中学校的校门挣扎着走出来。在上小学时，他家与蓉雪家很近，两人总是前后走着的。经常的，蓉雪小跑着走，她穿着白底粉色梅花的衬衣在荣祺的前面，她的两个小辫一甩一摆的，在这斜阳的青石板的路上，很是好玩。有一天，不知是谁家的光亮黑毛的大狗，挣脱了铁链，闪着凶狠目光嚎叫着。两个小孩子很自然地在一块牵着手，用紧张的眼睛注视着狼狗，并努力躲闪在路的一边。

都是很小的时候，所有的形象都有些模糊，但却很纯情，就是小朋友的那种清纯的友情。

如今，荣祺望望天空彩色的云，一条横贯东西云彩慢慢隐约在遥远的青山，那是落日和曾经有过童话的地方。流星状的云，似乎在动，又似乎凝然不动。在荣祺的心里，这时候自己都没有什么思想了，就像木偶一样愣在那里，我们是身处过去？或是将来？还是现在？他也已经分辨不了。人仿佛穿过一个奇怪的时空。荣祺看着蓉雪从校门的方向走来。她的身后匆忙的人群一下子不见了，只有很长很长模糊的影子落地，伴着真实的身子行走。

荣祺发现蓉雪不再像乒乓球比赛以前那样斜挎着书包了。她用单肩很自然地挎着军包。但荣祺一下注意到蓉雪正发育挺起的胸部，它像远处两座小山一样，静静地躺在有着柔美曲线的大地上。荣祺的脸一下子红了，他呼吸急促并有些紧张，手心慢慢溢出汗液。他竟不知道，自己怎样同这个一直朝夕相处的女生打招呼了。

少年那一双如同跳跃着的小猫咪的眼睛，一会儿忍不住看着蓉雪那日渐成熟的少女的身材，一会儿又怕对面的女孩发现自己略略奇怪的眼神，女孩子是在嘲笑自己？还是愧惜，或伤感？荣祺无法解读，却在极力躲避中斜视女孩子，这让蓉雪也觉得一下害羞起来。蓉雪红着脸，拿起书包，下意识地把它抬到胸前，遮挡住自己小兔乱撞的胸。

（三）

荣祺静静看着少女从身边走过，蓉雪似乎不认识荣祺了，那么快？不就早上比赛输的球吗？就这么几天，在旁人看来，他俩一下子变得陌生了。

放学的钟声响了，一直传到山脚下体育操场的草坪。隔开绿草坪红褐色的院墙外，是由过去称为永安里的弄堂门洞，现在已改成卫兵里。那是让整个国人欢喜的时候，从住家户的老式笨重的电子管收音机里，传来了世界乒乓球锦标赛场上，解说员宋世雄亢奋的描绘，他兴奋道："庄则栋扣球，一扣、二扣、三扣……六扣，对方终于败下阵来。"

荣祺在学校体育操场的草坪，看着离自己只有百米的水泥乒乓球台。那依靠在篮球架上，望着正隐入山间秋林日落的蓉雪，他想喊她过来，再像上一周体育课一样，同她打一次乒乓球，但他竟没有勇气喊她了。荣祺远望着穿着白色春秋衫的女孩子，她胸前蓝色的飘带像海船上的女水手一般。

但远远的，荣祺看见秦树也来了。他是和另外一个班级的同伴一起来的，他的头光光的，几乎没有头发。几缕淡淡的黄毛，在蓝色天际下的微风中飘来飘去。他的外形确实有些像张乐平笔下的三毛，那不太大的眼睛，还有翘起的唇多像？过去，秦树看上去是要让人同情的。

但最近几天，荣祺看见他就觉得恶心，想吐他口水。他俩也不像原先一样亲密了。在那天一起去市中心大新百货买彩色玻璃球回家的路上，在一株粗大正落叶的法国梧桐树下，秦树一把抓住荣祺的衣领，说："小雪是我的菜！"

此时站在乒乓球台的荣祺，很希望蓉雪能过来，走到他所占的球台对面。

而秦树走到球台，看看眼前的荣祺，又看看站在绿色篮球架下的蓉雪，他上前排挤着荣祺的身体，说："不要脸，一个人还想霸一个球桌。"

秦树挤开了荣祺，顺手把绿色的球拍扔给崇拜自己的新玩伴。

自前几天比赛，秦树赢了那场球后，他和许多同伴一样看不起荣祺，在班级体育课的乒乓球练习课上，他再也不找荣祺相互练球了。一方面，他自傲地觉得荣祺已不是他的对手；另一方面，万一练球输给的荣祺，里子面子就都没有了。

荣祺不肯离开自己喜爱的球台，曾经在这个训练台上，他几乎淘汰掉本年级所有的对手。

荣祺望着离他百米外的蓉雪，想着：她来了，我们就是两个人了，但他没有勇气去喊蓉雪，只是希望她主动上来，想着同蓉雪姑娘再练一次球。

（四）

那次为争夺乒乓球台的斗殴事件，让情况又发生了一个小转变。

荣祺站在草坪上的乒乓球台边，能听到老弄堂的红墙内，老式笨重的电子管收音机里，仍传出宋世雄亢奋的解说。庄则栋的荣耀，并没有给同样爱好小球的荣祺带来福音。秦树见荣祺没有一丝谦让乒乓球台的意思，便低下头，把脑袋埋入荣祺的前胸，用对方的胸怀保护住自己的面颊，然后把手挥过头顶，朝荣祺的脸和眼一阵拳击。

荣祺从来没有打过架，没有打架的技术，他很悲哀地望着这个世界，片刻许多不解的事情，在冒着金星的眼与脑中，如同钢水跳出炉口，在外部飞溅。友谊与仇恨、平和与暴力，荣祺还不能说清楚这些，但却一下感知了这些。蓉雪从绿色的篮球架那边疯跑了过来，风贴着她白底印着梅花轻飘的衣衫，她站在了荣与秦之间，痛苦地喊着："你们不要打了！"她的眼圈此时红通通的。

荣祺无意间碰到少女柔弱的背部，那是努力来挡住再次飞到胸部的拳击。最后，当教体育的班主任梁老师，在办公室听有同学汇报后赶了过来，两个少年肢体才被其他同学分开了。小小的乒乓球台围观了更多的学生。而秦树显然是胜利者。但此时的蓉雪并没有理会秦树。她一边捂着自己不知是谁误伤的胸口，一边搀着流着鼻血的荣祺，一步一步走向学校的医务室。

人真是个奇怪的生物，他们并不像动物犀牛，并不是强者都能受到异性青睐的。为这事，秦树内心苦了一辈子。他望着荣祺与蓉雪远去的背景，呆呆地站在操场的秋风中，看着曾经因腼腆或羞涩一时无法靠近的男女少年，相互搀扶又走在了一起，向着宽阔草坪的另一端走去。

（五）

这件事过去已经好几个星期了。慢慢地，输掉的那场乒乓球赛，已经少有人提及。

对荣祺来说，那是一段既兴奋又烦恼的日子，他依然在放学的钟声响过原野之后，在青石板的小路等待，希望看到蓉雪那丰盈少女的身影。有那么一两天，听说蓉雪去农场看她父亲了，但荣祺还是等着，等着。秋天的黄色的杏叶就落在他的脚下，远处的云彩，前方的小路上，有与蓉雪一样，也穿着白色底碎花春秋衫的女孩子。这相似的影子，让荣祺忽然亢奋。等荣祺跑过去，那影子走近了，才发现不是所等待的人，然后少年垂头丧气地走向自己回家的方向。

　　荣祺与蓉雪在教室的座位是并排着，却隔着秦树和另外一位同学。

　　"借我一把小刀。"经常，荣祺舍近求远地对蓉雪这样说。

　　"有香橡皮吗？"有时，蓉雪也隔着同学这样问。

　　梁老师上体育，不是一开课，就把学生往操场带。上课之前，他喜欢讲他的运动论，什么人的肌肉群和呼吸，就像个人体解剖老师，当时并没有专门的卫生课。这天，他上体育理论课时，用一种奇怪的眼神打量着讲台下的个别似乎有配对苗头的学生，而荣祺与蓉雪好像也在其中。于是，有天放学铃还未敲响，老师有意识地给几个这样的学生换了座，让他们相距更远。荣祺脸上青一阵紫一阵的，他知道这并不是一个梁老师，是还有其他如语文课老师的意图。曾经开朗的蓉雪低着头，玩弄着小辫子，在众目睽睽之下沉默着。

　　这种对蓉雪怦然心跳的感觉，已经让荣祺忽然觉得是一种折磨。他想着就是在个把月前的事情，那时，他还没有特别注意蓉雪的发育着的胸部，两人就是手拉着手，然后各自分开，走进同一弄堂门对门、窗对窗的各家，一点没有什么异样的感觉，就像人喝着青山间的泉水，纯洁而恬静，更没有类似成人的浮躁。那种感觉也真好，但却怎么也找回不来了。

　　荣祺他当时分不清爱和欲望，而蓉雪她分不清情和渴望，那是刚刚要踏入成人世界的迷茫。

　　没想到换位的第二天，梁老师来到已调换好位子的同学家里家访。

虽然，老师说得不是太明确，或者说是有些影射，但大人心里都懂。在青石板路旁，这永安里弄堂的小院内，荣祺的母亲，一个荣仁祥服装百年老店的女掌门，她曾主动倡导过公私合营店主，现在纺织厂门房守夜看门。母亲听罢很激动，跳起了脚。

而在蓉雪家，这个老来得女，父女年纪相差如同爷孙辈一般，他疼女儿，父亲面对老师只摇摇头，表达出无可奈何的意思。

第三天，梁体育老师意外摔了一跤，把脚扭了，他把自己的课换给了语文课老师。

"今天的作文题目是：那场乒乓球淘汰赛！"这是语文老师那天布置的作业，这对荣祺来说，不就是重新揭开快好的伤口，并在上面撒盐嘛。

（六）

很多事是慢慢渐远、渐忘的，但它的影响或因果会冷不防，在自己走的小路旁蹦跶出来。

再一次的远望，在莲花池旁、在放学钟声悠荡的山谷，也在傍晚霞云下的青山脚下。但在永安里两人自家的弄堂，荣祺与蓉雪竟佯装着不认识了。就这时，荣祺觉得自己的眼睛开始模糊了，远方的一切朦胧不清。他站在自家的小二楼，他虚着眼睛，努力想看清周围的一切，弄堂外的人流、还有从人群中走来的穿着白色春秋衫的蓉雪。

那天，弄堂外，有人喊着奇怪的毕业口号。

蓉雪刚进里弄小院的门口，忽然发现家里一片狼藉，她紧张地转身，看见自家楼上半开启的窗扇，荣祺正隔着四方院注意着自己。蓉雪此时一阵冥想，一种忧伤的情绪在心头升起。她想起昨晚，自己父亲所说的话："孩子，父亲不在了，你一个人也要好好生活呀！"这个参加过台儿庄大战，又在淮海战役中反叛归降解放军的将领，慢慢看着老来得子的女儿，就这样愣愣地站在墙角。

父亲的头发很短，但雪白而坚韧地立在头顶。

今天蓉雪已经毕了业，她还满怀希望，去农村接受再教育的。但整个屋内今天却凌乱、苍凉。显然，屋子是被人刚抄过家的。几天来，蓉雪察觉到，父亲情绪一直低沉，但她没想到事情会发展到现在这个样子。她想：今天原本应该是父亲最高兴的日子，多少年来，老人一直就唠叨等待今天了：女儿毕业了，也成人了。按照旧时的传统，除学校应该有个毕业典礼外，家里还应举行一个成人仪式呢。就是这件事情，父亲盼了许多年了，它也是父亲生活下去的勇气和希望呢。但今天的时间，也是蓉雪的母亲，因生女儿难产而过世的忌日。

荣祺看着蓉雪在自家的门口站了一下，眼里含着泪冲出永安里院子的门楼。

此时，学校草坪上乒乓球台，没有学生了。弄堂外传来吹鼓手的声音，秦树身披着红丝绶带，像参军的人一样，去县乒乓球集训队去了。听说国手庄则栋要到小县城的集训队传授球技。

（七）

那天很奇怪，好端端的晴朗的天，街道树干上的广播里却报有大暴风。整个街道上，树干上挂的不是灯笼，而全是白色像雪团一样的乒乓球。

荣祺站在路旁围观的人群中，看着自己曾经的玩伴儿秦树，在他的记忆里，平时打乒乓球就从来没有输给秦树，但就是毕业半年前那场淘汰赛，他输掉了。

秋天午后的太阳，很光亮，在湛蓝而深远的高空，但阳光的热度却很低。青色的石板路笔直地，从弄堂延伸到学校的古典牌坊，从这楼牌又通到青山脚下的莲花池。梧桐树深褐色的阔叶，还有香樟树金黄色的小圆叶纷纷落下。绿色莲花四周也卷起了枯黄的边。橙色的鲤鱼水草卷曲的水面中，慢悠悠地游动着。

蓉雪还在弄堂的家里，她可没有出门看热闹。女儿又一次看到自己的父亲，拿着长长的竹扫帚，扫起秋后的落叶。父亲这样已经有两个春秋了。但今天，他的动作却异常缓慢。而且周围还有准备接受再教育的毕业生监督。蓉雪忽然想奔跑过去，扶一下自己的父亲。但父亲竟远远地摆了摆手。他是怕女儿再像前几次一样，当她用纤弱的身子挡住别人暴力的拳脚时，女儿自己反而也被误伤。

到了下午五点多钟，黑云从远方压近，盖住了太阳的光亮，整个天空就像忽然进入了夜晚一样。

在树木与学校围墙构成的阴影区，蓉雪想奔跑，想求救，但欲动的身体却被赶上来的荣祺紧紧抱住，这是他俩第一次的拥抱。这种情形下的拥抱，一下子把女孩子震惊住了，蓉雪的身体像冬天受饿的小兔一样在瑟瑟发抖。蓉雪真没有想到，他俩会在这种环境下相拥相抱。她曾梦想过第一次拥抱她的白马王子，那一定是在一个风景如西子湖一样美丽的地方。

蓉雪潸然落下伤感的眼泪，不远处那一生都在拯救别人，也一生在为自己国运抗争的父亲，停下了扫大街的动作。巨大的竹扫帚在微风中、在父亲的手中颤抖。这时，台风真的到了，天空压下低沉乌云，父亲停止了劳作，在昏沉的墙角微微晃了一下，艰难地向荣祺这个方向挥挥手臂，脸上竟露出淡淡的笑意。

相拥相抱着的蓉雪与荣祺，正面对着老父挥手和微笑的方向。他俩记住了这一幕场景：大半个世纪以来，父亲的微笑与抗争。

也就在这件事情发生的第二天，人们在青山脚下那美丽的莲花池旁，看到一个意外溺水身亡者的遗体。在秋天的阳光下，老父的脸颊被就快凋谢的枫叶，染得如同童话中的仙翁一样，红红的而且非常安详。

（八）

　　过了半年，县乒乓球集训传来一个消息，他们开除了一个品行不端叫秦树的学员。

　　这南方的弄堂：有悬在空中的骑楼，穿过这长长黑洞般的楼道，还有如同北方的四合院落，但它并不是一个平房合围的院子，而是由一排沿街的骑楼与三面二层楼围成的方院子。阴天的时候，院底层的光线更加暗淡。

　　荣祺以为他自己就要与蓉雪成婚了。一个单身女孩子，已经无依无靠，而且，荣祺觉得，他与蓉雪的感情已经很深了。

　　那天，天空阴沉，青石板的小路两边的黄叶已经落尽，干枯的如铁一般树枝，升向院中青乌的天空，再也没有金黄的叶片落到这个弄堂的小院了。

　　在那乌黑骑楼下的黑洞，荣祺站在自家二楼有着精美木雕的窗扇前，他发现一个自己根本都没有想过情景：一个女孩子，外衣被人脱下，在寒冷的初冬的风中，她的内衣被人撩起，竟露出粉红色……一个男孩子低着头，面前少女的胸与手臂青紫，捏掐愈重这男生快感竟愈强烈。

　　荣祺眼前一下闪现出自己还在校园，那次争乒乓球台时，打得自己鼻青脸肿的秦树。荣祺曾是那样珍视百般呵护少女的精神还有肉体，如今却看着心爱之人的肉体被人糟蹋，当他鼓足勇气和力量冲下小楼时，光头的秦树竟然落荒而逃，无影无踪了。

　　蓉雪同时跑出黑巷，站在弄堂口，眼睛呆滞地望着路旁的枯树，还有昏暗的仿佛雾一般的人群。

　　荣祺与蓉雪在骑楼下面对面地站着，头上盖着邻居晾晒的衣被，但此时并没有太阳，风鼓着布料，在原野间飘着。女孩子耳根还有被人拉扯的红印记。

荣祺问："蓉雪，跟我走吗？"

蓉雪疑惑地问："上哪儿？"

是中学毕业后，要上哪儿，荣祺自己并不知道，但他问蓉雪："但你为什么又倾慕秦树？他是个暴力男！"荣祺心里滴着血问。

"没有什么倾慕的。祺，你想想，你母亲接手过一家百年老店，经过商，是商人出身。你现在连下乡做知青，接受贫下中农再教育的权利都没有了！你能和我一起接受再教育吗？"蓉雪苦痛地说。

那日，天空渐渐飘起漫天的雪花，蓉雪像是被秦树绑架着，慢慢离开那好像已经没有一点生命迹象的莲花池。

"她走了！"荣祺几乎倒在飘着大雪的道路上，他望着蓉雪同学的背影，漫天的雪花也如同朦胧的梦。

"祺同学，好好打乒乓球！"蓉雪这个声音一出，立刻就像被人猛地捂住了喉咙，她的声带卡住了，但她脸上却放着希望的光芒！

荣祺身上没有很厚的棉袄，他浑身发抖地望着远去的蓉雪，她已夹在下乡的队伍间，再也看不见了。

学校的绿草坪上，向阳中学新一届同学的身影，又出现在乒乓球台上。

没有多长时间，梁老师找到荣祺，说学校又有一批老师下乡接受再教育了，他向县里推荐我到学校做乒乓陪练。荣祺就这样，做了十来年学校陪练，虽然他一直属校外人员编制，但大家都喊他：荣老师。他也有几个学生进了国家队。

"乒乓球，我们的国球，我不会输……"荣祺始终想。

十、暮年守望

（一）

徐老与自己的妹妹，平生似乎只见过三次面。

对弥留的老人来说，朝霞与晚霞都是一样。太阳是橙红色的，一抹紫色的云带环绕着这唯美的光球，将它细长的尾伸到遥远山谷间了。

老人紧抓着他感觉要滑落的床单，而其实是因由他身体下沉造成的感觉罢了。

"把身体正过来吧！"保姆轻淡地对老人说，言语之间，没有厌烦，但也没有热情。

徐老的儿子在瑞士，那是世界上公认最幸福的国度。他儿子开始去美国的时候，每年都回国一次看他，但随着时间的推延，一年半，然后两年回一次，但现在他儿子已经五年没回国看他了。儿子五年前给他安排了保姆，就似乎忘记了老人。

但老人却时时见人就讲起引以为傲的儿子。在小区林间的小道，四年前他还能一瘸一拐下楼，他逢熟人就说："我的儿子从美国到瑞士了。"遇到陌生的人，他会在心里说："我的儿子在瑞士，是从美国去的。"这就好像二十年前，儿子刚从国内名牌大学进入美国哈佛研究生院一样，依然让他那样新奇和自傲。

徐老指指床头柜上青红相间的苹果，他试图艰难地起身，拿小刀去削皮。面对苹果，他从年少读书时，就有的怪异想是法：那上的青与红多像我们地球上的山丘与海洋，上面也许住着细菌一般大小的苹果人。我们的地球兴许一年，就如同它们多少世纪呢。马上灾难的事件就要在苹果球上发生了，类似我们星球的地震、海啸、山崩、地陷，就在我削苹果皮的一刹那发生。

但徐老试图撑起身，取一个苹果，努力没成功。保姆眼疾手快，操起小刀，迅速削了苹果皮，然后不由商议，就塞进他的嘴里，徐老想："连个纪念仪式怎么样都没有？毁灭了。"

徐老感觉，耳边隐约有声音，就像山谷里佛寺撞击巨大钟声后的回音，是耳鸣。忽然，徐老感觉周围很空灵，他对这无限的空灵喊：妹妹！

（二）

徐老的妹妹住在深圳，那是靠着海边的别墅，妹妹同她的一个女儿住。现在徐老的妹妹也快八十了，在年轻的时候，徐老一家和妹妹一家就书信来往，并都回过太行山区的老家；到了中年他们书信来往频繁了一些；到了刚退休的前几年，他们俩经常保持电话联系；但自徐老年逾古稀之后，他的耳朵听力不行了，兄妹间连电话也少了。但每次兄妹相互联系，妹妹总会说："哥，你是我的再生父母。"

徐老与妹子曾有一小段快乐的童年。

记忆中的红岩古镇，也就是在险峰与深深峡谷之间，那一小块的平川，这里村庄聚集。徐老的太祖爷原是京城一官宦人家，涉朝中一次清洗运动，贬为庶民，并被朝廷抄了家。他爷爷其间两手空空，独自流落太行，几年之内，爷爷凭着机灵的头脑，在小镇开起几间"大兴"食用油加工厂，让儿孙的日子又无忧无虑起来。

童年的兄妹俩在午后的山谷间玩耍，头顶的太阳渐渐西斜，透过松林，折成无数的光带，洒在带着红色岩石的路面。脚下不远处的溪流，在阳光下跳跃出万顷波光，这光的点与带在湛蓝的天空交织交汇。兄妹俩在奔跑嬉闹，民国小学校其他孩子也来了。

那日，天空出现长条刀状的云，雪白雪白的，东北方向的山峰之侧，两个银白色的小点状物闪现，越发清晰可见。兄妹俩和小伙伴们先看见机身红色的膏药，然后看见飞机透明的驾驶舱，最后竟能看清两个戴头盔的日本人。贴着红膏药的军机暂时没有理会近在咫尺机翼下的孩子们，弯曲着又绕过一次尖峰的山头，向山谷与山峰间的平川集镇扑过去。

远远地能看见几个银色的小球球在坠落、坠落。然后，镇上的庙宇、衙门、小学校舍向空中蒸腾起一股白色的云烟。孩子们惊呆了。

日本军机调转头，似乎在原路返回。能听到山谷间向日军机开火的步枪的子弹声，这声音在大峡谷间回响，像有无数机关炮怒吼。贴着红膏药的军机略带迟疑，从孩子们头顶掠过，突然机翼倾斜，朝兄妹以及孩子们俯冲下来，机身上的机关枪开始扫射。

那时徐老刚读完高小，将要去省城就读师范专科，身手有如超人一般的灵活，他迅速抱起刚进初小的妹妹，就势滚下山坡。子弹在红色的岩石上迸出火星。当日本军机飞离峡谷上空时，兄妹俩战战兢兢从乱石与杂草中起身，看见刚才还欢蹦乱跳的一个邻家同伴，满脸鲜血双目紧闭倒在山道中央，没有了呼吸。兄妹俩疯狂地朝村镇的平川地跑，他们要把亲眼见到的不幸告诉大人。

此时的村镇已到处残垣断壁。兄妹俩发现斜阳照在倒塌的自家的房屋。剥落的墙皮、破碎瓦砾，失踪的爷爷。村镇的居民们有的跳着脚在骂日本人，有的却在别人家的废墟上找自己所需的东西，就像在自己家里找自己的物品一样。

第二天，与峡谷相连的黄河滩上堆着露宿的尸骨，江风阴冷。尖硬的灌木丛枝直伸向怪异青云的天空。徐老那时肩斜背着干粮袋，准备搭乘在冷风中的小帆船，去寻找传言被绑票的爷爷了。

船老大熟练地解开拴在树桩上的缆绳。冷风阵阵，船体开始左右晃动起来。哥哥站在即将离岸的船头，看着立在红褐色江滩上的妹妹。妹妹穿着旧布花格短裙，失落地立在那儿，开始她是茫然地看着哥，还有更远处水天间迷茫的雾。船身一动，她哭了，然后眼前看不清什么了。当最后，徐老也看不清河滩时，他回首看着船帮，船舷下掀起一缕缕水浪，随着浪涌，白色的珍珠般的泡沫从水底涌出，船离之后很快消失，如同生命的轨迹。

（三）

半个多世纪的分别，兄妹俩还是曾有见面机会的。那是在上世纪中期。

太行山的老家兄妹俩都去过，但因为老家没有亲眷，他俩回红岩小镇时，都行色匆匆，彼此竟没有机会照面。而在一个远房堂兄弟相助下，兄妹俩始终是有彼此的通讯方式的。

信里写着："哥，我已经在医学院毕业了，从今天开始我在广州工作了，四年的大学光阴，你每月总按时汇钱给我，自你离家找失踪的爷爷，我就没见过你，我曾按照你写信的地址到赣南找过你，但那地址是不存在的呀！以后钱留着给自己和嫂嫂用。"

兄妹都是用写信的方式联系。妹妹开始受高等教育时，哥哥就一直在暗中资助，但哥哥的地址始终是隐匿的。

"小妹，哥在做一个大事情，为大家的幸福而争，过隐姓埋名的生活着。"那俨然就是地下工作者的口吻。

　　赣南一个未命名乡村的原野，金黄的油菜在地头、村间和小水渠旁盛放，暖意的春风从遥远的海边吹来，把西伯利亚的冷空气压回到伏尔加河畔的白桦林。徐妹走在这乡村小渠旁的长堤上，一想到很快能见到哥哥了，就有些激动。

　　当徐妹顺着邮戳上的索引，徒步行走三个月，走进小山村时，太阳已从浓厚的云层中破缝而出，一缕缕细长的天光从高空倾泻下来，一条长渠浸在光带之中，细流从远方朦胧的山谷往村头打谷场这边奔跑。一间如同杜甫草堂的茅舍，徐妹觉得就要到哥哥信中所描绘的地方了。

　　在金黄油菜花的地头，徐妹忽然发现地头零星有一些奇怪的红花束，那花很艳，路边上在风中摇摆着青色的花果，是罂粟花的花果。不远处一只很大的、眼角有两个黑点的、全身棕色的狗站在渠一侧的砖壁上，正朝这边张望。徐妹忽然感觉右眼跳动，并且愈加厉害。她就这么呆立着，这时小妹觉得仿佛时间都停顿了。

　　她看着一群奇怪人喊着口号，押着哥哥，从她身边走过。哥哥不知道看没看见妹妹，但他觉得自己作风是正派的。哥哥不明白：奇怪人怎么会把自己作为情敌呢？

　　哥哥已不像自己小时间记忆的那样英俊了。他的头发被人拉扯，加上自然的风吹袭，显得更为凌乱。他光滑的脸，被时间轻刻出如同山间小溪般的沟壑。他被人架着，不由分说，就朝渠下游的打谷场拖拉。徐妹挤过人进群喊："哥哥。"人群十分惊诧，徐哥当时心里一紧，但在解放战争期间既然做过的特工，从表面上看他并无异样，他望着许多年没有相见的小妹，立刻回忆在老家江河岸边两人别离的情景，但话到嘴边，他只冷冷地说："妹妹吗？早年我在敌占区，是认识不少妹妹的。"

　　奇怪的两人，忽然上前架住徐哥的臂膀往后拽，并有一个人腾出一只手揪徐哥的头发，嘴里喊："说，你害了多少无知的女青年？"然后不由分说把徐哥往村头打谷场拖，那里聚了很多人。他们看曾看过斗土豪，却没有看见过斗解放干部呢。

"应该是救了多少青年才对的。"徐哥这样想，但旁人却不给他说，一见他嘴要动，戴袖章的人，开始捂他的嘴。

"他是好人，革命的功臣，为我们的幸福在国统区的敌后斗争过！"台下许多老农场员工道。

原野的风在吹，天空的云在加厚，在打谷场批斗台的高处，偶尔能看见地头间猩红的花瓣，和带有小托盘和齿轮帽的果实在摇曳。

仿佛一切在回忆，记忆的时空如同雾一般缥缈。徐妹仍记得在打谷场的稻堆墙下，忽然西方的天际发黑，大地起了风。妹妹忽然看见哥哥，拼死命挣脱揪住殴斗他的几个人翻爬上稻草墙，不见了踪影。徐妹最后独自在打谷场的风中，想着哥临翻越稻草墙时，仍用眼睛望着自己。

（四）

病榻上的徐老再次被阿姨翻动着身体，阿姨说："你妹妹的女儿很快就要买飞机票飞过来看你了。"徐老使劲点点头，说："听见了，听见了！"此时，徐老觉得自己声音很大，能震山荡谷，但在旁人听来却是低低的呻吟。

徐妹在深圳的家中，望着只顾自己玩电脑的女儿，她启动那带红黄绿蓝视窗。这是人造的小宇宙，原始空空的内存，不断在新建与复制文件中扩展，最后整个空间充满了信息符号，而连上网之后，个体的小宇宙又不断与外面的大世界，做着信息能量的流通与交换。

"如果没你舅，我仍然在太行小山区的乡村，为无知无识的农妇。"徐妹望着在键盘上忙碌的女儿这样想着又说，"我一生就见过你舅舅两次，他现在腿已不能走了，今天无论如何帮我买张去东北的机票，看看你舅。"

女儿甩了甩飘逸的长发，说："妈，你这话和愿望讲了 N 多遍，差不多有几年了，等人家工作请假有空了，才能陪你，你这么大岁数一个人哪行，摔一跤还得了？"

"是！"徐妹想自己前年旅行机票也曾买好，那时她认为自己健康，也不用借用残疾人坡道，却在机场候机厅前长长的路牙上重重摔了一跤，摔断了第三根肋骨，没去上东北，却躺在医院的手术台上。她如今要远行，也只有靠女儿陪护上路了。

终于，女儿有空了，在网上购好了机票。在起程的路上，徐妹很激动，她心里清楚，这就也是她平生最后一次看哥哥了。远远地，在湛蓝的天空下，徐妹又看见了自己曾摔过跤的路牙，在阳光下，就像层层扑面而来的海浪一样。徐妹心里有些紧张，可看见身边长发的女儿，低头用手机上网畅游，仿佛外面实体世界是不存在的。忽然，女儿手机铃声响了，电话那边(老板)的声音很严肃：在你死我活的这般竞争中，你要么去休假，要么就失去工作！

女儿在手机上点了一下，然后放下手机，对母亲说："妈去东北的航班停飞了。"徐妹不懂，怎么好好的航班就停飞了？但她脑海想起一些航班紧急避险停飞的新闻，她缓缓俯下身子，倒在坚硬机场候机大厅前的路牙上，那在徐妹看来，那似层层花岗石的海浪。母亲慢慢倒了下来。女儿一只手挽着她的胳膊，另一只手点着手机里微信的界面。

今天，徐老在保姆的搀扶下坐上了自己多年都没坐上的轮椅，他像过节一样快乐。因为听说徐老的妹妹要来，阿姨也怕人说，似乎是收到了保姆费，不经心照顾老人，未满足老人户外活动的要求。其实阿姨心里很清楚，只有老人家一个人时，服侍马虎些还没什么，亲友来了却一定要做好，面子工程什么时候都需要。

春天小区的庭院，树和小草的新叶，都是翠绿的。单元门外的园路如同抛物线一般弯曲，像物理学讲义的草稿，那奇妙的一笔，通向幻觉而模糊的世界。红色玫瑰花在阳光下开放，并向空中散着幽香。

　　徐老穿着从前与家人外游时才穿着的中山装，他在轮椅上仰望湛蓝天空，想象着在巨大城市高楼外的山峰和淡淡的云雾，他听见了正越过自己头顶的飞机，它在天空发着刺耳却让人兴奋的轰鸣。

　　此时，阿姨轻轻说："你妹妹不来了！"

　　但空中那飞机发动机巨大的轰鸣，盖住了人世间一切的声音和喧嚣，徐老似乎看见妹妹正从机舱的舷梯上走下来，并走在眼前这通向自己轮椅的园路，背景的高楼在一片雾光中变换成家乡太行山古镇旁的峡谷与瀑布，徐老感觉自己在海外许多年没回来探望他的儿子的影子也存在着。忽然，徐老感觉整个身体像麻醉后一般地有些漂浮，眼前出现一道快乐的强光：徐老在光雾间，清晰地看见了妹妹，还有爷爷……

　　阿姨看见徐老脸一歪，心里一紧，马上后悔自己不应该揭示实情与真相。

　　而几天以后的早晨，徐老在孤寂间永远地走了，但在他意识存在的最后一刻，他曾无限欢乐过！

十一、暗流涌动

（一）

我喜欢一个人站在夜的凉台，望着天空的星星、月亮。城市的万家灯火，还有夜的街道上，许多移动车灯。我家的楼宇很高，仿佛上连着星月的天际，下面被安迪生的灯火烘托。那远离地面近二十层的凉台，既听不见天空流星摩擦大气发出的轰鸣，也听不见车水马龙喧闹与笛声。在那没有风的夜晚，丈夫办完床事，便酣然入睡。而我只身披着轻纱，走向夏季夜晚，这无声的凉台。

隔着凉台与房的玻璃门，被我轻轻地推开，但是，通向外面的空间，仅有一半，双层的推拉门的蓝玻璃，叠加起来。床头柜暗淡的灯光，透过这淡蓝的玻璃体，变成双重的影，就像自己的生活，一半在现实里，一半在回忆中。我仿佛看到送到婆家的孩子回来了。孩子的小身影，在老弄堂里依旧跳来跳去。我本以为把孩子送给老人去养，夫妻生活会好很多，但真正的情形并不是这样。也许，彼此对习以为常的生活，有些厌倦。但哪里又是新生活的起点呢？我有些迷茫。

（二）

　　封闭凉台的推拉窗，也被我轻轻推开。夏季下半夜的凉气逼近我，让我反而感到空调房的闷气了。我深深地呼进一口南方海洋带来的潮湿气息，我仿佛清晰地看到楼下的椰树，那宽大的叶子，在微风中拂动。白色的帐篷，像白色的云一样，蓝天在它的头上，更高的浮云飘着。一会儿，我竟然闻到了淡淡的沥青柏油的味道。

　　我心里十分清楚，过去我十分不喜欢这种味道，闻到这柏油味就像晕过去一样，但现在，我发现自己不一样了。我站在很高的楼宇，却能看见同乡小管夜宿的帐篷。他始终无拘无束地对我笑着。虽然小区正在做着雨污分流的改造，停车的车位很紧张，但他总会在我下班停车前，帮我留好停车位，然后用鼓励的眼光，看着我倒入狭窄的空当。

　　我现在竟喜欢这柏油的闻道，那眩晕的感觉，总让人变得痴痴呆呆。

　　晚风在吹，高楼，淡淡的月亮，融入城市万家灯火形成的光雾。更远处，江岸海船的渔火，一跳一荡的，在一片深蓝色的苍穹之下。

（三）

　　丈夫终于起床了。在我眼前，他已经没有含蓄。床永远是床吗？我时时这样想，那隆起的蚕丝被，多像老家延绵起伏的山林，早晨的斜阳从海边的沙滩斜照过来，淡绿色的缎子罩着白色的软黄金，我不知为什么，婚后总喜欢发愣与幻想许多不存在的事物。而婚前的早晨，站在我租住小平房的门口，倪总是会给我意想不到的惊喜。不是凡·高油画《向日葵》，就是情人节才有的玫瑰花，他天天送一支，连续九十九天，没有一天中断。

当生活本身被人塑造得很浪漫的时候，谁还会想象未来的平淡无奇呢。

那构成奇特造型的床并还没有人清理，倪现在总机械做着他应该做的事，洗脸、刷牙、从门口的奶箱取回牛奶，摆在方形的微波里旋转加热；天然气的灶具头，燃着蓝色而清洁的火焰，银色的不锈钢锅煮着粥。

我与倪总每天都吃着这种中西合璧的早餐。其实，生活的累，也完全在于人不能改变日常的习性。为什么每天的早餐都这么复杂，稀饭加面包，吃着误传有问题的香蕉，最后还要加三鹿牌的巴氏消毒牛奶。

我并没有忘记早晨我应该做的事，特别是叠被子的事情，不知为什么，那散落开的被子，今天在我眼里非常美，它让我想到被竹海覆盖的山林，山谷深处碧绿的水潭。我很不愿意破坏这种想象。

（四）

"茜，还没有到更年期，怎么丢三落四的？"倪说。

其实，我清楚这是一种很伤女人的一句话，在我的单位里，已经不止一个女友跟我讲过，她老公也这么数落她呢。我当时，并没有回敬道："怎么？老年痴呆了？连话都不会说了，有你这样数落人的吗？"也许夫妻间的口角，多是这样引起。

吃过早饭，倪在客厅组合柜的大镜子前，理了理雪白的新衬衫，拉了拉蓝底红点的领带，冷冰冰地出门了。这与他昨晚穿着睡衣，在台灯下紧张地望着我，寻找他私密的日记本判若两人。但谁会看男人世界的那玩意儿呢。其实，我一辈子也不会看那玩意儿，人类情感的游离，不就像赵子龙的丈八蛇矛枪吗？谁能挡得住？谁能防得住？

时间很准，客厅上的挂钟指向七点半，如果路上不堵车，他的奥迪将在八点半到单位。现代生活，完全把人调教为一个程序，谁不按既定

的程序思想、办事情，在这如此激烈的商场，就真的无法生存

（五）

我独自站在客厅通道，这通道连着楼道外的分户门，倪身上新洒的男人香水味还没有散尽，我却仿佛一下失去了很多。他竟没有吻我一下，也没有问我五天的公休假准备去哪里，是去他母亲家看儿子，还是去其他什么地方。昨天，我还傻乎乎地想，都怪倪婚后长达六年的每天早晨的吻，现在连一点激情都没有，只剩个形式了，但如今，连个形式也没有了。

但那法国的香水并没有完全散尽，我闻到了楼下柏油沥青的味道，凉台的窗还没有完全关紧，最后的路面已经压实，他就要走了。那让人眩晕的味道。我站在虚掩的分户门前，也犹豫了许久，难道自己真像婆婆所说是一个笨女人，无法带好自己所生的孩子？这是80后人的通病？我们竟无法哺育下一代了。

小管的老家离我乡村的父母家很近。他说，他兴许这两天就要走了。我觉得，这完全是一个灵魂空虚者荒诞的想法，与他一起回乡村老家看看，彼此做个伴。这样沿路会更安全些，没听说过，现在拐卖妇女儿童案时有发生。走入巨大的山脉，那一圈圈的盘山道，公交车上人员复杂，什么事都有可能发生呢？

我以为，有了小管，就有了安全，其实，我也会踏上一条危险的心理航程。

（六）

客厅，我与倪常常无语，打开电视。倪喜欢伊拉克与利比亚战争的

刺激，而我经常在荧屏上看到，背景是燃烧的房屋，枯瘦的妇女搂着奄奄一息的孩子；荧屏一跳，又转向另一个高度繁华的世界，说到了2100年，整个地球人口将突破100亿；有时，我真不想知道世界将向何去。

但我慢慢走到书房，打开电脑，QQ里会忽然跳出一个陌生男人，说要加你好友。我此时正犹豫，但见整个电视荧屏又是一跳，到处是韩剧。有时，人们说，这是弱智人看的剧种，但我不这么认为，人为什么要把自己弄得那么累了，疲惫的上班一族，难道晚上还要守着沉重的《哈姆莱特》悲剧？

当重新返回客厅，半躺在沙发上，倪却起身走入书房。他的QQ在响，我却很奇怪，并不关心他与谁在网聊，是男人还是女人，但我想一定是女孩子。试想，男人与男人彻夜网聊有什么激情？

可我自认为倪是爱我的，没有新婚的调情，一切像是公式。拥抱、进入、鼾睡，无论怎样，也许，倪会把我想象成另一个女孩，但对现实的秩序，只要肉体不出轨，就是道德和令人敬重的。我曾听过，我一个从非洲大草原归来的同学说，在撒哈拉有一群土族部落，那儿三四年才遇上一次雨，他们像过节一样庆祝那场迟来的暴雨，已婚的男人化妆打扮跳舞，妻子竟欢喜地等着丈夫被其他女人相中，然后交欢。我简直看不懂，另一半地球上人的生活。

但是，"韩流"过后，我们的影视，又那样缺乏引人眼球的诱惑力。我独自下楼，在夜里的超市独自闲逛。倪迷恋网聊。

（七）

同男人一样，女人也不时时想着性。男人迷恋物质以后，对女性的感觉也十分淡泊。例如，他们一些已婚的男人爱车，甚至不会在意街头打扮得花枝招展的美女，什么宝马、凯迪拉克、奔驰，以至什么年代出产的车型，都能如数家珍。

女人也不时时想着男人，更多的时候，她们被美丽的衣裙、珠宝首饰吸引。这所有的一切使得人区别于其他生物，具有文明和物质性。

超市的管状的灯，发着白色的光辉。

年轻的时候，我迷恋时装，就像男人迷恋时尚的名车一样，当我步入三十岁，我忽然发现，过去在我眼里一些很不起眼的小伙子，会变得俊秀。体形好，双眼皮大眼睛的明星固然吸引眼球，但到了我这样的年纪，我这才发现年轻就是漂亮，于是，我经常徘徊在超市的化妆品柜台柜台前。

夜晚，超市的化妆品前，挤满了像我这样的三十多岁的女人。

（八）

开放的柜台前，有闪亮的镜子，还有肌肤粉嫩，脸上没有一点痣斑的大幅明星照。一些演技并不怎样的明星，不仅在行为上，也在消费上引领着我们的生活。

有时，我想起给我看妇科病的中医，他带着怪异的目光望着我的胸，用粗糙的手切着我的手脉说："你真美，要想青春永驻，就要注重心理的调养。失眠吗？那最容易让人衰老。"夜的轻风吹来，不要想着工作、压力……轻轻地叮嘱：安静，在床上想白天的工作、苦难、委屈是没有任何结果的，睡吧，睡吧，梦里也梦见自己抱着幻想的白马王子睡去，这样就很好。

"幻想一下《廊桥遗梦》，无论从道德还是法律，都没有逾越什么鸿沟，但有助于睡眠。"老中医如是说，"化妆品，只是满足外部和一时。"

化妆品的柜台前，五颜六色的彩色包装塑料盒。人们相互询问，这个世界知名品牌联合利华的化妆品要涨价了。一切像不要钱一样，女人们倾囊采购，货物抱满前胸。我被人挤得透不过气，同样抱着据说能让人今年三十，明年十八的神奇化妆品，压在人肉组成的队列。

真不要脸，一个男人竟在我们的女人的队伍中，像水中的鱼一样游来游去的。

"我的钱包！"站在我旁边的女人喊，并盯着那个穿灰 T 恤衫的样子还算体面的男人。

大家都下意识地摸起自己的囊袋。而我发现，我的也没有了。我和众女人一齐喊："抓贼！"

（九）

一个子挺高，身材细长的男子，猛然在一个完全让人注意不到的角落冲了出来，能看见他那英俊的眉宇，还有好像刚刚长出来的小胡子，再加上他那英勇无畏的举动，让人，特别是女性们心房为之一颤。

他的身体带着风，迅速挤过人群，跳过收银台，毫无阻挡地穿过花花绿绿的反着光的玻璃门。超市门口，木愣的保安好像才恍然大悟一般，跟在这小英雄的身后，协助呐喊。终于，做贼的狗胆心虚，丢下到手的赃物，正当众人迟疑的片刻，他消失在苍茫的暮色之中。

我重新得到了遗失的小皮匣，并把它贴在跳动的胸口。那是掏出来就让人羡慕的玩意儿，有信用卡、现金、身份证、瑜伽打折卡，偷了钱、偷了证，也会让人伤了心的。我只能用感激的目光望着这个在我看来是小帅哥的男孩，这小哥还后悔，为了拾起被盗的皮匣子，竟让贼人在光天化日之下跑掉了。

还有一个女人也同我一样，带着失而复得的金首饰，感激地望着他。这小男孩看了一下我们女人，脸红了起来。他没有说话，朝我们点点头，然后，也消失在暮色之中。但在他的身后，却是赞叹与感动。后来，我才知道，他叫小管。那天，我望着完全看不见人影的远方，想：人生归途同一，都将会消失在茫茫宇宙，那不同的行为，带来的就是那后面的人，那不同的目光而已：或鄙夷，或尊重，或敬畏。

（十）

在超市门前，我想着这件事，也想看看他。但在我眼前，超市的楼上，传来十分有节奏的舞曲，所有一切的伴音，让人想起那旋转的发光的水晶球体。夏季的晚风吹拂，秋虫在夜幕间歌唱。我少女时代，开始接触这种交际舞，感到十分不习惯，试想，如果你在公交车或是地铁上，一个男人或许无意间碰撞你，就我自己而言，我一定会皱皱眉，用厌恶的眼光望着与你肢体相碰的异性，弄不好还会骂他一两句：不正经。

而这时，也许真的是因为在转弯或巨大的惯性引导，人实在是无法控制自己的平衡呢。所以，我觉得，我们普通人生活，都在努力平衡自己的感觉，防止同其他人的碰撞。不管这是有心还是无意，大家都在设防。

但舞场则不同，人们来，就是为了与异性相舞相碰。不知为什么，我成家后，一旦发现倪对我不像恋爱时那样亲热，那样在乎我，我就想去这种社交的场所转转。开始，我并不想去跳舞，只是想听听那优美的舞曲，看看五光十色旋转的灯光，还有熟悉的旋律唤起对生活情景那莫名其妙的感动。

"请你跳舞！"有两个绅士风度的男人请过我跳舞。我拒绝了，他俩很失望。也许，他们想，一个不跳舞的女人坐在舞厅，是奇怪的。

（十一）

"请你跳舞！"舞池的灯光暗淡，地面的大理石，在暗淡的灯光间，也能反射见人的影子，同样的语言，从不同的人嘴里说出来，感觉是完全两样的。不知道为什么，我觉得这声音，在嘈杂的舞场，却觉得很有磁性。

高高的个子，嘴唇湿润润的，嘴角细小的胡子。小帅哥！我知道，他就是两天前，英勇有为的小管。没想到，我与他在这个地方相见。说句完全诚实的话，我的心当时就跳得很快。这与我许多年以前，同倪婚前在江边散步的感觉相似。其实，我的心里很清楚，对于我，如果处于未婚的年纪，可以说就是爱情，但对于现在已婚的我，即使有着与当年相同的生理感应，我们姑且只能把它称为臆想或幻恋，因为时间、地点、条件都不对了，若称之为：移情别恋，这太大逆不道了！可奇怪的是，人对此的感觉，并不能和盘向外界托出。但暗暗追求这种类似新欢的感觉，却有着一种无法抗拒的鬼魅力。

小管托着我的身体，我整个身子轻飘飘的，像浮在空中的云雾一般。当一曲《蓝色的多瑙河》舞完，感觉心胸畅快。

（十二）

我总想着那日的舞场，舞池光线暗淡，古色的窗扇半开，夏季的晚风吹来，好像从街道马路遥远之处，传出《夜来香》的歌声。第二天的舞场，我居然拒绝了小管的舞约。很奇怪的感受，有时心里痒痒的，但却觉得一下子，自己对不起倪了。这一边像是云，一边像是雨，两种情绪在心底纠结在一块，反过来想，又真希望倪能像刚结婚时一样，在意我。

他不去迷恋网聊，我也不再去歌舞厅消磨无聊的时光。

"姐姐好！"小管这样称呼我，这让我心里稍稍安定、轻松许多。我觉得，这是符合我们道德水准和习惯的，也许结过婚的男女，本身若有一些相互之间的倾慕，一旦用哥姐、弟妹似乎就离人的性幻想远了，于是相处亲密些，也就不成为难堪事了。

月光皎洁。有时，云层浮在深蓝的天空，裂成许多斑斓的纹理，满月从云海间穿行而过，七彩的光斑像童话一样美。虽然，这天我克制住，没有与小管跳一曲舞，但我竟没有拒绝他送我回家，有时，我觉得自己不知是糊涂，还是犯傻，因为彼此口音接近，发现我与他是同乡。最大的不同，只是因为我是女人，选对象时运气好，与倪成婚后，在城里就有了居室。当然，除爱情外，老公在我打工的城市有房也是婚姻必须的条件。

（十三）

从超市大门，楼上是歌舞厅，到我家住的楼宇，路并不长。但我与小管在月下，慢慢散着步，却觉得像走了很长的距离，他的老家与我的母亲家仅隔着一条惠汶河，一下子，我们有许多童年共同的空间，好像彼此有很多话要说。

其实，我当年与倪谈对象，也有许多话说的，但那是用共同幻想的未来空间，组成了编织着物质的网而已。房子、车子，但背景依旧是月夜与花园，这些都是自然界中美好的景致。我与倪到夏威夷的海滩度过蜜月。海风、碧浪、沙滩，还有椰林。当一切幻想已经到眼前，我们感官上的享受似乎完全满足，人却怎么会一下子想对童年的生活，再做一次回归呢，一种情感的回归。哪怕那时的生活环境很差、很苦，人还是努力用幻想去回忆昔日呢。

但姐姐这个称呼是十分好的。"姐姐，你真漂亮！"小管望着我的眼睛说。我只能笑笑，在月光的朦胧下，别人看不见我眼角的鱼尾纹。

姐姐，这个称呼是很对的。这种似乎有些亲情的描绘，把那种男女之间隐约有的带性幻想的感觉隐藏在深处了。

（十四）

那天，我忽然头热高烧，但倪说他实在很忙。丈夫在单位是高管，并且是打卡上班，从总经理到员工都没有特权，请事假就扣工资，毫不含糊。如果客户的事情上来，你加班再晚，哪怕通宵，你也要搞定的那种。我独自待在家里，木愣地望着高楼外的天空，可除了白云什么也看不见。

我还是去离自家最近有妇产科的中医院大楼。但到了医院门口，一个护士把我拦住，问了病症，她让我走左首，看西医大夫。中医院为讲究效益，也设有小的西医门诊室。西医与中医不同，它不看气色，也不切脉，量体温、测血压、化验血，然后，居然没有一个大夫与我说什么，近三小时，医生戴个白口罩，在金属架上，给我挂了两瓶生理盐水。我终于，能像正常人一样，走在小区公园的山岗与小树林间了。

也许，与小管的相处是简单无比的。对他的感觉，就像让我自己重新回到少女时代，对性与婚姻完全处于懵懂的状态。而愈是与倪发生情感上的冷战，我觉得，我愈感到有些控制不住自己，像飞蛾扑火一样，却愈要寻找那种现实人们鄙视，但自我觉得十分纯净的感觉。

我觉得，我的那次的高烧并非病理引起，一定是情感引起精神紊乱而引发人抵抗力的下降而产生。

（十五）

夜的空间到来，我与倪两人依然竟可以不说一句话，他想着他的，而我想着我的。但没有言语，两人也能拥抱、接吻，然后进入。我知道，这常态夫妻生活能维系，彼此一定是另一精神幻想物的牺牲品。我很清楚，我的幻想之物。有时，我竟能半猜测出我丈夫的情感幻想者。也许就是网络恋人。但只要实际的肉体纯净并不出轨，我们之间并没有理由互相指责对方。

高烧的这天，我裸体躺在床上，神情沮丧。我身体裸露着，并没有少女时代的羞涩，内心却总想着白天的一些事情。此时此刻，神志模糊，但我多想找人说说夜话，我清楚，长时间这样对睡眠不好，对自己身体恢复不利。但什么是抚慰心灵的良药呢？我有时会痛恨我自己，在倪的身边，竟还会想着其他别的人。如果，有精神的法庭，我一定会被送上断头台上的绞刑架。但倪呢，借着网络情人那虚拟的翅膀，在我袒胸露背的肉体上飞翔，我倍感心灵的伤痛。

可我仿佛又沿着小区公园的山岗，独自上着台阶，然后吃力地又下来，是在用苦行折磨自己吗？那是太平天国一个将领的墓。过去，曾荒凉的土地，现在成了教育基地。一条新修的柏油路正通向半山的台阶之处。古树参天，蝴蝶在花草丛中飞舞。

梦里也能记得，小山岗下，有几只绿色方形的帐篷，在夏季的和风中吹得鼓胀胀的。

（十六）

我们整个小区路面和地下管网的改造，已经持续半年多，直到现在，我才发现住在小山岗下，将领墓地旁那支了许多个月的绿色帐篷，也许工程完工后，不久整个市政工程队的民工就要搬迁。作为已经融入新城区的居民，有时，我挺烦那没日没夜，也没休息日的外乡民工的。他们经常夜间施工到很晚。我们小区的一些家庭主妇，就会跑到居委会举报，并大闹一番。

自从我认识小管以后，我开始不这么想。城市人的父辈，其实不也是乡村的农民。在1949年以前，乡人或因逃灾荒，或因战乱来到霓虹灯照亮的江城；1949年以后，特别是改革开放以后，为了生活得更好些，他们纷纷涌入城市打拼，然后把血汗的收入寄回乡村，在乡村盖起新楼。而能像我这样，通过择偶在城里安家，毕竟还是少数。

他们辛苦劳作，是为了我们能生活得好一些，这最大的受益者，都市小区的主妇，却连一点噪声也不能忍受了。

傍晚的彩云，在山岗的西边，火红一片。夏季，太阳就快落山的时候，风也下班了。我能看见那简陋帐篷，一个木板床，还有一个小方桌，所有的餐具、锅碗都摆在地上。偶尔，一些小甲虫在帐篷里淡黄色的白炽灯下飞舞。

我听小管说：他虽然没有钱在江城购房，但他已为住在惠汶河畔的父母翻盖了三层的小楼房，楼房北面依水，水岸是竹林茂盛的山地。远看，就像在画中日本奈良的小镇一样。

但小管在自家新盖的房屋里，只住了三天。三年了，他就住在这样简陋的帐篷里劳作。他建造好了漂亮的家乡小楼，却只能在梦里憧憬。

（十七）

我看见那很小的帐篷，里面鞋袜衣物竟没有很好地收捡，满乱一地。我按住心跳的胸口，慢慢走进帐篷。既然，小帅哥总称我姐姐，我自己又有什么好担心的呢。我得弯腰才能进得去那个帐篷。我低着头，用手下意识地封住自己的领口，遮住那跳跃的丰胸。此时，我想，如果让时光再倒退八年，让我重新做个婚姻的选择，也许，我也不会选择小管。他自身的物质条件太差了。

可是，作为一个憧憬的对象，他身上有许多超出世俗品质，并在理想的层面存在，我却十分愿意与他交友、亲近。那超脱物质本身的需求，追求一种幻想的超脱，并寄托于一种类似于偶像的崇拜，是不是现代人网恋，或者柏拉图式的精神恋的根源呢？这是哲学吗？我是女人，我不懂。

我帮小管把帐篷收拾得清清爽爽，小管那天一个人吃饭。我那天刚挂过水，一点食欲也没有。我看他一个人喝着酒，完全不像在超市那种公众场合，显得伟岸与潇洒。他显出苦闷，但却很坚强。他不像别的男人，例如，我的丈夫倪，他平时也彬彬有礼，但酒一喝多了，就会摔碗筷，对我撒酒疯。而小管眼睛通红，没什么话语，深情地望着你。

"姐，工程就结束了，我过两天就要离开小区了！"

是的，我发现，小区的旧马路覆盖好了新的柏油路。我说："我知道，为什么跟我说这些。"

小管眼圈通红，白炽灯的灯光，照着他在日光与暴风雨中，似乎吹不黑也晒不黑的小方脸上。他说："过两天，我先要回惠汶河，我已经快三年没有回家乡看一看了。"

"为什么和我说这些！"我说。接着，我想，"我也快三年没回惠汶河了。"

我还能控制住自己，我跟跟跄跄跑出帐篷。傍晚的霞云已完全消失在远方的山水之中。

（十八）

我能想象出丁克家庭的温馨与浪漫，但我也能想象出如果情感出了些小插曲，没有孩子作为纽带，会出现怎样危机的情形。有时，我望着装饰华丽的客厅，想着把自己的孩子从婆家接回来。为什么我们自己竟不能带孩子了？

我看见在半敞的做书房的小室，今天倪有些垂头丧气地站靠在真皮垫的木椅上，我想一定他所约的这个，或那个我不知道的异性网友与他失约了，今天没有上网。天花顶上，暗淡的光线射下，照在丈夫的仰起的脸上。他两个鼻孔，黑色的像神秘的洞穴，通向苦闷的头颅。

我觉得，那场争执是突然爆发的，像火山一样。平时，我俩有点冷战的意味，而今晚，在平静无风的海面，忽然从海底喷发出火山的熔岩，把心里郁闷的海洋都汽化了。

我不知怎么和倪大吵起来："你才养个小情人呢，我没有做什么对不起你的事，你们男人占据着女性的身体，却连思想也要占据，巴不得，自己的女人整天只想着自己，这才算贞洁烈女，而自己却七情六欲，一样也不少！"

倪的眼睛发出一种很怪的目光，也许他想：自己也只不过网上调情，逢场作戏而已。他大声地说："茜！你让我好失望！"

（十九）

我开始不懂，他对我希望是什么，失望的意思是什么。我觉得，我全部的身体都献给了他，并为他生了孩子，他还希望我什么呢？而自我俩结婚以来，他从来没有这样大声地对我吼过。

"我明天就要回娘家了！"我执意着说，这也许是一种逃避，也许是一种追寻。

但倪好像有些疲惫，他叹了口气说："茜，就这样吧！只要彼此身体对得住对方就行，我不再追求什么了。你把公假留着吧！好与我一起回我妈家！"

我知道男性在情感面前的两面性。我觉得，倪总是想拥有我，也同时在想拥有那虚虚实实多种情感的满足。而我也许因为遭遇到一种现实婚姻的冷淡，也在心底幻想另一种纯真生活的女人。而我清楚，但那只是一种意念上的满足，试想，谁能真正放弃优厚的物质生活，回到童年的小河旁，成天看着在夕阳拉纤的船夫，等着南方古镇夜晚暴雨来临，在漏雨的屋檐下，整天就过着卿卿我我，苦涩相拥相抱的生活。

（二十）

在别人看来是一种完全特意的安排。或许对我，对小管来说这仅是一种巧合。不知道为什么，那天，回惠汶河的人特别多。长途汽车站上，人黑压压的一片，也许，老家那里的苗岭山寨也正要过他们的传统节日呢。

我排在长长购票人群的后面，只希望那静止的队伍能快些移动，我独自拎着不大也不小的包，站在购票队伍的后面。站内虽然有空调，但却像坏了一样。人的头上溢着汗液。我脸上的香粉都被汗液洗净了。紧身的衬衣被液体黏贴在身上，并显出肉体的颜色。我觉得，女生是自恋的。我也喜欢穿新潮的时装，上街前总热衷于打扮一番。也许就是要吸引别人的眼球。但有时话又说回来，如果一个陌生男子用猥亵的目光看着你，你又会觉得浑身发毛。在车站、码头单身女人，假如她还算年轻风姿些，总能遇见这样色狼一般的眼睛。

我忽然后悔自己只身回娘家，这样匆忙的举动。但正当我有些紧张之际，我发现很长的排队购票队伍的最前，有个十分熟悉的身影，而这个身影正转身，无目的地向后张望。

我几乎没有思索地喊："小管！"

我觉得，在这嘈杂的旅行环境中，遇到熟悉的人，甚至说是还有些心仪的人，总比只身在陌生的人群里安全。我为什么躲避？为什么不去求助呢？

（二十一）

我自初中离乡，惠汶河究竟有多长，我自己也不清楚。山道弯弯，离乡的路忧伤而漫长，那时，我只知道自己从哪来，却并不知道自己要走向哪里，凭着我求知的渴望，吃苦的毅力，当然，女性还需要一张耐看的脸蛋才行。我终于能在千里之外的江城安居。从起伏的山脉大川到广袤平原靠近入海的地方，用手在国家地图上丈量，我整整一掌的距离都不够。

因为是小管帮我买的票，我和他坐在第五排的双人中间位。无论我坐动车，还是坐这长途空调大巴，我喜欢坐在窗口，望着晨霞或夕阳，人完全不像在单位封闭的空间，思想禁锢，人那跳跃性的思维习惯随着景物的变换而游动，它可以是童年或少女时代回忆，也可以是对唐代长安古城，或宋朝汴京的遐想。让思想随着风儿畅游。

完全没有我过去离乡印象：在乡间小柏油路，如同坐在马车一样颠簸的感觉，但小路边的白杨，还有天边开裂的白云露出七彩的日光，却很难看到了。老旧的公交车，也在盘山公路上吃力地喘着气，很深的悬崖就在四轮车胎的脚下，崖下有红色的山岩，也有碧绿的水潭。

汽车在高速公路上行驶，穿过笔直幽暗的隧道，那是早年沿着盘山公路，要走上半天的路径，现在也许不到一小时就完成了。偶尔，汽车也有转弯轻刹的时候。穿着短袖的小管，他那光溜溜的胳膊，偶尔碰到我的膀子，我不知为什么，脸上一阵燥热，有意地移动一段距离，好像是躲避这尴尬的片刻。

（二十二）

车上所有的人估摸，在夕阳西下的时候，我们就能赶到惠汶河旁的家乡小镇。它较远的，我站在公路旁，能看到八年前离家的那远远的山景，那隐约雾状的景致，是熟悉得再熟悉不过了，但此刻抛锚的汽车，停在高速公路的路口却动弹不得。

我不清楚怎么会这样，我们一车人要在高速公路旁的一家小旅馆过夜，直等第二天清晨，大巴车上的一个重要部件运来，安装上我们才能重新起程。

无论怎样的吵闹，骂娘都无济于事了。我觉得，这时，人只能听司机与一个女副驾摆布。他俩竟然是夫妻。房间有限，有两人的套房，最大的是四人铺的客房。驾驶车的中年夫妻竟把我和几个陌生妇女安排在一间四个铺的客房。那三个女人，她们衣衫褴褛，两个人手里还抱着哭闹要吃奶的婴儿，她们一边用旧奶瓶给婴儿喂奶，一边用十分怪异的眼神望着我，像一下要把我的衣裙撕碎似的。这让我一下想起电视里，那被警察抓到过的人贩子，我浑身打个寒噤。我想我绝不可能与这些人共度一夜。有时，人生活就是这样简单，一张床，一口饭而已，但在特定的情况下，这却很难获得满足。

（二十三）

司机夫妻已经定了双人客房，但没有我一个人睡的单人客房。这时，你身上再有钱也没用。小管也是只身一人。

还剩一个双人客房，司机看着我与小管两个单身的男女。我看得出来，他们心里想的与嘴上说的并不一样。司机神秘地说："不方便的话，我们两男两女组合吧。"我或因汽车抛锚的气还没消，也许是因司机看出我与小管在车上有些无话不谈的亲近感，或是因全车的人在嘲笑看似小夫大妻的组合，或是因我的心理防线完全被击碎，表面却要佯装强硬，或者因为我想，把别人夫妻拆散，似乎是大逆不道的事情。总之，那一刻的感觉，十分复杂而神秘，自己竟完全不能解释当时的心境。

我喜欢与小管聊天，我俩在大巴车上并肩而坐，说实话，真有初识男女相互倾慕的感觉。他让我完全忘记自己是有家室和孩子的近中年的女性，我竟忘乎所以。但奇怪的是，我们没有一句话是谈对方的家庭。我们谈着英国勃朗特三姐妹、德国的歌德与席勒、俄国的普希金，甚至谈到太空的遥远的恒星世界，那儿也许有生命的地方，也一起回忆了童年记忆中的惠汶河。东边是家乡的小镇，隔着绿色河水的北面是青山，午后的阳光慢慢落在山峦的另一面。有时，能听到风声，也能听到潺潺的泉水，从青山间的岩石流入惠汶河。

我在落日中大声地喊："不，我与小管在同一个房间！"

我觉得，我当时脑子乱乱的，只听见小管很诧异地说："茜茜姐姐！"

（二十四）

我现在回想起来，也许，自己除了与丈夫倪恋爱入洞房之外，从来没有这样心跳过，我竟不知道我这一夜该怎样过，更不清楚未来该怎样走。说心里话，高速公路旁的这家小店，虽然设备家具陈旧，但一切还算干净。

狭长的走道外，能听到隔壁房间三个女人还有哭闹孩子的回音。人们在埋怨这延误的旅行，但也是一种命运吧。

我记不清自己和小管是谁先进了房间，虽然阳光已落入天际的遥远的山脉，但窗纱在轻轻吹拂，朦胧的光雾透过纱窗照进屋内，一切恍然如梦。我们俩竟没有谁敢先开灯，就在这蒙雾的光中，彼此能听到对方的呼吸与心跳。这婚姻以外，又让我心动的小男人。我这样想。

"姐，旅馆要开饭了！"小管似乎比我清醒一些，但我看着他的眼睛，的确，我俩认识有几个月了，我还没这样认真地凝视过他的眼睛，那透明得像能流出泉水一样青春的眼睛。走过狭长的过道，出了门，有一个简单的园林假山。大家进了也并不大的餐厅，整车人没有好的心情，也许只有我与小管心在狂跳不已。

在饭桌上，我努力躲避着人们，特别是岁数比我略长的人，对我俩怪异的目光，这目光总像是在问：你们俩是什么关系？他们像看西洋景似的。但也有一些比较年轻的人，好像在他们眼前什么也没有发生。我想这关键还在于我与小管神情总显得有些不自在，不坦然。当然，在年岁长的一些人看来，这就是一场刚上演的偷情的剧目。

（二十五）

这里的月色，同城市高楼林立间的月色是不同的。饭后，我与小管都没有回新开的客房。

月光投向简朴饭厅与客房间的小园林，绿色的浮萍和莲花叶覆盖了并不很大的塘面，青蛙在水岸边鸣叫，但我听不出那鸣叫的意思。

也许，我们俩都感觉到这夜将有怎样的尴尬。平心而论，有时，我不是不存在对婚姻以外男性的臆想，特别是自我认识小管后，的确在自己意念中时时闪过他的幻影。这是一种自我无法控制不去想就不再想的影子。但在这明亮的月下，我一想到与他同宿而居的情景，心里就非常的惶恐不安。有时，真的希望全部的生活能从头来，自己重新回到浪漫纯真的年代，静静体味超脱尘世的那种感觉。

但在这月下，四周已经无人的夜晚，我同时感觉，有一种无形的自己完全控制不住的欲望滋生，它把我向另一条路上推动，而这又是理性并无法征服的。我明明知道眼前，好像就是万丈的悬崖，但崖下是瀑布飞溅，鸟语花香。也许下去，你知道会粉身碎骨，但一想到那肉体的快感，真正想不顾一切地去尝试，然后一死了之也心甘情愿。

我此时，感觉小管也快控制不住自己，轻轻在园林的月下喊："茜茜姐！"此刻，我浑身被这小男人磁性的声音惹得一阵酥麻，整个身子一会儿很沉，一会儿又觉得很轻，慢慢向梦幻的情景沉坠并下落。

（二十六）

我与小管都不清楚两人是怎样回到了旅馆。也许，是我们两人同时开启了那房间暗淡的灯光。柔和的光线从天花顶棚漫射下来，我竟轻歌曼舞，慢慢迷糊，坐到简朴白净的床上。

此刻，让我心跳的是，小管也情不自禁地坐下。他双手竟摸着我的双肩，眼睛充满让我并不感到害怕的欲望之光。

我的丰胸袒露在他的眼前，如同海的潮汐一样起伏。此时，如果他低垂下头，去吸吮那风浪涌起的饱满而圆的峰顶，我一定迎合上去，配合他坚实而富弹性胸肌的拥有。但忽然，小管把扬起的嘴唇连同头闪向一边，痛苦地转头朝窗外刚才我俩散步的小园林的方向，低下头，喃喃地说："姐,你真让我受不了!"

　　然后,他拿起另一张床上的毛毯,搬着旧写字台前的座椅,出了房门。开始,那房门猛地被人一带,迅速关合。霎时,我被惊了一下,想,这门一定会发出轰鸣撞击的响声,就像崩溃的山岩冲向山脚一样,但一下,又被小管带住,然后,轻轻合上。

　　我像被人侮辱了一番,愣坐在床上好一会儿,然后,独自上了洗手间,倒在床上,刚洗净的泪又流在洁白的床单上。

（二十七）

　　然而,此刻,我心里安静了好多,我头脑一下子空了,什么也不曾想起。在我就要睡着的时刻,我感觉一个人影闪进门,而此时,我一点恐慌也没有。我身体几乎袒露,在洁白的床上,几乎没任何遮盖物。

　　我知道,小管又进来了。有时,我想想,既然自己曾大胆地要做,要追求过,我在他面前,还有什么女性的廉耻呢?小管轻轻重新在我耳边耳语说:"姐,好好睡吧,弟在门外给你看个门吧!"

　　我听他这么一说,泪如雨下,泣不成声。我真的没有脸面再说什么了。这个月夜,我竟做了一个奇怪的梦,我梦见我站在崖前,崖壁开满了红色的杜鹃花,我在坠落,好像是被一个怪异如虎的动物推着掉入崖底,这崖底一片漆黑,但我在空中却被四只手接着,我只看见手,却看不见人。

　　清晨,我被运大巴车零部件的小面包车的鸣笛唤起。我轻轻推开房门,晨光正透过窗,把狭长的通道照亮,小管盖着紫色的毛毯,在靠背椅上静静地睡着,好像一点没感觉四周发生的变化一样。他的脸被东方鱼肚白印得如同残雪。

（二十八）

抛锚的巴士终于起程了。我仍然与小管坐在大巴原定的座位，此刻，我已经没有惶恐不安的感觉，我很淡定地看着车内所有人的眼神。而此时，窗外霞光万道，橙色的阳光，染着整个绿色随山势起伏的林海。而这时，所有人包括我自身在内，对道德、对情感的种种想法、猜测显得那样苍白无力。

我想，因各种复杂的想法或心境而产生的那未遂的行为，不管人们说是检点的、还是放荡的，或者，像年轻人所认为的，我没有勇气冲破传统的屏障；或者，像年长的人解释为，我还算是一个被传统礼教所认同的女人。尽管，有时，别人并不知道当时的具体情形。然而，女人身体的洁净与专一，确实是一切德行的基础，更是判断是非的标准。

三小时以后，我终于看到悠长的惠汶河中，我最熟悉的一段。这儿，有流水、有倚水而建的仿唐的廊道与建筑，还有通向山里的藤子桥和正欢快地过着芦笙节与吃新节的苗寨里的人们。在惠汶河畔的草场，那斗牛、舞蹈、燃烧的篝火随着日升月落，不断演绎着新的精彩。

这时，我才发现，原来，在我童年和少女时代，那极普通的山里河畔人的生活，已经成为都市人向往与憧憬的地方。我们的家乡俨然成了旅游的热点之地。

（二十九）

我坦然，小管也显得轻松，我们彼此都像摆脱了沉重的精神锁链一样，好像不论世人再怎样议论，我心里大有不怕半夜鬼敲门的心境。但我没有想到，到了家乡小镇车站，我一走下大巴，就被一个女人抓住衣领，她好像要把我的私密暴露在光天化日之下，无论它是在思想里，还是在身体内。

这女人抓着我，却用眼死盯住小管。说："我听乡里人说了，你在外面有了女人，难道就是这妖艳的大女人吗？"

我惊讶了。我想，难道小管在老家有了家室，我立刻想，人有时真是不可以貌相的，所谓的好人与坏人，善与恶，以及人的各种性格，不就是同一个日光源，经棱镜折射，从一个特定的角度滤出的单色光而已。只是你从当时角度去看，就产生出了一种独特的感觉。

在一车未离去人的众目睽睽之下，我努力辩解道："我并不是他的女人，我另有家室，而且，我俩是纯洁的。"我用女人真诚，几乎落泪的眼睛望着女人。

小管说："琴，是我对你不起呀！"

琴听到这话之后，松开抓着我衣领的手。这时我才发现，在琴的身后，有一个看上去病歪歪的孩子。

琴跪在了地上说："自从那天我们俩……我就有了孩子，这孩子病了，很重，我一个人已经无力承担孩子看病的费用，否则，我不会天天站在这儿等你回来呀。你要娶我！"

（三十）

这时，小管眼睛闪着紧张的光芒，慢慢退后，周围围观的镇民似乎也愈来愈多。惠汶河在日下，闪着光斑，并发出喃喃的低语。

小管说："可我发现，我并不爱你！"但他刚说过这话，就忽然转过身，慢慢弯下腰，搀起琴，嘟嘟嚷嚷地说，"琴，我们走吧！我们结婚吧！"

我忽然觉得，小管面带麻木的神情。不知为什么，我却要替小管辩护了。我一把又拉住小管的衬衫袖，说："小管，听姐一句话，现在社会复杂，你要对你的一生负责，也许你过去是错的，但凡事还是要搞清楚才是。"我下意识地看看孩子，说，"做个亲子鉴定吧！"

小管此时没有听我的话，他带着眼前的母女，朝自家三年前新盖的瓦房方向挪着步。他说："没有必要了，那样会伤害更多的人。"他转过身回头，深深地看着我，说，"谢谢姐姐。是你让我懂得，什么是爱，但我理想中的女人，也许是比你还年轻十岁的你。"

"年轻十岁的我？"我总在寻思这话的意思。我想：再年轻十岁，我兴许并没有成家呢！

但我还是没有搞懂，当时乡人给小管介绍对象，小管你并不爱别人，为什么要发生关系呢？人的过去与现在，也完全如同两人了。

小管他们三个人的背影沿着廊道，就倒映在惠汶河面，但却愈来愈远，愈来愈模糊。最后，就像一场白天的梦。我还是沿着河道，但却与小管相反的方向，朝自家的院落小桥走去。

（三十一）

我很久没有见到我的父母，作为嫁出去的女儿，只要听说我过得还好，他们就心满意足了，其他的还有什么说的呢？我和父母之间，相望的惊喜是短暂的，就像美丽晚霞一样，然后，父母对我回娘家的因由叹息。

母亲仰着她那苍白多皱的脸庞，黑发间夹着的白发仿佛诉说着生命耗损经历，一切的言语在此刻显得如此多余？我清楚，在我们镇子，女孩子出生都是无奈的，因为想生一个男孩，无奈地生下家里一群的女孩。

回来看看父母是感动，但如果赖在娘家长时多住，则是让邻里笑话的事情。

第三天，我在惠汶河畔，一个古老的石孔桥跨过它的支流，我就站在桥头，自家同样倚水而建的房屋，它很陈旧，没有翻新过，在淡淡蓝雾中，变得又如同梦幻。

我知道，倪的电话打到我家，他对我发着毒誓，竟说再也不上网聊天了，还说，我们的孩子小明，住进了医院。他患了白血病。我拿着电话听筒，浑身发颤，心想：这不是与琴的女儿患的一样的病嘛。也许，我们周围的环境竟如此脆弱，到了连孩子都不能健康成长的地步。

倪说：我走后的四五天，他就在医院陪护孩子。他也等着我回去，给孩子配血型。我穿着八年前最早离乡，走到外面世界闯荡时的白色的衣裙，想着自己思想游离，那小半年的情感经历，对着就要与自己在桥头别离的父母，我不知道自己该说什么。

我也怕面对倪。

（三十二）

离我在江城家并不远的市级医院，整个病房大楼色彩被翻新过，远看并不是天空下的白色，而是温暖的赭红色。墙面紫铜色窗框间的玻璃，反射着天空与浮动的云彩。

人还没有走进病房，就能看到移动的手术台，被一大群病人家属簇拥着，紧张地向宽大的电梯间前移，走向急救室。那病人竟很难分辨男女，他半张着嘴，有长长的导管伸入鼻腔，在白衣天使的陪护下，他面无表情，走向命运未知的角落。

我的心在跳，再走过几间病房，我就能见到似乎许多年没有见到的老公和孩子。但此刻，我忽然觉得胸口很闷，我转向电梯间对面的楼道，把头伸向楼道窗外的空间，我看见，同时，有一个与我刚才所看一样的移动手术台，那上面一个人影却被一层厚厚的白纱盖着。只有一个头戴白色小帆船帽的女护士，慢慢推着这小车，走向派出所那注销户籍之处。三点左右的阳光，很好照在小护士与那独寂走向另一世界横卧着的身影，缓缓地，但却安静的。

我真的，完全忘记了上一时刻，情感迷茫状态下的许多细节了。

（三十三）

忘记，其实就意味自己现在过得很好。

只有我的血型与儿子能配对，也只有我做母亲的能拯救自己的孩子。但与倪共同在医院照看孩子的日日夜夜，我觉得，我对丈夫，或者丈夫对我那平淡的感觉，是所有现代婚姻最正常的事情了。

最激动的时候，我与倪不是没有。我们当听到孩子与我配型成功，当看到孩子因化疗而光光的头，重新长出浓密的头发，当看到孩子能重新在绿色的草坪小跑着，而唯有这时，我俩是激动的。

维系婚姻的是什么呢？那是两个有过激情的男女走到一起以后，偶尔，彼此也许都曾有被其他意念或迷想捉住的时候，但在面对另一个带有双方基因的个体生存或健康的情形，又有机会重新考虑，他们出于责任，能在平淡的生活中重新感动，让爱之火重新燃烧，并能继续走下去的人。

十二、汇镇人物传

汇镇有条母亲河，它叫秦河，把汇镇连同所属乡下分成东西两块，地块的模样可以想象成太极的样子：小镇中心有两个眼：一个是私塾学堂，一个是营造厂。从汇镇两眼的中心到所属乡最后一家园子或四合院，有水路十来里。据县志记载，当时东面有各种园子，什么梨园、桃园、苹果园等，园内住家户的房子，不是泥墙茅屋，就是芦席棚；而西面是十来户的四合院，都是大户人家，不是祖上在清廷做过大官，就是儿女在沪跑着生意。过去，东面除了年底向西面交地租子以外，大多都老死不相往来。若东面的长工或女佣死了，西面家会说："是吗？"若西面的老爷或太太逝去了，东面会说："真的！"但自从蓝妹这一代后，情况有了改观。

汇镇两个稍有影响的人物，在当地县志仅稍有事迹提及，本作品只在人物心理描绘层面，取一女人蓝妹，再取一男人欣弟，作为县志的补充撰文，以窥视当时当地的风俗。

蓝妹篇（上卷）

（一）

　　这是南北交结之地，离汇镇中心十来里的四合院。正方形的院井承接着阳光或雨水。这个院落东厢房的门，对着打谷场，也对着通向汇镇的秦河。河流南面和北面各有一座桥，它如同青紫色的彩虹遥相辉映，把河西岸的碎石路与东岸的梨园连接。这两座孔桥，就如同移植过来的赵州桥的样子，并构成小四合院进出外面世界的环形通道。四合院西边的后门有一座水井，它犹如镶在田野褐色土地上的钻石。夜晚，它闪着和星空一样的深紫色，而当圆井慢慢与天际曙光一齐变为透明的琥珀黄时，人们就能听到拉船纤夫悠长的号子。在蜿蜒的秦河上，这号子穿过原野轻薄的晨雾，与五彩缤纷涟漪的水面一同跳荡。沿着河堤，细长的绳索在桥畔忽然断开，四个纤夫分成两个一组：前一组人拉着绳头跑到南桥的中央，半个身子几乎要翻到石桥栏杆之下，将带着垫肩的绳头兜底穿过黝黑的桥孔；而后一组人则迅速赶到桥墩底部，迎接溜滑到鼻间的绳头，随即便如同迅速拉住奔马的缰绳一般。然后是纤夫们得意的笑。这两组人马又快速在堤坝上会合，继续在晨光中拉着老爷的船。他们努力用嗓子高哼着劳工号子，这精神的晨曲，再次驾驭自己的肉体与波浪中的商船，向下一个石桥和码头前行。

　　此时，好似介于睡梦与清醒之间这精神的状态，却依然在四合院的东厢房游离与弥漫。这是一个被分裂过的大院，它曾只是一家赵氏商人的院子，结果却分成了沾亲带故，有着两种姓氏的四户人家，他们各自在大院的四间房里居住。而在东厢房生活的只有赵家母女二人，这个家庭与赵氏八辈祖上都有正宗的直系血亲（至少居者这样认为）。似梦、似醒的状态让人无法分清，赵蓝妹与其母李氏就在这样捉摸不定的感觉中挣扎着，她们共同应对外部世界的纠结、绞杀。

"蓝儿，我听见了拉船纤夫的号子。"母亲说。

她忽然从床上坐起，母亲仍然习惯地四下环视，用双手拉着青花绸缎布的被子角，用以遮住半裸的侧胸，就好像她早年刚嫁到赵家的模样。她仍是和已故的病重丈夫同床共枕着，而公公婆婆也可能随时走入东厢卧房，窥视她与丈夫是否正常同房，能否完成交媾生子。母亲冷静地注视着四周：夏季的蚊帐如同原野的雾霭，鸡翅木的雕花大床。这床像远方庙宇里，那红柱撑起的灵性空间。女儿蓝妹头歪斜着，睡在宋代耀州窑瓷枕上，她还不肯从梦中解脱。

那清醒与梦幻的感觉，就像人脚踩云端，精神在山水日月之间飘浮。能看到过去已逝的人，与正活着的人继续交流生活的影像。此时，蓝妹的眼睛半睁半闭，她似乎想动弹一下身子，但整个身体如被柔软的橡皮筋缠绕住。人用尽了力气，刚觉得已经撑开并浮起，然后又绑紧并坠落，这样循环往复多次。壁虎穿梭着，在明清就遗留下来的东厢房的砖缝里，来来回回。砖缝隙潮湿而阴凉。那秦河堤畔震耳的晨号，却被拉成新生婴儿出生时的啼哭声。蓝妹听到母亲窸窸窣窣下床的声音。母亲的身体穿过薄纱青帐，就像穿过河岸的轻雾。她慢慢地下床，被裹缠过的小脚轻轻套入深紫色的绣花鞋。她好像怕惊动已过世的丈夫，和已在东北的儿子。在母亲心里，亲人都还在自己身旁，他们从来也没离开过自己。屋内人能听到床头玫瑰色木马桶盖被掀起，又被放下的轻撞声。于是这整个厢房，就弥漫了被硫酸浸泡很久的老檀木那怪异的香味。

厢房中心的天窗，已被四合院外橘红的光照亮。一束光道慢慢地形成，投射到屋里。此时，蓝妹已经起身，走向这清醒而世俗的凡间。蓝妹还不知道，今天一大早汇镇的私塾先生要来。她既已睡到自然醒，也就不赖床了。也许真要去镇上读书？若是这样，那清闲好日子也就不多了。蓝妹觉得人完全苏醒后，还躺在床上，这的确也不是件好事。她自己不是想到西厢房隔着几代的远房阿叔，盯着她已经隆起的小乳房的目光；就是想着秦河对岸梨园里，一个曾朝她张望的小男生嘴角软软的髭毛。蓝妹洗漱完毕，走到厢房西墙门外，打开楼道廊边外关住的鸡笼。蹲在井旁边一只白毛黑斑的花狗，一股邪劲地跑过来，摇尾追闹。蓝妹狠狠地抓起一把米，猛地往狗的身上撒去。金黄的稻谷从白底黑斑的狗身上散开，阳光一照如同金粒一般辉煌灿烂。在这些金粒的诱导下，饥肠辘辘的母鸡，像疯一般朝狗屁股追逐。

厢房的地板是用方正的青砖铺成。稍稍有些洁癖的蓝妹，早晨最重要的事情就是扫地了。先用辘轳从井底打上来清凉的水，然后泼在地上。而这一下可了不得，红甲黑斑的瓢虫和多足的蚁就像古猿类忽然遇到了洪水，整个虫界一片恐慌。它们中有智商高的领头者，或带人马转入更深的地下洞穴，或在青石砖缝构成的峡谷小道上狂奔。蓝妹拿起扫帚，这便如同天降巨大彗星一般扫过虫界的头顶。此时，众多的灰尘如同星际的云雾，由天窗构成的光道向上飘移。那天光就是正疲于奔命的虫界所能看到的终极宇宙了。扫完地，蓝妹又把鸡翅木的床、雕花的大衣柜，还有存放首饰盒的五斗橱擦了个遍。蓝妹完成清洁之后，站在厢房敞开的门口，身体轻轻地靠着圆柱门框，一只右脚轻轻地抬起。她穿着淡蓝色紧身的毛衣，阳光下眼睛是黑褐色的，如同清亮的黑褐色的琥珀。

自从四合大院分成若干个独立小家后，西头水井旁矮小的厨房已经变成杂物间与养猪舍了。人走向那边的廊道抱取柴火，可听见老母猪深沉的拱木食槽的低吟声。各小家在自家房舍的一角另搭建了炉灶。赵母是小脚，她从西头的柴火堆取柴时，动作有些迟缓。她抱着柴草慢慢移动着小脚，跨门槛进屋。有时，赵母忽然在房梁下停住，指着挂在梁上的竹篮子，那里面装有小菜。母亲示意蓝妹站在高凳上将篮子取下。蓝妹会把"咸肉"说成"韩肉"，母亲摇了摇头。

蓝妹凑向正在烧柴煮稀饭的灶前，母亲则坐在灶后的炉膛口。

赵母看着燃烧的柴草，就像看见自己刚嫁到赵家那天晚上，在厢房外秦河畔打谷场上点着篝火。黑色的天空宛如黑色的锅底，一晃近十几年了。柴在灶膛内燃烧，喷飞出灿烂的火星。火星四处跳跃，那更小一点的星沫，就飘浮得高一些，犹如挂在天空的繁星。而沿着炉灶两侧黑砖边缘的火星，就像萤火虫一般悠闲快乐地飞翔。母亲好像看到了蓝妹的爷爷，还有刚进门就要拿捏她手臂的蓝妹的奶奶，而她丈夫在金字塔形状的火堆旁憨笑着。逝者已去，但母亲在火的世界中幻想着。她与幻想之影相随相伴，感觉却仍同昨日相聚相会一样快乐。

蓝妹望着灶膛内燃烧上蹿的火苗，感到燥热不已。她半蹲着，挽起袖口露出手臂，并用膀子碰碰母亲手腕的肌肤，蓝妹这样便安静许多。

早饭过后，蓝妹看见一个身穿长衫、头上戴着草帽的教书先生，他蹒跚地从秦河的北石孔桥走来。河堤上道路清晰，远处背景辽阔。那梨园的轻雾已经散尽，人能看到湛蓝天空下强烈的太阳光。这数分钟以前从太阳本身产生的光束，充满整个秦河两岸，然后迅速被褐色的土地、蓝色的水体和青色的山脉吸收。这日光强大而致密，并不断弥漫，让人感觉不到在一股股光波之间，那还有幽紫的时空存在。教书先生原本也属于赵家四合院大家族，是前几代分家分出去的子孙，出身进士与秀才世家。先生压低草帽，没有在私塾讲台上的威严。他站在东厢房刚才蓝妹伫立的地方，沉思良久。而不时有院外的乡里乡亲或骑马赶驴，或挑担推车路过，处处是凡人窥视的眼光，弄得院外的男人与厢房内的女人紧张。事情有时就是这样，如果请君入厢房一叙，这更是浑身有嘴也说不清的污渍了。

再也不愿看到五年前的情景：四合院的人们在已逝的蓝妹爷爷的带

领下，手举火把，在夜幕中擒拿蓝妹远房小叔所控告的偷情儒生。而据控告者说，赵渊并非为爱情。当然，这是一个再也不能守贞节牌坊的时代，阻断一个寡妇情欲的晚清已经过去，现在已经是剪了辫的民国了。这个与蓝妹母亲在秦河边幽会的赵渊，完全是想觊觎东厢房的房产、财富与珠宝。赵渊是用他的行为弥补自己的老祖宗，因某种背叛而驱离出赵家四合大院，并由此产生的损失。他做梦都想回归大院。要不为什么赵渊他在院西水井旁的老厨房间门口，也就是现在的猪圈围栏处徘徊。儒生是想去挖，但最后完全证实他根本没有挖的，那镶入墙角装金藏银的瓷坛。虽然事后，赵渊觉得就算自己五年前在猪舍墙角时有那一停顿，也事出有因。墙角内当时就是埋有金坛，它一定也是曾被驱离大院自己祖上的财产。因为他自己的太奶奶曾居住于此。

面对眼前小脚、面颊依然红晕的女人，他们之间隔着厢房的高门，这门前又加装了能活动的矮木栅栏。赵渊说："蓝妹应该去汇镇读私塾去，以后就是嫁人也能嫁个好人家，更何况以后能教育自己的孩子。"

蓝妹的母亲注意着眼前的男人，心还是加快了跳动。虽然，她每天总想象着一大家人还完全健在，并仍然还在身边。她自己从早到晚都假设着：在为昔日曾有的，但实际已不存在的丈夫、公公、婆婆忙碌；还有实际存在的女儿蓝妹忙碌；还有更远在东北能看到北极光的儿子忙碌。母亲努力用想象弥补所有在与不在的虚空，但一切的一切，却怎么也不如就在眼前的赵渊。如他那样温雅、和蔼、亲切。这让母亲血液如同浸泡酒精一般周身悬浮。可这种情绪产生，却完全来自五年前的那一场误会。起先是四合院的人要抓偷金坛的人，而儒生被人误解摔了跤，头磕碰出鲜血。母亲舍身拉他进了东厢房，并为他包扎伤口。然后，就出现族人推门捉奸的细节。最后，此事由汇镇警察出面干预调查；结果，偷鸡摸狗的情节都是四合院人想象的。母亲站在警局雪白的墙壁外，看着头上被纱布缠绕的儒生，心生激动、怜悯之余，忽然她真的有些动情了。

　　然而事情并没有向前发展，否则连警局的断案结果，也会被四合院的人们怀疑并否定了。两个人的心都在跳，但肢体没有向前，也没有抚摸拥抱的动作。四合院的南房忽然传出一阵清脆的钢琴曲，这琴声传得很悠远，连秦河旁五颜六色的格桑花也在摇摆轻和。

　　"也是，要不都快成了懒丫头了，总是睡到自然醒，就这两天安排送蓝儿去学堂吧，和远房小叔家的孩子同路罢！"母亲想，她看似平静的外表却努力隐藏着不安。

　　"远房小叔？"赵渊脸有些抽搐，嘴角一颗痣弹跳了一下，像田野里挣扎的蚂蚱。他多熟悉这钢琴的旋律和曲调，连黑白键盘上的指法他都能想象出来，现在学西洋乐的人也有。这个曲子就是在五年前，那无星闪没月光的晚上，南厢房所传出的曲目呢。

　　"那我走了！"赵渊对母亲说。母亲能说什么呢？只是点点头。

　　赵先生走得有些慌神。连蓝妹也不相信，先生他只为蓝妹读书这一件事，从镇头到镇尾，跑十里路下来。而先生不来四合院已经有一些时间了，他不走路稍近的南石孔桥，而是从北石孔桥又转到了对岸，隔河向四合院深情地张望。忽然，他径直在对岸的河堤上小跑，他在离南石孔桥头的百米处，慢慢地倒下。他头上的草帽，随微风落入秦河微波荡漾的水面。河堤上，依然能听到南厢房悠荡的钢琴声，如同遥远鼓浪屿的波涛。

（二）

　　蓝妹去念私塾的第一天，本来母亲要护送到镇上去的。母亲对女儿还画了一幅愿景，她说："暑假，妈带你去东北找你大哥！"

　　母亲也像是要用亲自护送蓝妹到汇镇，来奖赏自己的女儿。母亲慢慢走到东厢门外，当她小脚快跨出东厢房的木门槛，她忽然先感到腹部一阵紧缩，就像整个肠胃被很干的草叶绞着，慢慢这股绞痛延伸到心脏，并把整个心室挤压住了。母亲脸上溢出汗珠。但母亲觉得，她不能失信先生和学堂，便张罗让女儿与邻里孩子结伴而行。梨园有两个孩子每天也去学堂，而南房的远房小叔不愿自己孩子与梨园人接触。四合院就没有孩子和蓝妹在一起了。梨园的孩子其中一个是男生，蓝妹觉得很眼熟：那不正是出现在秦河对面，梨园水果林里冒过头的那个小男生吗？母亲站在东桥头的石栏杆旁，她那靛蓝色自纺布的围裙挂在小肚前，在风中愈显愈小了。

小男生陈奕并不小，他家有爷爷、父母亲和一个小弟弟叫陈欣，兄弟俩年纪差八岁。当时陈奕的爷爷还能吃苦，租田种地，在梨园家境还算过得去。陈爷也曾要供养长子读书，但陈爹性情散漫，发生几次逃课的事情后，还是让陈父种地，儿子刚满十八岁就张罗娶媳妇了。到有了孙辈，陈爷又让长孙进私塾，光宗耀祖出人头地都谈不上，但让下辈不再吃苦的想法还是有的。爷爷经常乐呵呵看着长孙说："是读书的料。"后来爷爷因肺结核故去后，陈父生了场大病……这些都是后话了。

陈奕一年半载就离开私塾考公立学校了，他的个子与蓝妹平头齐。也许女孩子个儿长得快些，也许是蓝妹上学迟了，就有了蓝妹现在如同留了二三级学的小傻高个的样子。仨人走了四五百米，同行的小女生说算学书忘带了，脸上带着将被先生严厉斥责的恐慌，飞也似的朝学堂相反方向的道路去了。在那长长的隐入梨园村的碎石路上，但那女孩不知怎么再也没有沿原路返回。

只有蓝妹与陈同学向前同行，蓝妹不知为什么感到腼腆起来，着实不如刚才三人在一起行走时自在。秦河两岸吹起了风，扬起在水面的船帆慢慢地收起。东面的天空渐渐昏暗了。

那在几分钟前还万里无云的天空，迅速就形成了厚重的云层。这正像我们眼前宇宙的初始，它飘浮在我们并不知其然的清澈流体间，冷与热的流体先是缓缓拥抱，摩擦出正与负的能量，正如空气中的正负电子一样，交织、凝结然后突然在一点爆炸，向本身就无限的外部扩张开去。最终，这初始宇宙，与我们并不知道的外界大宇宙融合。此刻每一细小的想象恰似眼前飞云浮游。远处青云已迅速弥漫到头顶，盖住绚丽的天空，河水与村落暗淡下来。一棵在原野中的老榕树，它硕大的树冠在风中摇曳。闪电如同蛟龙从东面的海岸，划向西方天际的山脉。也许在这电闪中，又有新物种的诞生。硕大的雨点如同冰雹一样砸向柔软的土地。

　　蓝妹与陈奕在风雨中，朝巨大的榕树下奔跑。在空旷的天底下，这就是他们向往的避风之所。快接近那古老多节的大榕树下了，他俩放缓脚步。虽然雷鸣依旧，但雨点似乎小了，风好像累了逐渐安静下来。就在这时，从树洞里蹿出一只褐色的小松鼠，它闪着机敏的眼睛，跳下暴露在草皮上交错盘结的树根。他们两人觉得这只小精灵在侧目歪脑注视着自己。小动物一只手放在毛茸茸的胸前，一只手似乎在指着天边，想跟他俩说什么。两个人就有些踌躇，不由自主地紧张起来并退后，打算离开头顶这巨冠状的植物。他俩整个意识空空荡荡的，完全没有了思考，跟着小动物又冲向毫无遮蔽的旷野。此时一道剑似的天光劈了下来，身后百年老树的冠体立刻倾倒下来，并发出折腰的轰鸣。配合着闪电越过时落地的雷声，旷野迅速充斥一股焦煳味。

　　蓝妹与陈奕站在私塾赵先生的讲台前。而一个新学生第一天就迟到，一个老班生还跟进，还有一个女学生压根就没到学堂，并且都是在赵家四合院附近的。先生提了提长衫的袖，失望地叹息一声，想：赵家四合院的风开始邪了门。

　　曾几何时，赵先生一直觉得自己这一支，那是整个赵氏家族的骄傲。他的私塾至少是在秦河流域首先开始招收女生，并实现男女同堂同学。他率先把《物种起源》和《天演论》引入私塾。他每每走在汇镇的青石路上，就觉得自己如同小镇的维新巨匠再生。在私塾小楼入口小门处，他亲自提笔拓片，并让匠人在楠木匾额上镌刻了"师道学儒"的镏金字牌，将其悬挂门头。在光线并不很强的二层楼道入口处，镏金牌匾更加彰显并熠熠生辉。先生站在私塾的讲坛的风采，这与在蓝妹母亲面前那柔弱江南小男人的样子，已判若两人，他傲立于群儒之上。

当私塾学堂中的古曰诗云，已抑扬顿挫地朗诵起来之时，雕花木窗外的汇镇街道便开始有了熙攘的人群。秦河的水由北向南流经四合院后，在梨园尽头南面的一点，忽然转向努力前倾，像昆剧演员弯曲的腰肢，从汇镇的中心，向东海方向倾泻而去。蓝妹在很小的时候和大哥来过汇镇。从私塾学堂半敞的雕花木扇窗望去，人能看见远处秦河与其数条支流形成许多丁字形。岸边，翠绿的水面飘浮着新鲜的菜叶，并夹着白色的淘米水。水流带着漂浮物沿着私塾小楼底那黝黑的墙基慢慢流淌。雨后的阳光照着水面的涟漪，也照在河流两岸秦砖汉瓦构筑的古街镇落。镇上的民宅商铺，紧紧夹住浸着水渍的青石板道路。今天的人们在这茶马古道上，继续踏着先祖故人的脚印，走向明天的晨曦与傍晚。

曾经的暴雨依然没能挡住盗墓者潜入良渚墓室的脚步，无惧远古遗骸可能苏醒的狰狞，也无畏雷电触摸磁性岩板还原出古战场厮杀的影像，让包裹泥土的青铜、陶器、玉佩重新在白日下生辉，成为汇镇古玩交易市场炫目的商品，并带动促进小镇的观光、餐饮、住宿、夜总会等各种消费的繁荣。但那赵氏私塾琅琅的背词诵诗的声音，依然环绕在古镇小楼的梁宇，超脱于嘈杂的人群之上。

蓝妹似乎是一边看着小楼窗外，一边听先生与同学们念书的。她的眼睛侧对着窗外喧嚣的市场。在显得很新鲜也很繁杂的人们活动中，她看到青石板街道有两个兄妹漫无目地走着，阳光照着他们瘦小的身材，超短的影子投照在地上。这很像许多年前大哥带蓝妹自己的情景呢！

"蓝妹，你把刚才同学们所念的诗背一遍。"忽然，先生很生气地望着蓝妹这里，他手上的竹教鞭在颤抖。

在私塾学堂里，同学所念的诗似乎是杜甫的《茅屋为秋风所破歌》。蓝妹用眼睛的余光好像也注意到了，那刚才身处教室的情形：穿着长衫的赵先生，还有左前面座位上陈奕同学的平头短发。陈同学脖颈下，那在暴雨中沾的草叶还在呢。

"八月秋高风怒号，卷我屋上三重茅。茅飞渡江洒江郊，高者挂罥长林梢，下者飘转沉塘坳……"蓝妹只是机械复述着学堂内刚才的音响、音阶和音效，她并不理解诗的意思。但先生立刻转愤为喜了。先生觉得，这孩子不愧是有赵氏家族优良的基因，很机灵的女孩子呀！先生那略显得意的表情迅速从脸上掠过，但却很快被他自己压抑住了。陈奕和同学们几乎并未察觉。先生转身想：她怎么用一半的心思念书？但此刻，先生手上坚挺的教鞭，就在蓝妹书桌前的台面夯拉下来。

背诵诗文之后，便开始用毛笔习字了。至于学生们新奇的西学课嘛，主要是在国文历史等正课后，通过学生自学和先生答疑解惑的形式教授。虽然自然课（西学）所占课时不多，但对提升私塾的知名度却十分重要。今天先生异想天开，让学生们用蝇头小楷誊写《天演论》的国文序，以达到中西合璧之意。摊开纸张，有无数小天梯组成了淡红格子。写满它就如同将其编成一本皇历那样困难。先生知道蓝妹没有习过字，他便因材施教，将蓝妹的小方格纸，调换为专用于写大字的米字格纸。至于端砚墨汁，先生明确蓝妹可找其他同学借用。先生相信他的学生是儒学门徒，都是乐于助人的。

整个教室因为室外光线很强，室内奶黄色的四壁就显得比较暗淡了。黑色的头发顶着朱红色的横梁与青紫的瓦盖，黑眼珠向下紧盯着薄纸与笔端的尖毫。当一个人能想象在枯燥的纸海里，竟扬出锦绣前程的银帆金船，再多的艰辛也能战胜，世外再多的嘈杂也能度外。蓝妹有些紧张地环顾四周，先生坐在门口的高椅上，捧着《封神榜》进入了武王伐纣的时空。陈奕这时侧过头，他的目光与蓝妹的目光对视着。此时，一阵空灵感占据蓝妹的心房。陈奕把自己用精品端砚磨好的墨移向蓝妹。当两个人的手指尖无意碰到时，蓝妹脸颊一阵潮热，血液从薄薄的肌肤内向外透溢，显得绯红。这种感觉对蓝妹来说，很突然，也很猛烈。就在清晨两个人抵抗暴风骤雨时，这种类似含羞的感觉女孩子还没有呢！

"奕……哥，你还要用……的。"蓝妹此时讲话声音有些颤抖。

奕哥感觉到了蓝妹的不安，下意识地朝方砖地板瞥望，也许当时他真正看到的是宁静如水的地板砖也就算了，一切也许也就此结束了。但奕哥却不自然地又扭转向蓝妹那靛蓝色自纺布衣领纽扣下的一抹酥胸，少男被压抑的激情从脑海迸发，逐渐向全身流淌。忽然，奕哥发现身边的蓝妹是很动人的女孩子，她的嘴唇不厚也不薄，充满了湿润感。

至此，蓝妹与她的奕哥总是结伴而行，在忙完一天的学业后，他们沿着秦河的十里长堤，一个回到四合院，一个回到梨园的家。

有一次，赵先生当众抽取考查过去授课的内容，依然是有关杜甫的话题。陈奕怎么忽然忘记了诗人的生卒年月，这让先生不快。先生用戒尺敲敲陈同学的桌说："就要去考民国最好的公立学校了，努力呀！"

先生始终认为陈奕是他这几年教出的最好的学生。如果早几年，这孩子一定能像庚子赔款时，被清政府派西洋留学去了。

这天放学的时间比较早，蓝妹依然与奕哥结伴而行走在回家路上。

（三）

放学了。同学们从私塾的小楼那柔光笼罩的楼梯通道出来，一迈到小镇大街，忽然能感受到这刺眼的天光直逼眼帘，就是一种豁然开朗的感觉。这时人分不清是先有诗的存在，我们才感觉到世界万物的灵性，还是先有万物的启迪，才让我们感觉到内心诗的意境。这先鸡后蛋的命题，

终于有了圆满的答案：仅在此刻，哪一种说法让你心境和谐而愉悦，

它就无限接近真实。太阳还高悬着，它如通体发光的金丝纹的琥珀球，在小镇偏西的青山之上凝视着人海茫茫，物流来来往往。几缕橘红色细长的条状云，构成柔美 S 形的曲线，缠绵在光球的腰间，像神话的仙境一样。

汇镇青石板与外界碎石路交界的地方，立有一个巨大牌坊。这由花岗岩雕塑而成、表面有云龙纹饰面的牌楼，因年代久远，柱体梁面上的文字印迹虽然不清，但却显出诱人的洒金皮的沁色。其实在这小镇的脚下，约四丈深处的地下，还有一个因明清前秦河改道而淹没的镇子。那是人类曾居住过的宅院，里面与人平行地住着龟蛇蚁蜥，它们在已淹埋的地下街巷间继续繁衍生息，它们无法与人类比试文明，却暗暗与人较量着寿与种群的数量，比试物种在时间上流传的久远。因牌楼高大，当时洪水泛滥后仍有部分留露在淤泥的上方。而除了这斑驳的山形牌楼被人们抢救出来重新利用外，其余的建筑就让给了别的物种享用了。

做古玩生意的人利用牌楼与老树干作为支撑点，搭建了用柳藤植物编织成的铺天盖地的绿色网蓬，它的功能是多样性的：首先，它能挡住中午灼热的强光，给交易场地降温纳凉；其次，懂行的商人在收购古玩玉器时，是用手电强光打入瓷器的内壁，看胎厚，看釉色，看底足；是用这强光打到和田玉和翡翠的内部看石花，看结构，看水种。商人们对外出售古玩玉石时，则希望外部光线柔和，这样无论真假新老藏货都显得包浆凝结浓厚，温润诱人。

蓝妹忐忑不安地跟随着奕哥，在满地铺着和田籽料的地摊前停下。可如果是在往常，他俩都是绕开这商业气氛很浓的道路，从街旁有住家的屋檐下侧身而过。今天奕哥之所以驻足，是因为他很需要想象一下，给蓝妹脖子上配一条和田玉籽料挂件的感觉。奕哥拉着蓝妹的手，站在绿色植物网的弱光下，他低头看着有一个形状如小鹅蛋那样完美、色泽润白的和田玉小挂件。奕哥接着抬头长时间凝视蓝妹白嫩的脖颈，想象这块白玉籽料要是戴在她的脖子上一定精美无比，更添丽人姿色。而仅从奕哥的眼神中，蓝妹揣摩出奕哥的想法。但蓝妹清楚，奕哥并不是大户人家的子弟，可是，只要奕哥有这样的想法，也会让自己心房颤动并激动不已了。蓝妹凝望着奕哥棱角分明的眼角，还有精细如绒但很宽的睫毛。蓝妹多希望冲出这街人的觑视，把自己的身体前倾并紧贴着他的前胸托付给他。蓝妹觉得奕哥的肩膀也厚实富有迷人的弹性，她同样想象自己会配上那无瑕的和田玉籽料挂件，走进梨园陈家的小院。那时粉色的梨花开了。

但很快，两人的目光移到旁边的摊位了。那是一对母子，这母亲目光有些呆滞，半敞的衣襟到处沾着油腻。她膝下的男孩约莫只有两岁，骨瘦如柴。孩子因为饥饿，头努力擦着母亲的并没有乳汁的前胸。母子的膝前摆着一对品相完好的明代的宣德炉。而这时，有两个比奕哥岁数稍小的孩子似乎很不经意地朝母子摊位走来。他们兄弟俩一人手里拿着一块雕着财神爷的玉牌。这玉牌表面看很精美，洁白的玉牌先在蓝妹与奕哥眼前晃动了一下，然后停住。好像是逗蓝妹、奕哥去买。蓝妹不是很懂玉。那玉牌如同小砖块大小，无杂质，无裂纹。但细心的奕哥却发现玉牌雕像边缘有崩缺的毛碴口，奕哥心里一紧，想：这不是假的石硝玉吗？蓝妹感觉到奕哥在拉自己的袖子，她知道了不能搭理兜售玉牌的小哥俩。

此时，从牌楼的石柱旁走出一个与卖宣德炉母亲年纪相仿的女人，她不紧不慢，脸上露出惊叹的表情，对小兄弟俩说："这玉真好，多少大洋？"

女人说着当即就从怀里取出钱布袋，并掏出几块袁大头，急于要收购，好像再不出手该品就会在世间绝迹似的。此时小兄弟俩在很为难的情况下，在忍痛割爱的情形下只得同意仅转手出让一块玉牌。

不仅蓝妹惊讶，坐在地上卖宣德炉的母亲眼睛里也忽然泛起异样的光芒。这光芒似乎照亮了她全部生命与希望。她的丈夫患上了红斑狼疮，正在医治。母亲慢慢地站立起来，她听说，现在若持有一块上好的和田玉就如同是第二货币呢，便央求着说："小兄弟，我用炉子换你们手中的玉吧！"那期望的眼神，带着恳切。

是啊，如今市场上的宣德炉太多了，很难买卖兑换大洋，不仅小兄弟俩这么认为，连典当行的老板也这么说。这对母子已经摆摊十多天了，也没把宣德炉卖掉。母亲用颤抖的手接过和田玉牌。那白色的石硝在日照下泛着贼光。当小兄弟俩拿起地摊上的两个明代宣德炉，夹在腋下正急转身，就要跑开时，奕哥就要冲上去了。但在小兄弟俩旁刚才做媒子的女人的侧边，无声地又猛蹿出一个满脸络腮胡的中年男子，他手持锋利的匕首轻轻顶住奕哥哥的腰部，脸上带着诡异的笑，并露出满口的金牙。机敏的女人略略调整身子，挡住了母亲的视野。蓝妹侧身回头一看见背后的情形，着实惊吓出一身冷汗。

"这都是成年人教的！"奕哥只能在心底喊。

那母亲一手拖着骨瘦如柴的孩子，一手捧着石硝玉牌，带着无限的希望，离开小镇高大牌坊下的古玩交易区。她要再一次走向典当行，然后，她盘算着再一次踏入中药店铺的门槛，去治疗丈夫的病。但绿色网格布的影子，依旧罩着她蹒跚的脚步，她投在青石板上的身影模模糊糊。

蓝妹与奕哥离开花岗岩的石牌坊，穿过主次河道纵横的一个丁字形的交叉口，向秦河上游的四合院和梨园的方向走去。

秦河的水面在这里相对不很宽，两边并不高的河堤垂柳稀疏。人站在岸边河堤，能看见稻田一侧堤下土墙壁茅屋上半段的门扇；另一侧沿水的堤下，则是盛开着五彩缤纷格桑花的斜坡草坪。河堤对面的岸边，有一段用层层青石板砌筑的石阶。傍晚的太阳照在秦河水面上。河流的中心，水面还比较平缓，偶尔会形成如星云般慢慢回旋的水涡。而河道紧贴堤坝之处，水体则白沫飞溅，浪叠泉涌。汇镇内外以牌楼为界，无

论是居住于古镇内青墙檐瓦商铺的丫鬟，还是居住于古镇外茅屋寒舍的
农妇，都会会聚到这段无污染的水域。她们上游的淘米洗菜，下游的洗
衣搓裤，白生生的手臂，被清水泡得粉如嫩藕。她们相互嬉闹，数落着
自家或邻家的老公、孩子、婆婆，那是她们永远谈论的主题。

　　也许是为释放刚才和田玉事件对彼此所造成的压力，也许是感染到
河对岸的田园风光给人带来的轻松释怀，蓝妹与她的奕哥在一株粗壮的
柳树前慢慢坐下。这里较为隐蔽。奕哥忍不住紧紧地把蓝妹抱在怀里，
而此时不远处的河堤，也由远而近走来一对男女。那男的快六十了，女
的二十多岁，他们走进了河堤下稻田一侧离蓝妹并不远的茅屋。在河堤
上能看见上半扇虚掩的门轻轻地关上，微弱的烛光亮起又灭了。

　　蓝妹感觉到一只不大不小的手，从自己靛蓝布衣小褂的下方，慢慢
朝胸部游来。她的嘴唇本来就被亲吻着，这一来蓝妹的呼吸更加急促了，
她忽然感到自己的身体有一种飘浮的感觉，而随着奕哥不轻不重的手在
自己肌肤表面的游离，血液像渐渐注入酒精一般，酥麻感从局部向全身
扩展。这种愉悦之感，是少女在曾对异性幻觉的梦境中完全没有感受的，
现实存在竟超脱于她曾经对精神与生理憧憬最美的想象。她整个身体就
像平躺在傍晚那由无数美丽格桑花瓣构成的轻纱薄雾上，如同躺在婴儿
柔软的床上，被一直摇到外婆桥。接着，这一只手下移着努力跨过她柔
弱的腰部，向蓝妹的下体摸索。忽然的，蓝妹浑身一颤，慢慢地但很坚
定地把这只手移开了。此时，蓝妹漂亮的眼睛里噙着细细的泪花，那是
正享受迷恋快感的人，忽然有来自更猛烈精神与意识的阻断，使这快感
之源迅速化为乌有而自然产生的眼泪：这一方面是对刚才情愫的深深眷
恋，另一方面是带强制性阻断产生的深深痛苦。蓝妹知道自己是未出嫁
的少女。

　　突然，整个秦河长堤的东西各奔来两股嘈杂的人流。落日的余晖还
没有散尽。人们举着火把，就像两股宇宙间的银河冲破黑洞的约束即将

汇聚似的。此时,蓝妹与奕哥已经站起。柔软的柳枝在河畔摇曳。蓝妹身上和颈部沾着细碎的草叶和花瓣。一个身板结实的中年人向他俩这边吼着什么,而两个少男少女吓得说不出话。在中年人的旁边有个眉毛很浓,脸部棱角分明的青年说:"老爸,你眼花了,不是他们俩!"

蓝妹还记得这青年鼻根部有个疣。此刻,人群中有人在大柳树下,斜对着另一边堤下的茅屋喊着:"他们在这里!"

人能看到那露出半截紧锁的门被捉奸者强力撬开。

终于茅屋内的老汉与女人被镇民和乡民押解出来。他们两人衣服歪斜纽扣散落,显然是刚刚从床上狼狈地爬起才穿上衣服的。据说这屋内的老汉一生独守茅舍,并未娶妻,而那女人却是本镇上韩二爷的大媳妇,她忍不住在宁城做生意的丈夫不在身边的寂寞,与快六十的老汉偷情。汉子被乡民绑了,他仰着头站在由火炬构成的星云中央,并无悔过之意。而五十岁的韩二爷在臭骂一阵自己的媳妇儿后,举起肩担要朝老汉打去。但这汉子竟没有躲闪之举,相反他淡淡地抿着嘴微笑或是在嘲笑呢。韩二爷不由分说,率先轮起肩担砸向老汉的腰腿部,其他的乡民怒吼着道:"鞭打这个人!"

那天,整个河堤一直折腾到夕阳下山,月儿在秦河旁的柳梢高挂,乡民才散尽。曾经身板硬朗的老汉慢慢地从河堤的碎卵石路站起,但已经瘸了双腿。他在深蓝色的夜幕笼罩下,向无法预知的生命尽头前行。

快到半夜,蓝妹和奕哥才分别回到四合院与梨园,两人只同家里陈述了河堤上别人家发生的事情,各家父母便没再追问细节了。

此后,少男少女两人走在秦河大堤时,一前一后,相距百米,以能看清对方为恰好的距离。

暑假前,奕哥在考民国最好的公立学校时,也许因为深受了一些刺激,在考场上竟有半个小时处于失忆状态。蓝妹在镇门楼牌坊下,就看见曾经风华正茂的奕哥,有些颓废地回到过小镇一次。赵先生无助地陪在他身旁，那巨大的绿网临时被人拆卸下来修整，晚霞之中，师生两人的影子投在青石板路上，被拉得很长很长。

（四）

暑期的时候，终于蓝妹与母亲一起要去东北看蓝妹的大哥了。他们先要坐江船到宁城，然后再转绿皮火车到东北。

蓝妹的母亲总是觉得熟人办事比陌生人可靠。哪怕是一件很小的事情，她首先要考虑完所有熟悉的人选，而在自己的印象中实在找不出来之后，才转而走向公共平台。这次母亲去东北军驻地看儿子，她托了南厢房隔了几代的亲戚赵阿叔去买船票。母亲几乎忘记小阿叔曾误告私塾赵先生，并让先生进警局的事情了。清晨，小阿叔跟母亲打了招呼，如百灵鸟几句客气般的赞美，使母亲耳朵根一软，又把远房小叔当作可信赖的人。

母女俩先要赶到赵阿叔所在的汇镇码头旁的制衣社取船票，然后直接上船去宁城。

离码头下游百米的地方，原来是一片长势很好的庄稼地。但自从鸦片外商入埠，镇上家境殷实的商铺老板，也学洋人做起了实业。他们从农民手中收了土地，买了洋水泥，在秦河畔近十几亩大面积的土地上，建筑广场并盖起了制衣厂房。那厂房外墙面，用一种很奇特的不怕风雨侵蚀的涂料粉饰，远看就像北极巨大的冰山一样。两股闪亮铁轨从制衣厂房一直通向秦河码头的商埠。这里的火车很特别，没有蒸汽车头和车厢顶盖，宽度和高度只有绿皮火车的一半，同煤矿小火车样子差不多。制衣厂生产的军衣装好箱后被押上车皮，车子前进都依靠劳工推动。

蓝妹挽着母亲，她们像《红楼梦》里的刘姥姥进大观园一样。制衣间内部很亮堂，比私塾堂的小二楼亮许多倍。车间朝南半开启的铁制窗户，承受着很好的阳光。太阳的强光从南窗投射到洋水泥的地面，然后反射到雪白的天花吊顶上，再折射到北墙，让整个制衣间显得通透无比。那四周巨型墙面就像是用透明玻璃制成似的。许多台缝纫机矩阵状排开，光亮镀铬的银轮转动着，形成无数小彩虹的光环在午间的时空闪烁。

正对着大厅刚进门的位置，蓝妹竟发现一个熟悉女孩的影子。她的头发低垂着，就像秦河堤旁的垂柳。她的额头始终低着，好像颈椎有疾病的样子。但她眼睛却斜视着始终向上看着人。蓝妹心里一紧，想：这不是和奕哥同住在梨园茅舍小区的晓林吗？就在自己去私塾上学的第一天，与其说是遇见自然界的疾风骤雨，准确地说应该是东家再次逼租，晓林已经不能来上学了。

这制衣厂的员工，平时相互间都不怎么说话，更忌讳相互询问今天是超额还是没有完成厂里下达的任务，收入怎样。进厂十年与进厂一天都一样，感到的只是孤寂。因为相互不搭讪，大家始终都是陌生的。蓝妹注视着晓林，这晓林也注视着她。蓝妹一开始还很羡慕晓林，想：她虽然不漂亮，也许一时很难嫁出去，但她的手是那样巧，一会儿就缝制好一件衣裳呢。晓林也是真羡慕地看着蓝妹，想：她漂亮，又有家产，关键她自由。这时，蓝妹的母亲开心起来，她从一排一排缝纫机通道之间形成的交汇点处的光雾中，看见正走过来的赵阿叔。说他是阿叔，他也只比蓝妹大个十几岁，没那么老，只是从祖宗家谱上推算，确实比蓝妹母亲竟大出一个辈分。蓝妹对这位阿叔，始终没什么好印象，她一直用"猥琐"两个字来描述阿叔。总之无论七老八十的老妪，还是像自己一样年轻的少女，他看女人的眼光总是怪异和猥琐的。

阿叔把船票塞进母亲裙裤的口袋里，他的手碰到母亲腰以下的臀部。女性和暖的体温，腰及臀之间柔软的曲线,这还不够啊！阿叔又侧转过头，近距离欣赏蓝妹的眼睛，好像在说："你妈怎么生的？生出这么漂亮的女儿！"他的眼神僵滞了。蓝妹拉着母亲转身就要走，母亲对生理的感觉早已迟钝，她从怀里拿出大洋说："阿叔啊，还没给钱呢！"

那似乎是男人获得了猥亵行为后的便宜与满足感。阿叔是真诚的，他连忙说："要什么钱的！还要什么钱的？"

"阿姨真要走了，蓝姐，帮我跟这个阿叔说说让我出去吧！"晓林睁大眼睛喊！她此刻有些绝望了。她到这制衣厂已经快半年了，阿叔对下属员工看得很紧。晓林几次写信央求父母，让她回家，她真的好想那片梨园啊！但却没有任何回音，也许她已经属于债主，而不属于父母。她不懂，为什么自己是还债的命。

蓝妹终于回转身了，对着她自己根本不愿面对的阿叔的眼睛，她愿意让这个远房阿叔用视觉和想象蹂躏自己，满足他去扒自己抹胸的淫念，去来解救身旁的姐妹。蓝妹说："让晓林妹回家吧，我们曾一起走在去学堂路上！"

但阿叔确实很为难，他只是小工头，上有老板，他是个本分守则稍高一级的打工者，他说："我试试看吧，让老板少给她一点任务。"

但直到蓝妹出嫁也没有得到过阿叔的回音。

蓝妹的母亲，看着可怜的邻家女，想试着到厂部的办公室再找个熟人问问情况。母亲想：难道这包吃管住的制衣厂，在派活计上就不能宽容一下本乡本镇的熟悉人？

而蓝妹正离开这巨大的阳光下的冰山，朝室外小轨道火车，更贴切地说是有轨人力车走去。

小火车的出发点是在冰山厂房与地表接壤的地方。两股轨道的起始点是黑砖砌筑成的站台，全用洋水泥砂浆粉饰。制好的成衣用货物电梯，从楼上车间下落到底层的站台。当时货物比人珍贵，厂房有货梯，但没有客梯。人上下班只能从楼梯拥挤到地面。封好标签的成衣大木箱就在货梯间里，四五个脸上戴着防尘帽的搬运工正紧张地工作。防尘帽只让人露出两个眼睛，再加上深青色的衣和裤，看上去就像外星人一样。

这种防护装束有两层意思：首先是不让自然界的灰尘玷污搬运者，进而染指成衣箱；其次是不让搬运者自己身上的污垢从内向外染指正搬运的成衣箱。

面对源源而下货梯间的货物，搬运工没有一丁点能偷闲的间隙、他们要迅速地从货梯间取出码有四层高的大箱盒子，分别一只一只压到自己肩上，然后扛着箱小跑着横穿过站台。这时小火车皮上站着一个接货的人，他顺势把成衣箱再码成两排四层。这样五节车皮满箱之后，他们像森林里伐木的工人一样，对着人造的冰山高喊："顺山倒了！"一组搬运工四五个人推着小火车，在阳光下，顺着广场坡地间那闪亮的钢轨，一路向码头船埠溜滑行驶。

在这一群搬运工中，有一个和蓝妹个头差不多高的，可与其他工友比是一个小个子的人，他引起了蓝妹的注意。小个子人也戴着防尘帽，宽大的衣裤，完全遮不住他瘦弱如同小少年的身子。他的一势一步让蓝妹觉得很熟悉，只是蓝妹不敢往那方面去想去靠。小少年身上压着一只成衣箱，他踉跄地从货梯间走到小火车旁。在车厢上站着的一个搬运工，叫喊着要快，要迅速。搬运工只稍稍弯下腰，他再低一些腰，分明完全能一下抓住并提起少年肩扛的箱子，但他却迟迟不动，叫道："腰直一些，再直一些！"

少年艰难而痛苦，他像一个脚受伤的芭蕾舞蹈演员，还要挣扎着完成脚尖点地的舞步一样。但其他的搬运工似乎很为这一系列的举止开心。"苦其心志，劳其筋骨"，不知古人的说法是否含有顺序。如果有序，这又是个先鸡后蛋的命题。有人说是先苦后劳，但也有人觉得，是先劳后苦的。这蛋与鸡谁先谁后的命题，在此刻，哪一种说法让你身心更痛苦，它就愈接近真实。

五节车皮的小火车装满箱之后，他们中间年纪可能最长的劳工很得意地吹起金属小哨，劳工们一人看护一个车皮并推着。车子先是慢慢地启动，然后钢轮与钢轨之间碰撞出灿烂的火花，沿着约十五度角的坡道，小火车的速度愈来愈快。哨音划过午后湛蓝的天空，在天际中发出啸叫。他们每个人在小火车上并没有可站立的平台，就都侧身站在两节车皮的接头处。最小少年就在车厢组顶头的那一节车的前钢架上，他迎着车头的疾风，身两旁所有影子全部倾倒着，形成虚实融合后物体倾覆的影像。但少年看见了什么呀？在同一轨道的百米开外，如同照镜子一样存在着另一组车皮，但上面没有成衣箱也没有人，近了就像宇宙的黑洞。少年用力拉扯住车厢挂钩上的刹车闸。在少年的后排，所有人都恐慌地怪叫，接着是车体巨大的撞击，"哐当"一声，两列车体的挂钩竟然巧妙地衔接在一起，力道虽然大了些，但至少没有人仰马翻。人们说老板应该感谢这小员工，但也有人说这员工是应该的。

这少年的手被两车之间的铁挂钩猛烈撞击了一下，手腕处粉碎性骨折。

少年静静地躺在担架上，他的防尘帽被赶到现场的西医女护士慢慢地摘下。而蓝妹真的要哭了，这不就是奕哥嘛！他的眼睛紧闭，脸上好像却没有很痛苦的表情，但他是何苦呢？家里也算个中等农户，不愁吃穿，干吗进制衣厂找这份工作呢？何苦。

这时，冰山里的员工听说小火车出了事故，都朝出事地点聚了过来。恰好本厂的韩老板，就是秦河大堤捉奸的韩爷的胞哥也回到厂里，他看见员工在厂区无组织地聚集着，心里很紧张，问："又闹工潮？"

随行的人摇着头道："没事的，一个小搬运工被小火车夹住了！"韩老板皱了皱眉说："竟有这等事？"

蓝妹的母亲并没有在厂部找到熟人，她回头想想："自己是一个整天待在家里的妇女，除了四合大院，哪还有什么熟人？"

母亲在嘈杂的人群里喊着蓝妹的名字。

蓝妹觉得人有点像沿着渔网线上行走的小动物，就在这一刻，她与奕哥就在这一时空点相遇，随着网撒水流，以后竟一辈子再没有遇见他。奕哥在与蓝妹相处时，却从未谈起自己的家事家境。后来她听说，这次相遇以后，奕哥参加了西北军，后来在抗日战争中阵亡。

（五）

蓝妹母女要去的宁城在汇镇的下游，需约一天一夜的水路。秦河过了汇镇后经过一个广袤的湖泊流域，河面骤然变得异常宽阔。无数大小的船只从西部蜂拥而下，云朵铺展，太阳万道光束从天而泻。

码头上人员拥挤。这是一艘德国进口的客轮，船体部分深绿色。在天空太阳的白光与水面淡黄色多重光源重叠照射下，船体却显出青紫色。而客船二层的舱体是奶白色。客船的底部是机舱与货仓所在的地方。船一层是低等舱，只有座与站位；船二层是头等舱，全为卧铺，视野也比较好。穿粗布短衣、肩扛麻布袋的人像约定俗成似的，他们在检过票之后，朝一层仅有的座与站空间的舱体小跑，绝没有跑错上楼的。旅客要想上二楼就还有一道验票的门槛。因为能付得起比低等舱贵一倍多的船票，又有熟人赵阿叔的照应才能购到票，蓝妹母女这段行程条件还是比较舒适的。当母女俩上船之后，看到船上的一个船副。他头戴大檐帽，很客气地向母女俩鞠躬微笑，并把母女请进属于她们的舱里。母女所属的是左首上下两张卧铺。赵母先惊喜了一下，她觉得这个饱经风霜的船副，很像经常拉商船经过四合院东厢房这段流域的纤夫，但母亲不好意思认错了人。

在同舱房的右首上下铺安顿下来的是一对结婚有一阵子的小夫妻。他们穿着体面。在他俩刚放下行李不久，船的机械舱开始轰响。客轮拉起低沉但有力的笛，这声音在汇镇人的头顶鸣叫。

"起锚喽！"船员松了扣在码头上的缆绳。雪白的浪在船舷旁舞蹈。

蓝妹此时，站在船二层楼甲板狭窄的过道上。她看着河岸的人影，还有小镇、制衣厂、像冰山一样的厂房，这些景物都愈来愈小。坚实有力的船头，劈开近处碧玉一般的水面。白浪从一条线开始像扇子一样展开，向河床两侧铺开了去，然后猛烈冲击堤岸。这时，蓝妹母女在这船上真的没有什么熟人了。一种离乡背井的惆怅，随着河面的风陡然在她们心底升起。此时，落日斜阳沿着西边的长堤，如同轻轻滚动的巨大的光轮移动。霞云映在更高的天际，色彩斑斓。这时，蓝妹竟有些分不清这是晨光还是晚霞。

当蓝妹从甲板返回楼道时，她发现母亲正在下铺床底，摸索寻找什么。是一块精美的苏绣手帕，被船启动时的风吹得飘落舱板昏暗处。赵母心里很急，那是她的恋物。如同孩童恋小毛绒玩具，一些成人恋玉牌翡翠，并在睡前需抚摩这恋物才能入睡一样。它是恋物者身体的一部分。蓝妹从光亮的舱门外走进来，在她眼前一阵黑暗过去之后，她终于看清了对面小夫妻俩的样子。女的穿着红色的西服，戴着西方女性喜欢的宽边帽，白手套，面部挂着并不遮挡视线的透明薄纱巾。那男的则穿着卡其布的中山装，立领扣也在意地扣紧。事情比较巧，正当卡其男士弯腰帮赵母搜索飘落的真丝手帕时，蓝妹撞进了船舱。女孩子发育很快。从舱门外打进的侧光看蓝妹，一年多过后，她的胸部发育得已经丰满了。那是让有丈夫的已婚女人都可能产生嫉妒的女性曲线。

卡其男的夫人觉得，是蓝妹来了丈夫才这样卖力为她母亲寻找失落的东西，她心里想：真扫兴！她望望丈夫心里念道：一个见了女人就腿软的人！

卡其男吃力地弯下腰，匍匐着下身，头钻入下铺的床底，终于找回了那飘落的真丝手帕。蓝妹看看很绅士的卡其男，客气地向他点头谢意。

晚饭后，天空渐暗。卡其男夫人就像在自己家里从房间走向楼道一样，慢慢走向甲板，去练西洋歌剧了。卡其男谨慎地跟在夫人身后，轻声地在她耳边说："今天不用练了吧！"

但夫人说："你管呢！"

卡其男显得很无奈。他觉得夫人练西洋歌剧已经到了如醉如痴的地步，但这种爱好是完全没有用的，还不如学练京剧比较好。戏曲大家都懂，并能在戏班子串演节目呢，但夫人坚定自己的追求。

蓝妹看着卡其男夫人孤独地走向空荡的甲板。此时，月亮悬在空中，就像挂在巨大音乐厅拱形天花板中心的大圆形吸顶灯一样。这穹顶的背景是深蓝的天空，星光灿烂并在旋转，照耀着永恒的天穹。那幽黑轻浪起伏的河面，就像懂得夫人艺术的人海攒动的脑袋。夜晚，拍着河岸和船舷的浪花与心底的交响乐队产生共鸣，也如同观众的掌声。河面月光扇动的光波，更好似观众眼睛眨动，也在欣赏她呢！夫人深深吸了一口气，她今晚要用最好的胸腔共鸣，发出最感人肺腑的美声，去演绎她梦幻中的成功。

唱的是普契尼歌剧《蝴蝶夫人》中著名的女高音咏叹调《晴朗的一天》，夫人高声唱道："当晴朗的一天，在那遥远的海面，悠然升起一缕黑烟，有一只白色的军舰，慢慢驶进了港湾，舰上礼炮齐鸣，已慢慢靠近岸边。"

正当夫人的双手在夜幕下举成 V 字的形状，她就要获得巨大成功的此刻，那个头戴大盖帽的船副过来了，他亲切地对卡其男夫人说："大家都该睡觉了！"蓝妹看见夫人慢慢走回船舱，走过自己身边。夫人眼里闪动泪花，她就剩一个对台下观众鞠躬答谢的动作还没有完成。

入夜，整个船体随着机械舱的震动而颤抖。蓝妹一直睡得不是很沉，梦境的影像在头脑中如同幽灵一样或隐或现。对面下铺，那夜猫一样的扭转，轻轻地嘶叫、呻吟，然后痛苦地分离。卡其男就这样轻轻地从上铺爬到夫人的下铺，他可能又一次遭到拒绝。而这人为的骚动，让蓝妹胸口竟然透不过气。母亲太疲劳了，手里攥着真丝手帕，在她自己的下铺深沉地睡着了。蓝妹从上铺滑下来，走到舱外的甲板，似乎想再一次欣赏天然的金色大厅，她任凭微风吹拂自己的头发。

卡其男居然站在蓝妹的身后，在这深夜的寂寞与不安里，两个人都没有拒绝这次谈话。

"是汇镇人吧？"卡其男问。

"是，离镇十里路。"蓝妹说。

"我就住在镇私塾对面弄堂里。"

"噢，我怎么没见过你？我就在镇上插班读私塾。"蓝妹身体打了一个冷战。

"我住的是很深的弄堂，那赵先生是个好人啦！"

蓝妹朦胧间，看到卡其男身后出现一个披头散发的女人，蓝妹清楚她是谁。此时，卡其男有些紧张，转身问："没事吧？"

女人什么也没有回答，回到铺位。女人在右下铺旁两人共用的行李箱里，熟练地翻到一个精美闪亮的盒子，并已经紧紧地把它攥在手心里。

黎明前夕，整个河岸的天空被信号弹划过。榴弹炮从南边的天际飞过，像小金球一样坠落到河北岸的原野，一股火团在膨胀并带来爆炸的巨响，之后那团火就像白矮星"最后的晚餐"。

蓝妹、卡其男，还有赵母被天空炸裂般的响声震起。卡其男夫人脸色苍白如纸，静静地躺在黑牛皮垫着的铺板上。她的右手腕有一道鲜红的血线，如残阳之血滴在船板上，她用丈夫的剃须刀片割了自己手腕的静脉。这锋利的刮胡小刀，是她托一个领事馆的领事，从意大利带回国内送给丈夫的礼物。

船副跑到舱内，看到卡其男夫人吓了一跳，道："快包扎啊！"随即不由分说一把抢过赵母手中的苏绣真丝手帕，把流血的伤口暂时堵住。他和卡其男抬着夫人出了头等船舱，嘴上喊着："都下船了，船让给北伐功勋军团过河了！"

"这都怪我喽？"蓝妹扪心自问，但始终找不到答案。

蓝妹与赵母站在难民一样的人群中。此时，完全分不清谁是买低等舱或头等舱票的人。全副武装的士兵上了船。士兵整齐地站在船舷。此时，蓝妹想起卡其男夫人最后一段歌词的咏叹调："……但我不去迎接，我静静地站在小山坡上等待，等待着和他幸福地相见。"

赵母说："世道纷争！"她忽然又感觉到心脏的绞痛，这感觉同她当时送蓝妹读私塾的感觉一样。她脸上流出豆大的汗珠，她对蓝妹说，"我们回家吧！"

（六）

等赵氏母女从兵荒马乱的外面，赶回秦河上游的四合院时，那曾经十分安静、闲情的院子发生了一些变化。

不去描绘那蜥蜴已无法悠闲地在青砖墙缝随意穿梭，也不细致叙述清晨的小鸟儿无法愉快地在屋顶脊瓦间跳跃嬉闹的情景。许多年没有维修过的屋面上，那随风飘动的马尾草面竟被人清过。青石墙的青苔被人剥离、取样、查验，用以考证砖木结构存在的详细年代。戴着黑色安全帽的人像没入了地幔深处后又复活了。曾经失落的文明重新冒出地表，要回归故里了。

赵母想依旧并一辈子守着炉灶，能继续看着不熄的灶火日夜燃烧。但她预感这种日子快不可能了，现在每日已没有片刻安宁了。星期天的早晨，蓝妹没有去学堂，她在已经打扫好的青砖地板上画好了格子，她把小瓦片放在矩形六方格中，用单脚踢（另一只脚始终抬着不落地）着。游戏是在脚踢瓦砾时，让物体在不越格框不压格线的情形下，顺反时针交替着周游表格的四方。

她家养的一只小花猫，歪着脑袋，闪着绿眼，在仔细地观赏。

此时，在蓝妹家东厢房的门口，黑帽测量师们也在画格子。但那是巨大的格子，计划把四合院也收购进去了。这里已经成了洋租界地，洋人准备在方圆几十亩菜园与稻田上修建跑马场与温泉浴池。规划中的温泉池，薄雾蒸腾，有凝如膏脂的牛奶浴池，有散发淡淡清香的玫瑰浴池，还有日本国哀婉如歌的樱花浴池。丽人身穿泳衣，擦肩磨鬓，如鸳鸯戏水。池边怪石嶙峋，棕榈树在轻风中摇曳。

蓝妹看着母亲刚在炉灶口蹲下，母亲又忽然从灶膛惊起身子，就像从梦中惊醒过来，她喊到："不要拆我家的房，不要拆我们的四合院。"此时，头戴黑色安全帽、手里拿水平测量仪的人，走到赵母身边来，他说："阿姨，我们是花钱收购你们的大院，放心年代非常久远的老宅也不会拆的，我们还要维护好，修缮好，作为温泉驿站呢。"

母亲神情有些呆滞了："这房子以后就不是我们家的了？"

在一旁踢方块格的蓝妹听到了，站着不动了。这房子以后就不是她家的了？蓝妹惊住了。她差点摔倒，碰到正立在屋内的黄色水平仪的三脚架。黑帽人冲过来一把抓住蓝妹，并用另一只手扶起具有钉子角的架子。蓝妹觉得被黑帽人拿捏住的手臂很疼，经脉骨骼像炸裂开一样。

小花猫机敏地躲避。

黑帽人说："我们是收购，给现洋的！"

但母亲孤陋寡闻，不知道有钱到哪里都能买到房，是到汇镇外的茅屋区买间房？她们母女没有别的生计，蓝妹的大哥也没能找到，大哥出去也没给家里寄过钱。母女也就靠这厢房，还有梨园那边出租的几亩地为生，如今都要收购了。

"那就没地住了吧！"母亲想。

黑帽人也很同情这孤女寡母的，说："幸好赶上租界地收购，要是赶上本地闹起饥荒的年头，房子给人扒了去，一块大洋没有不说，还要再抵上命呢!"可这句话听上去怎么又像安慰又像威胁。

蓝妹看见母亲的双手在颤抖,这颤抖好像是身体机能老化才有的征兆。蓝妹第一次发现母亲颤抖的手指。母亲此刻想到了一个字:"命!"她深深地叹口长气。

许多年了,母亲都没有在灶台前摆置香火。现在,母亲慢慢地走到大衣橱前,取了祖上使用过的用黄油纸精细包裹的檀香,嘴里默默念诵她祖母传下的歌谣。

黑帽人走后,母亲坐在小木凳上。蓝妹的头轻轻埋在母亲的怀里。在那纷纷扰扰的世界里,母女俩没有这样温馨和安详过。蓝妹感觉母亲心房的跳动。香火在慢慢燃烧,带出一缕缕青烟,弥漫在古老的房舍。厢房外秦河上游的水依旧静静地流淌。

说媒的人下午又找母亲了,这回母亲很认真。而就在前几天汇镇齐家的人来说过一次媒。煤油灯在厢房过道的餐桌上点燃。那天蓝妹躲在卧室五斗橱与梳妆台的夹缝里,始终不出来。齐家的老爷并不会多说什么话,但人却很实在,手疾眼快地从怀里掏出一张数目很大的银票,塞给赵母。这着实把赵母惊愣住了。齐老爷说:"这就算是见面礼吧!"但直到他离开东厢房,却连蓝妹的面都没见着。

蓝妹觉得,自己还小呢,不急着出嫁。母亲却在想:怎样巧妙地把人家的见面礼红包还了,拿了这银票就像在卖亲生的女儿,拒绝吧,又像断了自己后路一样,伸头缩手都挺让人为难的。

但今天韩家来人。对了,就是汇镇的名门大户,曾在河堤上捉过奸的韩老爷。今天,他已经换上长袍马褂,完全像书香门第世家的掌门人。赵母一反惯例,首次,把韩老爷请入卧室东窗下,那喝茶的小方桌前招待,这让蓝妹完全没有逃避和隐藏之所了。

韩老爷上上下下打量着,这个他看上的有可能成为他二儿子媳妇的丫头,就像在剥蓝妹身上的衣服一样。蓝妹似乎觉得,自己肉体肌肤完全暴露在这个老汉面前，让他评判，让他挑剔。韩爷仔细端详着她的胸部，但那里面的意思是，它是否丰满，是否以后会以母乳喂养。然后，韩爷又仔细注视着她腰与腿部间的曲线，老爷要努力察看出，或者想象出，在未来她与儿子是否能先拥有生产男性婴儿的可能性。

老爷忽然说："我们认识！"

蓝妹浑身打了个冷战，她想起自己与奕哥的那河堤之夜。但蓝妹说："老爷，没有的事！"

蓝妹开始觉得自己是在撒谎，心里有些恐慌，但这种不安与恐慌马上被这种解释所替代：认识吗？当时自己并不知道老爷姓甚名谁，那能算认识？而那意外的一次碰面怎么能称得上认识？这样一想，蓝妹从心理到表情都显得异常平静与镇定。而韩老爷看见眼前小姑娘这样镇定，确信自己认错人了。相反，他觉得这似曾相识的感觉证明蓝妹与韩家是有缘分的了，有了这样的想法，让韩爷脸上充满慈善。

蓝妹有种感觉，她当时还有些说不清，就是言语的两重性，用准确了它能深刻揭示人内心与外部世界，如有偏差，它又是粉饰心理的工具。

"蓝妹还小呀！"母亲说。言下之意是在说，这孩子怎么能适应与公婆和一个大家庭相处呢！

"现在好多了，以前五六岁就嫁人做童养媳的多了去，结果还不是子孙满堂？请问小女在哪儿读书？"韩爷转头问蓝妹，又低头看看女孩子似裹未裹尺寸恰到好处的脚。

蓝妹很不想回答这问题，汇镇是有两三家私塾学堂的，她只淡淡地说："镇上。"这句等于没有回答的话却让韩爷满意，想：现在能有条件让女孩子读私塾的极少，这对教育下一代很有帮助的。老爷倒觉得这小女内敛、不张扬。蓝妹清楚，自己这只是在粉饰破绽。

老爷与母亲很谈得来。而所谓谈得来，在蓝妹觉得就是两方有共同要求的情形成的：一个因为四合院就要被人收购，人快居无定所；一个想通过娶媳妇，收住二儿子放荡的心罢了。

蓝妹觉得无论怎样这一人生的坎是躲不过去了。她拿起从自己旧衣服撕下来重复利用的靛蓝色抹布，走到大衣柜、五斗橱和梳妆台前去打理它们，像就在此刻要与这些古董家具告别似的。红木家具朱红漆上包浆浓厚，大衣柜门扇面母婴图的木雕栩栩如生。

韩老爷给母亲送了一张美好的图画：他会给母亲在汇镇置一间大房子，让蓝妹母亲就定居在女儿住所附近。好是好，忽然母亲想起寄人篱下一词，不免惆怅。

"蓝儿，你觉得韩家和齐家哪个好一些？"韩老爷走后，母亲问。

蓝妹望着母亲在煤油灯下闪动的泪花，忽然下跪，她用手轻扶着母亲的膝盖，说："妈，我不愿嫁人，我一辈子陪着你。我们还是去找大哥，去流浪吧！"

母亲说："傻女儿，世道纷乱，你女儿家出去连命都没了。来摇骰吧！"

赵母此时心里一阵心酸，她想起自己出嫁的时候，蓝妹外祖母是通过让自己抓阄来定人家的。母亲深情地望着跪在膝前的女儿：蓝儿富有灵性的鼻子和不厚不薄的嘴唇，多像自己年轻的时候呀，这就是宿命的轮回啊！

如果有必需的抉择，这真是个艰难的抉择。母亲是倾向韩家这样的大户人家，而蓝妹觉得相比较而言齐家是小户，让人更感踏实些。何况蓝妹自己与韩爷之间有一段秦河堤上的难言之隐。母亲深深叹口气，说："单数为齐氏，双数为韩氏吧。"

蓝妹在拿起骰子的刹那，头脑一片空虚，就像人生活在真空状态的外层空间一样。骰子在煤油灯下旋转，白牛骨、黑墨点、六方面、八棱角的正方体在茶方桌上旋转着，最后停下来时对着天的最大的数：六个像眼珠一样的黑点。

（七）

　　蓝妹辍学嫁人的时候到了。四合院外的秦河水道上，乌篷船云集，唢呐高奏。太阳温暖地照着河面，河对面的梨园薄雾散尽。接纳新娘的婚船全是由水杉木隼连接打造的大型水运船。油亮的新漆反射着水面的光波，形成一道道霓虹。乡民们从四合院东厢房，抬出四个樟木大箱；一批批大红的棉被和睡枕；还有成对的崭新的马桶。但此时的东厢房，灶火熄灭，家徒四壁。母亲已变卖了所有家当。

　　婚船上红绸彩灯，倒映在翠绿的河面。平时几乎看不见乡民的原野，黑压压一片。鞭炮齐鸣，爆竹爆炸后红色的纸屑如染红的雪花漫天飞舞。每个成年人都有喜糖，每个孩子都有小红包。蓝妹坐在已经没有床的卧房。房中只有一个方凳，天窗强光如柱泻入房内。伴娘手持铜镜，给蓝妹梳妆打扮，完了之后，伴娘把铜镜往新娘眼前靠靠，问："感觉怎样？"

　　蓝妹觉得这是可笑的，她出这东厢房时，是头戴红盖布的，自己打扮如何乡里乡亲看不见，而要嫁的丈夫平生未曾蒙面，化妆美丑跟自己毫无关系了。东厢房朝打谷厂那一扇门打开着，斜对着停泊河上的婚船。当蓝妹最后踏出东厢房的时候，她头上顶着红头巾，低垂眼帘，只能看到这扇门的木门槛。那门槛已经踏磨成一叶小舟的形状。蓝妹上了红顶花轿。轿工抬着花轿踏过碎石灌浆路，再走过铺着水稻的打谷场，摇摆行上起伏晃动的船跳板，然后把新娘送上韩家的婚船。伴娘随时提醒蓝妹，拜完天地后还有家族大餐，就餐完毕后才能进洞房，脸面还是重要的。

　　最令人紧张不安的就是在就餐前掀新娘的红盖头了。蓝妹似乎听不见盖头外的喧闹，有点像只头埋在沙漠中的鸵鸟。她紧张地按住胸口想：他长得什么样？忽然，她想起自己小时候在四合院水井旁的猪舍边，有一个未解的事情：那是一个夜晚，猪舍旁摆了一副快垂死老人的棺材，它黑乎乎的，棺木四周做成圆角。在四五岁的蓝妹看来，眼前的棺木已经很大了，它像一座幽灵的山脉一样。一个在寂寞中行路的小男孩把蓝妹拉到棺木旁，那男孩子说要娶她，蓝妹很高兴地在微笑，接着黑颜色的盖头从天而降，等到她被小男孩掀掉盖头时，她发现眼前的男孩变成一个成年人。在夜的幽紫色荧光下，那人的眼珠上翻，眼睑通红，像是在滴血。他向蓝妹瘦小的肩膀死掐过去。蓝妹惊恐地喊着救命，母亲急急推开东厢房门，赶到已经惊吓倒地的蓝妹身旁。母亲除了看见蓝妹恐怖的表情，其他什么也没看见。小男孩是谁？黑影的成年人是谁？没有答案。那副空棺椁静静地躺在原处，泛着紫色的漆光。

蓝妹的红盖头是在众目睽睽之下被掀开的，眼前的青年有着与韩家男人共有的基因：长脸、略略秃顶，眉宇重，脸有棱角。独特处是他嘴角有个疤，这就是在秦河堤畔捉奸时大声对韩爷说在柳树下相亲相搂的少男少女并不是他们要捉的人。他是韩老爷的二少爷韩冰。蓝妹觉得自己当时与奕哥并未偷情，并两人是真心相恋的，但如今却时时处处要为这事在自己心理上背着沉重的包袱。

韩家二少爷也算机敏，像是开始在世界上混事的人，他淡淡地笑着：是私塾赵先生的女弟子！平淡，他对新娘没有激情，也没有揭秘什么隐情。或者干脆他接触过一些其他女性，已把曾经的狭路偶遇忘记了。而父母之命，媒妁之言，又让他继续撑着这土豪金的排场。婚宴在汇镇傍河沿街的"得庆楼"举行，镇上一到二层小楼和沿河院落全包，共四十桌。这天汇镇菜贵。

在拜过天地、高堂和夫妻对拜之后，蓝妹挨着已是自己夫君的韩冰坐下。整个酒宴每一张圆桌也都是长幼有序，自觉地排座入席。中式的大厅六角宫灯齐明，坐在蓝妹小两口右首的是自己的母亲。公公、婆婆、大伯、大婶依次坐在母亲左首，韩冰的三婶按位已转到母亲对面就座了。合伙开制衣厂的大伯宣了证婚词后，刚开席就离开了，他赶去制衣厂处理工潮事情了，大婶急急跟在后面，也临时离席了。每位亲戚都努力把自己介绍给韩家的新媳妇，但三婶有些例外，她不大声讲话，只是小声却有些神秘地说着事。她身边始终有个小孙女跟着她。在酒席上，小孙女没有正式座位，只有个小方凳插在成人座位中间，小女孩额头较大，但个子很矮，吃饭时她手够不着菜，很可怜的样子，可这宴席三婶也是出了份子的。

　　三婶虽嫁了大户人家，却是苦命的媳妇，他的老公在韩家算是最没出息的，因为三叔小时长得可爱，他的父母（蓝妹应该叫爷奶了）很喜欢他，兄弟之间玩耍，无论对错，老人都护着最小的，这让他上面的两兄弟有些嫉妒。三叔读书的年龄到了，爷奶出资让小儿子去宁城全寄宿制的江南文院读书。而在寒暑假的途中，三叔随身携带的银两每次都会被人偷。后来据说，三叔的被褥、皮箱等所有随身行李也被人偷走，典了当铺。背后有人说是三叔吸食大麻自己当掉的。此时，爷奶真生气了，再也没管过他。他就在镇上找了个铁匠活，娶了铁匠女儿为妻，并生有一男。而当爷奶相继去世后，更没人再问三叔了。大前年三叔得了伤寒，带着对冷漠人间的遗憾撒手人世。

　　三婶作为媳妇是个女强人，她开始逼自己唯一的儿子努力读私塾，好出人头地。但有一天私塾先生告状，说她小儿子整天围着野女人嘻嘻哈哈，并光顾汇镇的红楼，还生出一女。三婶气断情绝，跑到汇镇西山爷奶和丈夫的坟墓前寻短见上吊，幸好被上山砍柴的樵夫救起。

　　蓝妹坐在酒席前，但她仿佛听见汇镇西山秋风的呼啸。她在小山坡上能俯瞰秦河和汇镇的全景，而自己家的小四合院，只变成一个小点。它像点缀在弯曲河床边那白色的小骰子上的一个更小的黑点。蓝妹能想见：那挂在墓群灌木丛的黑白布缎，撕展开后变成长长的丝带，在风中摇摆；青蛙鼓着腮帮，在小坡的洼地间跳动，冷不防感觉它会变成蛤蟆。蓝妹真不想吃这婚宴酒席上的菜了。

油爆青蛙这道菜上过之后，再上桌的菜就是河豚。此时，前台优美的苏州评弹奏起，烧煮河豚的厨师与穿旗袍的美女一同亮相。厨师先用象牙筷夹上一块河豚，放进嘴里。于是，掌声四起，厨师笑容可掬地说："祝新人幸福，来宾吃得好，听得爽！"

河豚汤很稠，像融化的淡黄色的奶酪一样。其肉质滑嫩柔软，似脂似羔，鲜美麻酥。几粒红色的枸杞子和绿色的配料漂浮汤面，像西子湖漂着浮萍的水面，也很养眼。但蓝妹觉得像吃怪异的肉，心里有些难过。

"姑苏城外寒山寺，夜半歌声……"评弹一曲尚未演奏完成时，河豚厨师忽然紧张起来。他让宾客们暂时停下吃河豚的筷子，说需要再回锅蒸煮，使其味道更为奇特。厨师心里很清楚，这全是诓骗人的话。每个餐桌十条河豚，共四百副内脏，现在居然少了一副。而此时，大额头小女孩也不见了，三婶惊悚地坐在席位上，目光呆滞了。于是暗中有人又分成二路寻找，一路找河豚鱼的内脏，一路找刚丢失的小女孩。此时宾客们并不能理解，这两件失踪案究竟存在怎样的关联？蓝妹却似乎有自己的灵犀，她慢慢离席，走进热气逼人的厨房灶台处，在很大的婚宴灶台前停下脚步。灶膛内的炉火比四合院东厢房的旺许多倍。有一只跟着蓝妹婚船过来的小花猫，因为偷吃了一副河豚鱼的内脏，静静地闭上了眼睛。小女孩借着灶膛那通红的火焰，蹲在幽蓝炉灶的墙角处静默地观看，小女孩以为小花猫睡着了。蓝妹心里又喜又伤，喜是小女孩找到了，但她伤的是随她跑到韩家的小花猫永远地离去。这喜与悲的交织感，让蓝妹发着愣，并久久凝视酒店大厅窗外渐暗的天空。

蓝妹掏出怀里的大洋，哄逗小女孩回到三婶身边。三婶不知是看见自己的孙女回来了，还是看见蓝妹像是归还了她酒席的份子钱，同样悲喜交加。三婶想着：从来没有一个韩家人待她这样真诚和友善呢，她几乎对着蓝妹跪了下去，激动地喊："亲妹子呀！"

一切都是一场虚惊，公公婆婆脸上已经恢复了原先的光泽。

（八）

汇镇两岸此时已万家灯火。乌篷船竹席的顶棚，被灯火映照着，它像一段小蟒的脊背，悬浮水面的空间，慢慢地前游。若仔细聆听还能听到船桨拍打水面击起的声响，犹如古筝的歌唱。红柱廊道旁，那最底一层的青石板台阶，有一半沉入水中，板面的青苔与淡淡幽蓝的水面融成一片。几只烛芯正燃的莲花彩灯不知被哪家的金童玉女放在水面。灯盏随荡漾的水波一上一下的，在不知不觉中往斜对岸漂流。

"妈，韩家把你住的地方留好了，你真的别走。"蓝妹说。

"傻孩子，别人家我怎么能住得惯呢！"母亲说，她想起自己也算是出身旺族，如今落得将寄人篱下，不觉又潸然落泪。

"妈！"女儿紧抱着母亲，赵母轻轻抚摸女儿柔弱的肩膀，那细细的皮肤还像婴儿的肌肤一样细嫩。母亲仿佛回到自己年轻的时候，独自坐在东厢房前的打谷场上，对着皎洁的月光，给孩子喂奶，远看就像童话里抱着孩子的美人鱼一样。

"妈，不走，你不会离开你的女儿的，要不我和你一起走吧！"蓝妹还是重复挽留的话。

"妈找你大哥去，说不定他也成了家，有了媳妇呢！"母亲幻想着，并坚持着，道，"妈会回来的，到时你就在这儿等着妈！"

蓝妹的母亲用手捂了一下胸口，也许她的心又绞痛起来。但过一会儿，她苦痛的脸又恢复了和蔼。蓝妹看着母亲，突然，她感觉自己眼前的一切有些虚无。粼光泛动的水面漂着雾霭，夜幕里的房屋、小桥、流水还有夜空的月亮，忽隐忽现。母亲站在最底一层的台阶，就像立在捉摸不定的水面。接她远去的乌篷船，从水雾间粉色的莲花灯中划了出来，穿过缥缈的雾障，然后带她去遥远的地方。

母亲当时已有确切消息了，她的儿子在东北军首领张将军那里做事。

蓝妹送走母亲，回到自己在韩家月泉楼的洞房，请来吃婚宴的人已散尽，准备闹洞房的人发现新人双双失踪，郁郁寡欢地离开婚房，觉得这一趟都白来。蓝妹也发现丈夫韩冰没有随她送别自己的母亲，更没有等待自己返回婚房。按习俗蓝妹应该重新盖上红盖头，等待丈夫再次掀开它。而此刻，也许只有公公知道新婚的二儿子去哪里了。

新房内的煤油灯在橄榄状的玻璃罩内无声地燃烧，那黄色的光从一小点向外扩散，但愈远愈淡，到了屋梁与瓦当处，与影子融为一体。家具同四合院东厢房的差不多，但都是用花梨木高档硬木材料制成，四门大衣柜、梳妆台、五斗橱、方桌，还有六根柱子撑着像房中房一样的婚床。家具雕花刻图，精彩之处镶玉点缀，并用金粉勾勒与描绘，看上去富丽堂皇，让今人的土豪金与名牌控也折服和羡慕不已。朱红色的马桶和全部床上用品是娘家所带，还有一方用云锦织成的明三品孔雀图案的官补，压在娘家所陪嫁的樟木箱底没拿出来显示。通向婚房的南面走道，一边临街道，一边靠木墙。镂空雕的花窗镶在墙上，半透明的牛皮纸又贴在花窗上。公公不安的影子印在牛皮纸面，像皮影戏一样地晃动。婚房内北面的窗是开的，能看到对面河岸依水而建的小青瓦建筑群，其间有个宏大一点的建筑就是红楼，那里每个窗扇也透着微光。

蓝妹空守月泉楼的新婚房，她独自走到北面半开半掩的一扇窗，感觉耳朵前有一种高频信号的啸叫声，就像脑袋被人猛地击打过一样，万家灯火竟变成自己眼前的金星。

此时，蓝妹的老公韩冰正在红楼。这红楼除了进门的大堂宽敞之外，其余部分都只留一个人能通行的中间过道，每个空间都隔成了四五平方米的小包间。里面就摆放着一张床和一个小方桌。这个房间没有凳子，梁上有两根固定铁具，对穿起竹木蒲扇，就像方形的大芭蕉叶悬挂半空。蒲扇两头拴着拉绳，天热的时候人或坐或站，让手都能够着绳子。这绳头一松一紧，让这蒲扇上下起伏，使空气流通以便纳凉。一只小橘油灯在白色的桌布上点燃，把女人的影子投到乳白色的墙上。

韩冰显得很疲惫，他掀开帘子，进了一个红楼女的包间。少爷觉得狭小的包间闷热难耐，非常压抑，他主动握住蒲扇的绳结，摇动起空中的扇子。红衣女显得有些吃惊，说："二少爷，这是我们婢女做的呀！"

韩少爷苦笑道："今天我已结婚了！"这话一出让整个小包房的空气顿时紧张起来，红衣女脸色苍白，说："难道你的新婚之夜不正是带我远走高飞之时吗？我才是你的新娘呀！"

少爷低着头闷不作声了，他不想让整个红楼听见红衣女的闹声。他想说什么，却不知怎样讲，如何说了。他自己不知道是后悔过去与红衣女的交集，还是就此脱离令镇上人都羡慕的家族，还有今夜空守洞房的媳妇，他那苦闷的心态显现于表。

有一个客人拉错了包房橄榄绿的门帘，红衣女照样跟他打情骂俏。这骂俏是习惯，还是一种报复，真的说不清了。红衣女眼角的泪痕还没有干，眼睑还红肿着，脸部表情再加上刚才那对怪异客人的嫣然一笑，让少爷心里有酸溜苦楚的杂味。少爷猛然想到这红衣女也给别人亲过，也给别人摸过，二少爷抱着头猛地冲出了绿珠门帘，痛苦的身体带起周边的风儿一起在呼啸。红衣女彻底绝望了，她猛地扯了一下身边白色的桌布，小橘油灯晃晃悠悠颤动着，并倒下了。桌面的白布立刻燃烧起来。灿烂的火光顺着门外走道鼓进的风，在包房内喷吐、旋转，进一步从房梁上的蒲扇烧到窗棂处。火苗像小龙一样伸出红楼映照着夜的星空，小镇上能看到红楼冒火光的人在惊呼。

蓝妹站在北面半开着的窗前，看着红楼的火光兴起，然后被奋不顾身赶来救援的镇民扑灭。火慢慢地熄灭了。

洞房外能听到一前一后两个急匆匆的脚步声。蓝妹没有惊慌，她依然按照习俗把红盖头重新盖在头上，坐在六柱撑起富丽堂皇的床头。此时她的眼前一片暗淡，当洞房门被猛地推开时，一个男人踉踉跄跄跌了进来。而此刻，蓝妹还听出有一个中年女人的声音，有一个急匆匆男人脚步声也汇聚过来。然后洞房门被轻轻关上，并从里外两面扣上了。

此时，韩冰好像要在他父母暗中指导下，掀蓝妹的盖头了。门外一下异常地寂静，蓝妹的公公婆婆并没有离开洞房门外，他们在门扇的牛皮纸上戳了个很小的洞，朝洞房内窥望。韩冰就在父母的监视下掀开蓝妹的红盖头，虽然新娘很美，但红楼失火事件像巨大的阴影笼罩着韩冰的心，他没有激动的表情，也许他阅过红楼女了，面对又一个女性的身体，他兴奋感还没有调动，只是机械地行事。蓝妹微闭上眼睛，也一点没有阻碍与奋进的力气和意愿，她感觉肌肤被死命地掐捏着，感觉对方已经走近自己。此时，她眼前突然幻现奕哥的形象，很羞涩腼腆的样子，但韩冰忽然离开了。

洞房门外传出两声合一的深深的叹息。仿佛是现代人想最终决定一场球赛比赛的输赢。韩冰从抛弃在床下的外裤的口袋里，取出一节人参并截断，把它放入口中，他立刻全身血液沸腾起来，再一次走近。而蓝妹突然感到一阵撕裂的苦痛与酥软的麻木感，像平静的海洋忽然从一点激荡开去，弥散荡漾到全身的血肉与骨骼中。而这两种同时存在的感觉，让她体味到自己从童年到此刻人生难于言表的复杂滋味，还有血滴印到娘家的床单。他们真正完成了一场从社群家族到生理意义上的夫妻。

"你是处女？"韩冰十分惊讶道，因为他从未接触过。

泪水从蓝妹的眼角溢出，沿着脸颊细嫩的肌肤，一滴滴慢慢地滑落到枕巾细绒毛上。

韩家对这个新娶的二媳妇有点满意了，他们的大媳妇被儿子折腾几年也没生出男婴，凡事总要有希望才行。

（九）

　　偶尔，韩家有碰上这样的情形：整个月泉楼上上下下都没有人，连丫鬟都陪太太散步了，而只有蓝妹一个人在这空虚的楼宇。四处空气凝结，当蓝妹已经发现楼道上下只有自己的影子陪伴时，她惶恐地跑下楼梯，准备到街道呼吸一下人们聚集的热气，以逃避眼前的孤寂，但她发现楼梯底层的木栅栏被铜链紧紧地锁死了，她与外界隔离了。

　　蓝妹转回楼上自己的卧房。这去年的洞房似乎已经成为很遥远的事情了，她不想独自待在屋内很久，总感觉冷不丁，会从大衣柜或者床底蹿出一个如《夜半歌声》里那个吓人的鬼魅。它会没有一丝声响，从背后去掐你的脖颈，直到鲜活的人永远窒息。蓝妹手里拿着大清制的蟠龙邮票，走上楼道。那邮票也是她从娘家带来的，蓝色的油墨印着小小的一方画，有时人木愣地看着它，也还能让躁动心情得到安静。她在忐忑不安感中，倚靠雕栏。楼下的人比较稀疏，不像古玩交易街区的人熙熙攘攘。算命先生扛着黄色小三角旗，有时仙姑跟在后面想再分得一杯羹，只是愿者上钩。卖糖饼的货郎，挑着肩担，沿街吆喝。那糖饼也是蓝妹最馋嘴的糕点呢。蓝妹想象自己还像做姑娘的时候一样，跳着奔了过去，手里就拿着这枚蟠龙小票，那上面印着一分银的字样。蓝妹要用它来换糖饼。戴瓜皮帽的老师傅一手拿着小铲刀对准糖饼的一角，一手拿着小锤子在铲刀背上清脆地一敲击。那甜蜜的黄灿灿的圆糖饼块便分解出一小块儿，一会儿就塞到蓝妹手心里，融化在小嘴里，真甜到人心坎了。但蓝妹现在感觉四肢欲动无力，从手到脚像被人绑住了。

　　蓝妹知识有限，她不懂当时手中的四方联小型张流传到现在有多珍贵呢，她就像摆弄普通的白纸或手帕一样，把这套蟠龙小型张邮票沿着锯齿孔撕成四张独立的票面。她无聊地先从二楼廊道抛下第一张，那票面一会儿显出正面的淡蓝，一会儿显出背面的雪白，蓝白时时翻转在空中，飘呀，飘呀，慢慢下落！当整个邮票快落入青石板路上时，蓝妹发现有好几个孩子模样的小人推推搡搡在抢这小纸片。有一人落袋为安后，他们并没有急于走，反倒像被关在动物园假山池里的小猴子，瞪着眼睛讨要游人丢下的玉米棒一样，他们要等着食物再次降临。楼上的人自己真被关住了，反过来讨要东西的人也像被锁住了，这世界的相对论真好玩。蓝妹接着又抛落两枚，街上人聚多了，就像看黄花大闺女抛绣球一样。

忽然，底下一个小男孩喊："姐等等，我跟你换。"

说着，他举起手中用散落自行车链条组装的手枪。那男孩在这枪膛放了根火柴棒，对着天空放了一枪，声音还可以，还能看到火星和青淡的烟云。蓝妹有些好奇这自制的土玩具，她点点头，但她不知道锁在楼道的人怎样去和外界交换。小男孩不由分说，竟从底层房柱灵活地爬到二楼的雕栏处。一个人在里，一个人在外。蓝妹终于看清了他的脸，由于视觉的关系，上来的人并不是男孩，而是一个青年男性。他的头发散乱，像草窝一样，衣着油腻像被猪油反复擦过一样，脸上沾着泥土，像好久没洗过。但他眼睛很有神，直盯住蓝妹，仅这一点能让蓝妹想起奕哥。他俩的手接触到了一起，对物品做了交换。此时，蓝妹感觉脸上有些潮热了。也许很长时间深锁秋宫，也没有接触过丈夫以外的男性了，蓝妹自己也还没有孩子，有时精力不知道放在哪里，但她真没有更深入的想法。

蓝妹闻到背后香水的味道，她用眼睛的余光感觉到左侧面有旗袍在晃动。

蓝妹转身看到婆婆严厉的目光，自己与男孩手指触摸的地方还有一种油腻感。蓝妹一下有些后悔刚才邮票换枪的做法。

"婆婆！"蓝妹只是婚礼的第一天叫过眼前自己男人的母亲为妈，以后就一直叫婆婆，蓝妹还不习惯换个称呼。

婆婆心里有些酸溜溜，她忽然觉得这小女人的心是怎么收也收不住，难道连一个讨饭的小男人都能敲开闺房女的心扉。她又想到，媳妇已与儿子成婚一年多，目前还没有动静，虽然镇上的老中医还没查出究竟是驴不走，还是磨不转的。但婆婆一年多积下的郁闷一下涌上心头，她举起手，就像对一个普通丫鬟似的要把手掌落下来的时候，蓝妹却没有丝毫躲闪之意。这让人想起许多年前在河堤上被棒打的那老汉，可他是真犯错了，而蓝妹没有。楼下街道的人发出一阵欢呼，就像在台下看戏的戏迷，已经要看到最精彩的地方了，但婆婆巴掌终于偏移位置，落在蓝妹眼前的右半侧，顺着惯性拍在雕梁画柱上了。

蓝妹手中的玩具手枪掉落到楼道的木地板上，并弹跳起来，滑到雕栏底部与地板的缝隙间。婆媳俩就这么看着，让它平滑一小段，然后自由坠落到街面。整个枪械解体了，零件散落在街面青石板上。

婆婆穿着真丝旗袍，衣服上绣着高贵牡丹花瓣。她的身体随着自己的脾气在颤抖，衣服上的花瓣就像处在旷野中随着风抖动的残叶。婆婆再回首，看到随儿媳一起嫁过来的屋内的朱红色马桶，还有四只并未移动的装满娘家全部宝藏的樟木大箱。婆婆想："别以为你嫁妆丰厚就动不得。"她看着媳妇想："野就让你野个彻底，不就是大小姐的脾气没退吗？"

蓝妹此时真想叫她一声妈了，但这一声到了嘴边却迟迟没有说出口。可她已无力解释什么：如果确认错，她就无法在韩家生活，如果确认对，她不是就在狡辩吗？剩下唯一的选择就是沉默。

婆婆说："下厨房吧，不，去镇口洗衣吧。今天孟丫鬟也陪我累了，昨个家里人换下的衣服就让二媳妇洗吧！冶

精彩的部分戛然而止，街上的人陆续散去，婆婆还算丰满的，高跟鞋提起，走起路来屁股一扭一扭地，准备回自己的房。但她的脑子忽然闪现自己过世的老婆婆的动作，她侧身扭着腰肢，用模仿旧时光自己老婆婆的口吻说："当心，别丢了老爷的衬衫！"

婆婆给二媳妇蓝妹安排要洗的衣服也并不算多，也就十来件吧，只

是装衣服的木桶很沉。蓝妹拿了一根也不轻的洗衣棒放入洗衣桶中，她出了韩家的楼道大门。孟丫鬟不知道暗中获得了婆婆什么叮嘱，只是跟在蓝妹后面。按照蓝妹有些倔强的做法，她是想一个人独立拎着木衣桶，畅通无阻地走完从月泉楼到镇牌坊楼外洗衣场，这一长段路。开始蓝妹的脚步比较快，有甩掉丫鬟的意思，但蓝妹只走到路程的一小半，她就感觉手腿都没有力气了。她回头看看孟丫鬟，与自己若离若即，甩也甩不掉，忙也不愿帮。蓝妹想着这丫鬟每天也都这样拎着洗衣桶来回走，却一点疲劳感都没有。丫鬟回到韩家月泉楼还与自己的公公婆婆有说有笑，她的肢体多么健壮。蓝妹越向前行走，手上拎的洗衣桶就越发沉重，最后简直就像一座铅山要倒下来一样。此刻，蓝妹就像掉进四合院西边的深井中，渴望救援。当洗衣桶就要从蓝妹手中滑落砸到自己脚背的时候，她对丫鬟喊："我们都是一样的呀！"但这并没有得到孟丫鬟的回应。蓝妹结果用尽吃奶的劲，移了下脚跟。坠落的木桶砸到青石板的街面，地表发出的沉重声音一直传到地心的深处。

主仆俩靠得很近，都用眼睛无声地说着话，而无论真实与否都不用太介意了。

一个说："我真的不行了。"

另一个说："这情形你婆婆早已预见。"

一个说："为什么不扶我？我是你的女主人。"

另一个说："这一切都会变的。"

一个说："北伐军早胜利了，不准娶二房了。"

另一个说："以后会有大户人家不断地休妻娶妻，你还这样下去，我就会取代你。"

一个说："可我现在还是韩家的儿媳妇呀。"

另一个说："你还不知道？我早就是你公公婆婆的干女儿了。"

秋天的小镇已经有些凉意，太阳照在青石板与水面并没有什么温度。

杏树的叶子泛着金黄，几株红枫在石桥边等待落霜的傍晚。蓝妹在这大白天的恍惚中，竟梦见自己遇见了暴力，衣服被人扒光，袒胸露背，坐在韩家楼梯过道底层台阶的栅栏门前，许多人围着观看。只是其中不要有上午跟她用邮票换玩具枪的小男人就好。这时，没有人上去救她，给她穿衣，人们都伸长脖子，只想把女性的肉体看得更清晰些。而高贵与低贱就在那一瞬间的转换而已。

（十）

蓝妹因为拎着重物，边走边停，这一段路走了很长，很长，似乎一生也没走完。她先路过自己曾经读私塾的学堂。书声依旧琅琅，楼上楼下，半开的窗扇印着的脸庞她没有一个能认得了，她知道自己也不清纯了。这时，一个脸上带血，头发散乱的疯女人追上蓝妹，她用手抓住蓝妹的肩膀，蓝妹再次把沉重的木桶放在街边。这个女人蓝妹并不认识，可能是梨园的，但不能确定，她对蓝妹喊："还我的血汗钱，还我的血汗钱！"

蓝妹感觉很诧异，原来梨园发生了一件怪事。当时村里来了个外乡人说能让村民发财。而致富的方法很奇怪，外乡人先画了一张图，慎重地点了一些圈，这事件严格保密，并绝不能透露给官府。不信的人先在地头垄上对着星空洗脑，所有参与的村民口口相传念诵作法：埋缸或罐时要用跪姿，嘴里要虔诚念赞诗颂词。直到每个参与者确信只要把银圆装入腌咸菜的缸罐内，埋到外乡人指定的位置，银圆就会自动生长，一年翻一倍。经过洗脑的村民最后把土地、房屋、家当都换成了银圆，而且个个生怕埋入的银两少，错过大好时机。已深信不疑的乡民将银圆藏缸入罐，埋在地头。而等全部参与的乡民把银圆埋入地下之后，外乡人一夜之间就将其挖掘，装箱送车，洗劫一空，逃之夭夭。蓝妹想：难道一些国人就这么被愚弄吗？后来她发现，是许多国人那时还没有信仰，把那传销的外乡人当成了财神。

疯女人终于发现自己埋在地下的藏银宝罐不翼而飞了，她在大街上看到蓝妹，认为蓝妹是她的上线，要打蓝妹，要撕剥她的衣服。疯女人脸上的血溅到蓝妹的身上，蓝妹喊："你认错人了！"两人正僵持不下，后面上来个男性，像女人的老公，他盯了蓝妹一会儿，差点没用眼睛把蓝妹皮扒下来，然后他确认地说："不是她。"

孟丫鬟道："她是我们韩家的二嫂子。"

蓝妹一愣，她一下有点感激孟丫鬟了。丫鬟说的是实情，疯女子半信半疑走开了。

今天是秋季的庙会日，如果孟丫鬟不提，蓝妹都忘记了。以前，蓝妹小的时候，每年都从四合院到汇镇，与哥哥或母亲赶春秋两季的庙会。那街道两边摆摊布点的商品琳琅满目，与镇大牌楼前的古玩市场纵横贯通。这里还有舞龙耍狮的表演，好不热闹。但今年秋季的庙会却很冷清，牌楼前的绿色网罩上，悬挂着的藤蔓植物多已枯黄。报童斜挎着书包，喊着："看报啦，淞沪会战打响了！"

蓝妹想淞沪离她住的地方还很远。街道两边摊点稀疏，但还是有些东西的：有卖莲子藕节的，有卖野鸡野兔，有卖银鱼河虾的，有出售真丝和云锦产品的。蓝妹在丝锦产品摊位上顿了一会儿，顺势又把木桶放下，喘口气。当然蓝妹还注意到，还有卖膏药的。那膏药很奇特，小神医们都自称为祖传秘方，但配料都一样。有的摊点只有一个包装品种，号称贴哪儿治哪儿管好哪儿。再机敏一些的摊贩制成五颜六色的包装制品，用于贴人身体各个部位。于是相信的人就很多，销量就很大。蓝妹关注到包治男女不孕不育症的膏药，她又停顿一会儿，她很想买它，她心情不好时也想花钱购物。

当蓝妹转过头，看到了街对面黄色的三角旗。在三角旗旁有一组四方白布构成的屏障，围出了神秘的小空间。此时，原本无云的天空却出现 S 状的团雾，正好遮住一半的太阳。人抬头望去就像青白相间的太极火球，悬浮在湛蓝的天空。蓝妹想起有一年，她与母亲赶镇上的庙会。母亲把自己丢在这神秘围屏的空间外，她自己进去了。过了很久，母亲才从里面出来。要不是一个好心的老爷爷主动替母亲看守蓝妹，小蓝妹早就失踪了，说不定就被拐作童养媳了。母亲出来时脸上显出春风得意的样子。蓝妹听小镇人说：世上一个人一定对应天上的一颗星宿，算出星宿走向就能知道一个人的未来。但人与星宿之间有个神秘的理念联系着。蓝妹像汇镇的人一样，以为那手持三角黄旗，身穿长袍的先生就是掌握理念的人。每次蓝妹看到手持三角黄旗的先生，她都想钻到那白色的围屏中问问，我们小镇以后怎样？自己以后怎样？但她一直都没机会，今天蓝妹豁出去了，直接就冲进围屏中，而此时有人把孟丫鬟挡在屏障封闭的门帘外。

雪白的围屏，如雪山的世界，蓝妹进去后一下情绪就安定了。长袍先生没多问蓝妹几句话，就开始抚摩蓝妹。先生先切蓝妹手腕的静脉，然后奇怪地从她的脚向她大腿那敏感的部位游动。蓝妹感觉浑身像有数千只蚊蚁在咬食，又疼又痒一点快感没有。蓝妹忽然神志有点清楚了，握紧成拳的手悄悄张开，形成了巴掌护在自己胸乳部位。在蓝妹看来，长袍先生五官模糊，但两片白生生的脸颊却清楚好辨，她想："不能喊，让围屏外面的人知道这多丢人呀！但是，只要眼前这个男人触碰到自己敏感部位，就一巴掌打过去！"

蓝妹在等，长袍先生像口渴后已经喝了一杯水，清了清嗓子对蓝妹说："你会有喜事的。"

蓝妹觉得最近自己心情一直就很糟糕，她从围屏中出来了。孟丫鬟好奇地上前询问："二嫂怎样？"蓝妹一听，都快哭出来，摇一摇头。孟丫鬟鼻子里哼了一声。

洗衣活动的场所旁挨着一片竹林。秋天的竹林还绿着，凉凉的风吹过水面。这秋天的水面不像春天是碧绿色，远看有些泛青。近了水底清澈，可见岩石光滑与水草起伏。翻腾的白浪到这里像一匹白色的小野马被人征服，形成较为安静的深水区。表层的水慢慢地淌，身体透明的鱼儿摆尾轻盈地游。

蓝妹想在洗衣的阿姨大军间插入队伍。知道韩家有二媳妇的人不少，深锁秋宫后，见面能再对上号的不多。曾喝过喜酒还认识蓝妹的妇人，有意要给二媳妇腾出位置，但离蓝妹较远，挤不过来。不认识的人，蓝妹想挤入马上就遭到白眼。蓝妹终于在一条较长的洗衣台阶的边缘蹲下，她把衣服全倒在石板上，挽起袖口一件一件用洗衣棒拍打。周围的村妇，镇上的太太依旧聊着婆婆、老公和孩子，然后不是一阵欢笑，就是一片叹息。蓝妹听到她们聊孩子，心里酸溜溜的。旁边的妇人并没议论自己，但蓝妹侧耳怎么听，都像是在影射自己，就像读一部好的小说，怎么看都像在写自己的想法一样。孟丫鬟蹲在竹林处，像个小监考官，她在尽职尽责履行蓝妹婆婆也是她干妈的叮嘱，只要眼睛管看，不要动手管做。此时，所谓主奴也是相对的了。

蓝妹的手臂和周围妇人一样，被水泡得微肿雪白。秋风从水面飘过，涟漪泛起。蓝妹不禁打了个寒战，牙齿上下抖动碰到一块。在洗韩老爷白衬衫时，蓝妹发现清水中漂浮着淡红色的小球，她伸长了手臂，并屈掌形成碗状，双手把小球连周围的萍浮也一同捧起。这小球可能是一水生动物的卵，半透明的，在阳光下像淡红色的小珍珠一样。蓝妹喜欢得不得了，她就这么傻乎乎地看着，看着。而此时，老爷的白衬衣正随流水离她而去，在清水中看得很真切。等蓝妹发觉时，她自己感觉，手再伸长些也还能够着衣物。这衣物在光的折射下，让人对距离的判断产生失误，其结果是残酷的。蓝妹身体的重心已经从坚实的大地移到水里。她整个人掉进秋天冰凉的水里。

"有人落水了！"岸上有人惊恐地喊。

人们并不知道落水的原因，或许是传说中的水怪要收人了。岸上许多脑袋围过来看，但还没有人跳水或用竹竿搭救。孟丫鬟跑回月泉楼搬救兵。岸上女人很多，自然是没有办法，她们大眼瞪小眼。另一部分活动在岸边的男人，有的没有水性；有的事不关己，因为死人的事经常发生；有的男性甚至怕身边的女人对自己触摸异性而吃醋，没有出手。不出手的原因是五花八门。

蓝妹是慢慢沉下的，她在水与空气相接触的地方，吸了半口气喝了半口水。进入耳朵和鼻孔的水像硫酸一样，逼入她的头脑和胸肺。那外部涌入体内的水，在与她接触的内脏部位剧烈地燃烧。蓝妹先朦胧地看见潜入位置的河水有些泛青，感觉有一只很大的鱼打了一下她的膀子，然后，她眼前如闪着怪状星云的夜空一样。她觉得自己要死了，忽然她从心窝和胃腔吐出一股难闻的酸水。但慢慢地蓝妹感觉有一片大龟的脊背，虽然有些柔软但很强势地托住她，让自己很沉重的肉体上浮，上岸，然后她重新感受到光，并呼吸到新鲜的空气了。凡世救人的理由很简单，只有唯一：就是救人本身，若用文话，就是拯救生命。

蓝妹的衣服被水完全浸泡着。清莹的水滑落下来。她躺在洗衣台青石板的斜坡上，像披着薄纱的裸女。这儿到对面河湾的水面并不宽，蓝妹还能隐约地看见，那曾跟她用邮票换玩具枪的小男人游回对岸。他站在那里朝这边微笑着，风吹得竹林簌簌作响。

（十一）

周围的人随着落日降临，曲终人散地慢慢撤离。蓝妹没有看见孟丫鬟的影子，经过挣扎后的舒缓，她觉得自己还能走。贴身衣服浸着的积水愈滴愈稀疏，剩余的水渍好像渐渐被身体吸收了，可寒意却越发透过湿衣逼人肌骨。蓝妹终于像一只刚出生的麋鹿一样苦撑着站立起来了。

她只感觉镇上那楼牌正被晚云照耀，横直随便怎么走。路边有一组落难的梨园的村民，他们连租地的权利也失去了，正利用镇上的庙会乞讨。蓝妹可怜地望着他们，而他们也奇怪地看着湿衣黏身的蓝妹。其间有一个三口之家组合，那父亲正在给他的女儿擦洗脸上的黑斑尘迹，母亲正低头专心给丈夫补衣。蓝妹忽然发现他们家彼此用心灵构建的小屋，却是这样温馨和幸福。而她自己一个人身在旷野中，结论是：自己才是天下最可怜的人。

蓝妹此时已感到体力和精神上的疲惫，她觉得自己已经走了很长的路了，应该到月泉楼了，但现实是路人稀疏。四周也没有看见热闹的烧饼店铺，还有能闻到那芝麻的香味。蓝妹看见远处渐暗的天空下，出现了曾是自己娘家的四合院。她忽然感觉自己离那儿已经很多年了，她从来也没有这样清楚地看见母亲的小脚，和她后面跟着的一群绒毛嫩黄的小雏鸡。金色的稻粒从母亲的手心落下，母亲的嘴里发出呼唤雏鸡的声音。此刻，蓝妹不觉得走错路或者迷路是件让自己后悔的事了，她觉得有时迷路的感觉真好。相反当她回到实际生活中，却感到自己被一阵饥饿感煎熬着。她现实的胃在剧烈收缩，带着连接全部肌肉的神经强烈地收缩着，并产生阵痛与绞杀。不远处的河滩湿地，有小山羊在吃过草叶后发出愉快的叫声，她甚至羡慕起小动物了，并想以后转世投胎成为它们。当蓝妹转回到镇口牌楼坊的时候，太阳已经完全落山，西边橘黄色的天际衬映着东方的金星。她听到有人喊她的名字，这声音在小镇上空久久回荡。

婆婆和孟丫鬟终于在镇口牌楼处等到了蓝妹的到来，她们给蓝妹披上一件毛巾毯。这件事最终成为韩氏家族又一个口口相传的事件。那个洗衣桶、老爷的白衬衣，连同蓝妹当天所有要洗的衣物，在孟丫鬟回府寻找救兵和蓝妹的迷失中，被人趁火打劫顺走了。这让人想起蓝妹老公的三叔的一些烟云往事，但韩老爷知道后对此事并不深究与责怪，也许在他看来只要不是自家人在男盗女娼，一切都是鸡毛蒜皮的小事，不值得提。老爷这样处理反而让蓝妹婆婆心里酸溜溜的。至于出门被别人盗，当作不是一家人，不进一家门吧。

蓝妹回房换掉潮湿的衣服，喝了些热水，到了餐房。她看到晶白的米饭，家庭厨师把烧好的水煮河虾、宫保鸡丁、糯米蒸扣肉、煎鸡蛋饼、鱼头炖豆腐也端上餐桌。蓝妹的情绪稍好起来，但她不能先动筷子。婆婆这时却心思活跃，思想纵横，她想到了经常夜不归宿的儿子，她说："冰儿呢？他怎么还不上桌吃饭？"

韩老爷在家里平日不怎么说话，只注意听，该出手时却很厉害。孟丫鬟站在一边，她要等主人们吃好饭以后才能上桌，而能和大家坐在一张桌上平等地吃饭，是她一生奋斗的目标。

孟丫鬟说："二少爷还在枫叶桥畔。"

蓝妹对孟丫鬟熟知家庭每个成员的行踪十分吃惊。丈夫去哪，蓝妹自己也是糊里糊涂。但蓝妹觉得这有时这并不是一件坏事，一大家子在一起，该问的就问，不该问的就不问，哪怕那人是自己的老公。否则面对这繁杂的人世，精神早就崩溃，人一天也活不下去了。

婆婆今天似乎在努力探索治家管媳妇新方法，她反省自己的过去，那对蓝妹深锁秋宫的做法绝对是失败的。婆婆在领悟：如果小媳妇没孩子纠缠，整天关在家里，老公关心又不够，她通过幻想也还会塑造一个丈夫以外的男人，去膜拜和自慰，还是让媳妇有条件接触外面的事物比较好。于是婆婆忽然觉得，有些事让媳妇主动出击肯定比自己亲自出面效果要好。婆婆皱皱眉，对蓝妹说："你把冰儿找回来，等会你俩一起吃饭吧！"

婆婆后面还有话，但没说出口，只是在自己心里又想："小媳妇啊，别什么都不挂在心上，老公跟人跑了都不知道。"她看看孟丫鬟。

蓝妹独自走在去枫叶桥畔的街上。她此时已经完全饿过了头，只感到腿脚有些飘，头隐隐作痛。枫叶桥畔离月泉楼并不很远，但要过条街，穿过一条很长的弄堂。两侧青瓦白墙间的道很窄，地面由光滑的鹅卵石铺成。一个人走在深巷中，能感觉到踏鹅卵石路产生的回声。声音追上来，人回头却不见任何踪影。蓝妹此时也好像听见卡其男夫人练美声歌曲的声音。她加快脚步，在巷口的尽头，已能看到幽暗的荧光下，河面泛起紫色的水纹，还有几株夜间看来显现墨色树冠轮廓的枫树。蓝妹再往右首折转一下，终于看到被马灯照耀着的六角亭子。那马灯是大罐的底座，身子被四根粗铁棍支着，头盖部分则如同倒置的铁制酒杯。火焰在底盘边缘孔洞喷出，在铁棍中间无声地跳跃。倒置的铁皮罩，抵挡着四面任意转向的风势。有四人正在六角亭内聚精会神，鏖战正急，两个五大三粗的汉子分站两旁。

这国粹麻将，蓝妹在四合院逢年过节的时候曾经和人打过，她和一帮梨园的姐妹用纸牌作筹码赌过输赢，而对赢者的奖励就是刮输者的鼻子。蓝妹开始接触国粹麻将首打一二局因为初生牛犊不怕虎，出牌不按常理且毫无定式，是赢的。但一二局过后，一方面她出牌的方法被对手掌握，另一方面她潜移默化学习水平比她高的对手，却无法灵活运用牌技而陷入僵化。蓝妹笨拙的半生不熟的手法反被对手套住并利用。她的鼻子就每次都被人刮，几局下来也是心惊肉跳的。既然是赌，则赌桌面前也人人平等。结果，她发现自己根本不是打麻将牌的料子。首先运气不如人，其次记牌能力与注意力不如人，最后，也是最重要的诈和和偷梁换柱不如人。为了不至于让别人把自己刮成塌鼻子，她就很少打麻将了。去年她来韩家时，邻里太太们三缺一时，有人找过她凑数，一来婆婆不愿蓝妹迈出大门，二来蓝妹自己也不愿去，于是她编织各种理由回绝了别人的邀请。她想与其绞尽脑汁算计，还不如独守婚房诵诗文，或者穿针引线织补真丝或云锦的为好。

蓝妹几乎把自己来的使命忘记了，她发现丈夫韩冰对面的麻将友神色紧张。那人戴着瓜皮帽，穿着极旧的镶着圆花寿纹的缎子服。缎子面料上编有金丝线，看得出来，当服饰成色崭新时，穿着一身风光无限。虽然这马灯光源不如白日自然光明亮，但能看出瓜皮帽人脸颊豆大的汗珠。蓝妹好奇地转到瓜皮帽人的背后看他的牌局，那是很好的差一张就清一色加对对和的牌。他的桌牌前有许多花，就像盛开的花市一样。这人的双手在颤抖，同帕金森病人的手一样。他脚底下，摆着破旧的花斑蛇皮面的空箱子，里面仅有一块红绸布。在马灯投下的微弱的光中很显眼。

瓜皮帽人不断地在换最后要胡的那张牌。这牌很怪，上轮丢掉的牌就是本轮成牌所需要的。瓜皮帽人在不断后悔与叹息中煎熬着，他总在思索着：早知道……总在嘀咕着：早知道……没有洗牌时候的揉搓，麻将桌面变得非常安静，没有人和牌，也没有人犯冲。最后，桌面可摸的牌已经没有了。瓜皮帽人自语道："没有牌了，没有牌了。"离石桥不远处，传来一个母亲带着三四个孩子的哭叫，这声音由远而近向马灯发出的光辉靠近。瓜皮帽人脸上的肌肉猛烈地抽动了一下，那是他的妻儿呀！他在极度的绝望中抽出空箱中的红绸布，右手操起裹藏在里面雪亮的菜刀，对准自己摆在六角亭石桌上的左手食指猛剁下去。那人在黑夜中大叫一声，而他的一个手指头带着鲜血，像小萝卜一样弹跳到枫叶树的根部。

此时，这一切就在蓝妹眼前晃动并完成，蓝妹在吐过一阵酸水之后就昏厥过去了。

蓝妹是被人抬回韩家的，这一次她是真的倒下了。先前蓝妹那短暂的溺水，她也就在青石板的洗衣台上坐了一会儿，就坚强地站了起来。但这次她失去了知觉，被人抬着走。她被安排到自己的六柱雕花婚床上。韩老爷急急请来了镇上的老中医。这中医切过脉认为：是风寒、饥饿和惊吓所致，要好好调理，并开了几服中药方。

临跨出蓝妹婚房的门槛，老中医摘了老花镜悄悄地对韩老爷说："二媳妇有喜了，身怀二甲。"

韩老爷听后，待老中医身影消失在楼道下，忽然老爷回身一巴掌打在他太太的脸上。韩家那高悬已久的巴掌终于落下，老爷猛地吼道："你这不是让韩家断子绝孙吗？"

蓝妹的婆婆哭了。

（十二）

有人从如同死亡的边缘和昏厥中苏醒吗？这就好像从黑暗的空间向光明中走来，在苍茫的宇海中，黑暗所占据的空间比光明要多出成千上万倍，但昏暗如死水一潭没有生机，没有歌唱，没有描绘的价值，而光明的空间则丰富多彩，灿烂辉煌。蓝妹终于从黑暗中走出来。先是光明在她眼前浮现，然后她听见了声音，感受到温暖的热流。她还没有睁开眼睛，但眼帘犹如血海奔腾，她没有特意聆听外界，但却感受到自身机体以外的呼唤与自己脉搏跳动的声音。这声音就像隔着金属房的敲击，那声音说：好了，并伴有铿锵有力的共鸣声。

一股苦涩的药水从口中灌入。蓝妹已有思考，求生的欲望在心底说：苦口良药，于是，她协助外力开始吞咽的动作。

"保胎药喝了吧？伤寒药喝了？退烧药吃了？"婆婆问。

"都喝了！"孟丫鬟一一应答。

蓝妹此时闻到也尝到婆婆喂给自己的汤的味道，这汤味很鲜美。这让蓝妹在半苏醒半迷糊中感觉回到了自己以前四合院的娘家，她好像能看见房间天窗投下的光照，她好像又看见自己生母的小脚在欢快地跑动，去追逐那死活不愿意被捕捉，就要下锅变成煲汤的小鸡仔。蓝妹感觉自己的额头和脸颊被很轻的手抚摩着，便微微睁开眼睛，她模糊地看到一双已经没有恶意的眼睛。这眼睛被一种观念控制着，并感觉到与自己生命攸关的基因已经注入眼前这个孕妇的体内，并正孕育着自己的新生代。

再没有嫉妒、埋怨、责备的表情，好像与亲生母亲相似。

蓝妹一只手轻轻捏住床单，喊了一声："妈！"

婆婆没有亲生的女儿，曾一直想生个女儿但直到自己绝经也没能实现。她此时已完全失去对治家管媳妇的冷静的思考，一种怜爱的情感从心底油然而生，她本能地应着："哎！"

婆婆想着眼前的媳妇从小就失去父亲，自嫁到韩家之后也没有再见到她的生母，想到之前蓝妹的经历与磨难，她还差点掉了肚中的孩子，婆婆想："蓝妹可怜！"

已经能看见蓝妹肚子凸起的形状了，而连着胎盘肚脐眼的地方也略略高出腹部。小夫妻俩沿着镇上的河堤散步，这主要还是听镇上老人们劝导，据说孕妇待在家不动会造成难产。

太阳照在秦河堤上。这一段春天的河堤，沿着堤坡开满了薰衣草花。美丽的蝴蝶在紫色的花丛间飞舞。蓝妹看到有一只红底黑点的甲壳虫，像自己一样很缓慢地在绿色的花丛中前行，像现在的自己穿着红底黑点的毛线衣，在很大的森林间行走一样。沿堤漫步，让人觉得心里多轻松啊。以前蓝妹做姑娘的时候，很喜欢照镜子，看看自己的身材，生怕身体有什么不匀称的地方；瞅一瞅自己的小脸蛋，生怕脸上有什么小红点出现。但自从怀了孩子以后，她对自己这些方面都不重视了，她挺着肚子，就像孔雀显示自己漂亮的羽毛那样，在河堤上自信地招摇。丈夫韩冰弯下腰，耳朵贴着蓝妹的肚子想听胎音，他用手轻摸妻子的腹部，能抚摩到胎儿小脚那一棱一棱的趾印。

蓝妹知道了受孕的结果，她凭着直觉甚至能推算出小生命形成的时间。那一定是风轻月明之夜，丈夫抱紧她喊着："投胎了，投胎了……"，而蓝妹记得，那一天她也做了很奇特的梦。这个梦里的风光，就是像眼前的薰衣草的世界，但那紫色的薰衣草像大草原一样宽广无边，连着蓝色的天空。人能看到不远处的阳光下的方木小亭，更远处还有白色的风车转动。这草原没有路，她梦见自己有了孩子，并且孩子学会了走路，她和丈夫一前一后走，孩子夹在他们中间，他们三个人就像行走在紫色的云中一样。蓝妹嘴里喊着："小腿踏起来，哪个小腿踏得好？"孩子天真嬉笑回道："我的小腿踏得好。"这种一问一答反反复复，很有节奏。孩子与大人一起走在薰衣草草坪上。

"冰，以后不要去打那种害人的赌博麻将了。"蓝妹清楚自从怀了孩子以后，自己在丈夫心中的位置重了许多。

韩冰道："没打了。"蓝妹并不知道这话有多少真实性，但她心里充满了满足感。

蓝妹谈起萦绕自己很长时间的想法：自月泉楼斜对面的红楼失过火后，楼下给老字号做副食品和杂货店了。它的二楼一直空着，也没人修缮。蓝妹想把娘家带来金银珠宝首饰典当成钱，把二楼长期租下来，再把它整个修缮一下，招几个梨园姑娘做帮手，改造为真丝或云锦的加工作坊。这样一来传承手工艺技能，二来以后做点小生意可打发时间，让自己也有一个接触外界的平台，省得日日生活得无聊。

韩冰觉得这是可笑的："生了孩子不就成了家庭妇女了。"但他嘴上说："好，这事我来办。"这让蓝妹心里很高兴。

这件事在蓝妹的催促下韩冰确实张罗着办了，不过办得有些磕磕绊绊。韩冰拿了蓝妹娘家的钱，租了红楼二层，后来改称云锦坊。韩冰请镇上营造厂朱老板把房屋修缮了一下。修缮的材料是乡下四处收来的，修旧如旧。那失火后临时搭建的毛竹构架油毡屋顶全部拆除，全面恢复了木椽小青瓦屋面，并清除楼层残留的隔断封板小包间。同时，小店主从乡下收购了一台织云锦布用的花楼提花机（这里简称云锦织机）。那机子造型像一艘帆船，架子平面织布层铺开，如同发光的红色海洋；高高立起的桅杆上，挂着如船帆一样的织线白布。

这些事也就个把月完成，赶在蓝妹临产前就办好了。云锦坊虽然离月泉楼很近，但蓝妹竟没有来得及亲自上云锦坊二楼看看。韩冰执意待云锦坊全部竣工投产后，会给蓝妹以更大的惊喜为由，就一直没有引蓝妹上楼察看。可蓝妹能想象得出来云锦织机的样子。而有时人只要观念上感觉自己拥有，不管财产是否运用或居住，竟能同样获得享受与满足，同样能达到欣喜与安慰。蓝妹虽然把娘家带来的财富都花费在恢复云锦坊了，但云锦坊却因为后来有战事，始终没有形成织造能力。

又一天夫妻二人散步，在返回月泉楼的路上，周围的人渐多，一些老妪、媳妇们盯住蓝妹腆着的肚子揣摸议论。在没有影视与网络的时代，这些都是镇民的新闻来源和谈论的热点话题。蓝妹仰着头，仰看东方天际飘游的青云，她好像已超脱患得患失的人群之上。忽然蓝妹听到有人在喊她："亲妹子啊。"蓝妹循声望去，是她三婶，她的衣着与蓝妹嫁到韩家时一样，只是青花短上衣的颜色变得更加深浅不一。三婶脑后的发髻也变得松散许多。她的小孙女跟在她身后。

三婶望着蓝妹，关切地问："快临盆了吧？"

蓝妹被问得有些不好意思起来，道："是。"

三婶说："现在有钱人都到梨园租界地请洋医生做剖腹产，一来选吉祥吉日，二来孩子妈不痛苦。"

蓝妹摇摇头，说："老中医说了，这样出生的孩子十有八九会患花粉病的（西医称过敏症）。"

但蓝妹还是不太懂，好端端的人能够顺产，却非要在肚上挨一刀。人体经过术前麻醉，当然会不疼不痒，可对母亲和小孩子总归不好，谁也不能生一个娃就在肚上挨一刀吧？这西洋用来救人的方法，却成了汇镇人选择投胎出来时良辰吉日的手段了。

最近老中医三天两头给蓝妹切脉会诊，也给她灌输不少中医药知识呢。

　　三婶围着蓝妹的大肚子转了一个圆圈，似乎很有经验，又像是在有意夸赞道："一定是男孩！"

　　三婶又说了两句客套话，转身要走了，阳光照着她已经越发陈旧的衣服。她们祖孙俩像从遥远的地方来，在小镇和蓝妹眼前停顿了一下，向她们自己也不知道的更遥远的地方去。蓝妹发现三婶的腿怎么有些瘸了，她下肢可能患有风湿，心里有些酸楚。

　　蓝妹拦住一老一小两人，说："过年已经又好久了，再给小孩子一个红包吧！"

　　蓝妹出门就喜欢或多或少带些大洋，总觉得空手心里发慌。她从腰上取出装着大洋的小红布袋，也不知里面有多少银两，便塞到三婶手里。三婶迟钝的眼睛放出光来，说："亲妹子呀，过年你都给过了！这……"

　　一会儿，三婶若有所思，她从手上拎着的灰色大布袋里，取出剩下的两个紫色的红薯，说："亲妹子，这是土特产，拿着吃吧，粗粮，对身体好的。"

　　那紫红薯还是温热的，蓝妹拿在手中发现它煮后比普通红薯质地紧，掰开后一股淡淡的香味弥漫在空中，慢慢散开。蓝妹对三婶微笑着点着头。蓝妹感觉腹中的胎儿动了一下，也许他也嗅出紫红薯的清香？蓝妹看着祖孙两个人，一老一小背对着光线，愈走愈远了。

（十三）

　　这天傍晚，蓝妹感觉腹部在小一阵收缩后，有隐隐作痛的感觉，然后，她又感觉腹部紧缩了一下，作痛的感觉开始加强并从局部向四周扩散。此时，蓝妹的脸上明显难看，痛苦状显露于表。韩老爷当机立断，就让媳妇在婚床上就地待产。韩家请来的人有两位：一位是接生婆，在屋内；另一位是仙姑，在屋外的楼道。产床棚架挂上事先准备的红帘子，防止人员进出房门带来的小阵风，接生婆紧张地等待与忙碌着。

"用劲！"接生婆在鼓励着，蓝妹已经用劲了。如果能重新投胎，她自己忽然觉得还是做男人好，女人怎么有这么多的罪受？她每一次用力，带来的是一阵一阵的痛。随着那个想驶出产道空间小生命的蠕动，阵痛一浪高过一浪，就像人坐一层高过一层的过山车，把眩晕改成痛苦的状态是比较类似的。紧缩是上山，痛苦是下山，并且这逐浪的高潮好像没有止境似的。

此时，仙姑也不闲着，她手持宝剑念念有词，在楼道做椭圆形的回转。仙姑从算卦先生那借来的三角旗在风中飘扬。那旗帜的白色锯齿边，就像正沿着黄旗面中心旋转一样。仙姑这时已跑得满身大汗，绿色的宽大衣服浸透了汗液。忽然，她停住脚步，收了招式，然后，对傍晚无限美好的晚霞仰天哈哈大笑起来。

蓝妹也真的争气，而最后一次的收缩却是轻轻的，并不很痛了。忽然，她觉得整个腹腔空了，接着就听到一个孩子大声啼哭。这声音很独特，蓝妹感觉，她自己从来没有听见过这样让人怜爱的声音。只要听到这声音，她觉得，她就应该为之受苦受难而无悔终身。

"是男孩！"接生婆剪了脐带说。

此时的月泉楼沸腾了。韩老爷搓着双手，感到自己对媳妇的选择是多么正确！他还记得他第一次上蓝妹家提亲的情景，天气也很好哇。那真就有点像刘备三顾茅庐，刘备忙的是贤材，但他忙的是儿媳妇。

蓝妹的老公想撞进产床，却被接生婆挡了回去，并给他一个食指靠唇，小声点的动作。一下子，韩冰已从红帐的缝隙间，看到了那个脸上皮肤通红，有细小绒毛头发的孩子的脑袋，一种身为人父的亲子之感，在他心底油然而生。

这时，月泉楼上下响起了爆竹声。婆婆要张罗忙喜庆的招待宴席了，尽管这宴席安排在明天的午餐，但得加紧准备。孟丫鬟倚在楼梯道的栏杆上，深深叹了口气。

蓝妹在接生婆的指导下，让婴儿柔软颈部始终处于手的托护状态。她轻轻用掌心垫起孩子的头，把孩子的小嘴对准自己的乳头，当孩子的小嘴本能地吸吮了一下时，一种平生从没有过的快感迅速流遍蓝妹全身。她此时又觉得做女人是一件多么幸福的事。

这天半夜，天空下起了大暴雨。花生大的雨点打在房顶、屋檐和柱梁上，似乎要摧毁它们。闪电的影子如同蛟龙，从东边的天空划向西部的原野。闪电蜿蜒着要把黑夜的苍穹炸裂开来，以便让躲在黑云背后的星月流淌到秦河的水里。韩家上上下下还在守着蓝妹和新生的婴儿。此时，房间靠楼道一侧的窗户忽然打开，竟把熟睡的小宝宝惊醒，小人儿哭了。尽管蓝妹搂着抱着哄着，但宝宝依旧对整个世界吼叫，并和着天空的雷鸣。韩老爷正要上去关紧窗扇，三婶的脑袋忽然出现，抵住二楼蓝妹房间这正要关合的窗扇。三婶身后依旧带着小孙女。此时，韩老爷有些吃惊，因为除了春节拜年弟媳都不会上门来的。蓝妹也觉得三婶一定有事有求于老爷，但三婶恐慌地对韩老爷说："日本兵来了！"

这就好像是说侏罗世纪里的霸王龙来了一样恐怖。自南京大屠杀与淞沪会战后，日本兵就成了恐怖的代名词。三婶传了消息，本镇上的人也开始了大逃亡。三婶让蓝妹带着刚出生的孩子和她一块儿走。但韩老爷想：有一次省里秘密来过人，让他到远地方为省伪政府做事，他没有答应。有这样的背景，他觉得日本兵还不能拿他怎样。老爷让仆人和丫鬟先各自逃难。

天亮的时候，暴雨骤然停了。蓝妹已被孩子和暴风雨折腾了一夜，她实在太困太乏了，她搂着孩子迷迷糊糊睡着了，可她的那颗心却一直悬着，好像时时还在为孩子站岗值班。小镇的菜市场已空无一人。韩冰做实业共办制衣厂的大伯一家，还有在宁城韩冰的大哥一家，今天也不可能赶回来了，他们或许都已逃亡去重庆的路上。

当蓝妹被饥饿的孩子闹醒时，她迅速塞了奶头堵住孩子的嘴。蓝妹坐在床上都能听到楼道门窗外，日军急行军的脚步声，还有小钢炮（迫击炮）轮碾压小镇青石板路的咔嚓声。

韩氏一家人都被压缩在蓝妹的房里，韩冰几次要冲出月泉楼，想给家人再买些东西回来，打探一下街面的情况，但都被他母亲拦下。一家人开始听见新一轮炮声，这轰隆的炮声不近不远的。蓝妹紧张的身体本能地有些蜷缩，她半躺在床上，从北面靠床的窗缝中能隐约看见几个日本兵在河边悠闲地做蛙式游泳、洗天然冷水浴、进行抗寒擦背的操练。一批西洋人搭乘着汽船被客气地请出，他们正远离了这小镇和秦河上游的梨园。擦身的日本兵上岸后，要塞给两个中国儿童日本奶糖。日本人还想从孩子们口中套一些话，打听汇镇陷落前的情况。当欧洲人和他们胸挂方黑匣盒照相机的记者走后，过了一个多小时，灾难终于降临这个小镇和这个家。

日本兵开始对每家清剿。三个日本兵撞进月泉楼，他们用枪托和脚踢砸开底层楼道门。先是韩老爷听到叽里咕噜乱叫后，要下去查看，接着儿子韩冰跟在他身后，婆婆脚步慢些正行到楼梯转弯的平台。韩老爷以小镇名人自傲，上去阻止，日本兵也不去查汇镇志，上了刺刀就捅。老爷身体被赶上来的二儿子努力护住，但那刀刃也顺势偏移，老爷侧身还是被捅了。就在这推开的位置，那二儿子的胸膛就暴露在第二个日本兵的刀下，后面这个日本兵紧冲上前并刺过来。当父子两人倒下后，这两个日本兵没有直接取出刀刃，而是有意以人体为支点，双手撑着枪把，做撑跃的动作。

婆婆下到底层楼梯，看到这血腥场面，大脑"嗡"了一下，惊叫着要返回楼上，第三个没有得到表现的矮个日本兵，弃了手中长枪，一路小跑抓住婆婆，扒光了她的上衣，下裤褪去一半，然后……三个兵都轮番上过了。矮个子士兵感觉缺了什么，重新操起刺刀，对婆婆下身戳了进去。婆婆肢体流着血,她还想爬回上二楼,但血已枯竭。

日本兵用脚踢开堵在楼梯道上的婆婆,冲上二楼,搜查过二三间空房之后,进了蓝妹的产房。他们推开门,被一种奇异的现象镇住了。他们看到天空和床上飘着雪白的卫生纸片,就像他们本国富士山脚下的樱花一样,也像给这个极盛军国准备的葬旗。红色的马桶倾倒在木地板上,污渍像流动的火山熔岩一样,慢慢向门口流淌,怪味如硫磺一样刺鼻熏肺。六柱的雕花床上没有人,但在雕花床离北窗扇较远的一侧,床与墙角昏暗的空隙里,一件十分宽大的绯色散花云锦服挂在墙上,它像古代巨幅人影在风中轻轻拂动。

"是厉鬼!疯人!"三个日本人同时尖叫,在他们愣住还没来得及判断及动手的一刻,忽然,从空中坠落几发榴弹炮,其中一颗落在河斜对面的云锦坊上,那火焰迅速在空中再次腾起,古老的建筑在燃烧。

而另一颗就落在离蓝妹两丈远处,月泉楼屋顶开了一个大天窗,然后局部塌陷下来,它是一枚哑炮。蓝妹身体在宽大的云锦服装内,被哑炮掀起的粉尘覆盖住。三个日本兵吵着,怎么会有这样的哑榴弹炮?三个日本兵推推搡搡,转身赶着要下楼查看。此时,对面的街道已经响起冷枪。

一个青年男子,隐藏在街对面的建筑里。此时,他手上的自行车链条做的玩具枪已换成了乌黑的驳壳枪。冷枪从街对面的巷口射出,忽左忽右,在楼道上高个的日本兵应声倒下,矮个子日本兵跑到街口,虽然还了几枪,最后也被击毙。通过声音能听得出,打冷枪的地方有好几处。

蓝妹从倒塌的瓦砾中爬起,六柱的雕纹刻花的花梨木床依然坚固。她拍拍身上的硝烟与粉尘,重新包裹好生母留给自己的最后压箱之宝:掺着东厢房灶灰的四合院泥土,刚才她把这圣物也涂抹了自己一脸。然后,她掀开罩着自己的十分宽大的云锦服,这会儿孩子还显得特别安静,靠着蓝妹的胸乳睡着了。忽然,孩子嘴角轻轻抽动了一下。

这天夜里,借着月色,蓝妹带着孩子离开了汇镇,听说在逃难的路上,她把孩子遗留给了山村的农家人寄养,自己去海南参加娘子军了。

欣弟篇（下卷）

（十四）

记得那时早晨太阳还没有出，天东边的浮云，显出橘黄色。连着秦河上游北面水塘，那粉色的荷花正开着，有的荷花已结出小喇叭样的碧莲蓬子。终于，准备倒插门的女婿陈欣起床了。

梨园的棚户区就傍依在这水塘的南北两岸，这里的房子多为平房，用石料、青砖与毛竹混合搭建，住家户有几代都是梨园租地的佃农，也有新进的佃农。房子是人们根据人口膨胀需要，想在哪里搭个毛坯房就在哪里搭建。材料因地制宜，就简不就繁。

陈欣起来后，也不想着给老父亲端茶烧早饭，就学着富人家的子弟出去遛弯。当然他没有鸟笼，更没有扳指。汇镇大家子弟是吃饱饭的，他是饿肚子的。

梨园棚户区的图腾就是小松鼠精。据说，它经常会在梨园人危难的时候出现，并搭救梨园人的性命呢！听说，奕哥在与秦河西岸四合院一大家闺秀小姐（指蓝妹）同行时，在一次雷鸣电闪的暴风雨间，小松鼠精从雷电的轰击中搭救起他们，使他们从死神手中脱逃。这已被梨园人口口相传，更视为神化。

陈欣穿着带补丁的粗布蓝衣出了门。他身着的短褂衣是带补丁的，那是真穿旧磨破再加补丁的，而不像现代人为赶时髦，在成衣加工时就特意留有补丁。他刚走出自家小平房的门口，就听到有个声音在叫他："陈欣，陈欣，你看这是什么呀？"

　　陈欣循声望去，一个年龄跟他相仿，嘴巴有些歪斜，名叫郝加的童年玩伴在叫自己。郝加让陈欣朝他手指的地方看：陈欣就歪着脑袋朝郝加手指的一堵青砖墙上望，他发现了什么？他竟发现一个小松鼠画上被人为打了个叉。陈欣心里一跳，立刻紧张起来。他知道，这对于梨园人来说，就像当时民国人写：打倒在位总统这类标语性质是一样的。陈欣疯狂地沿着荷塘南北两岸平房前的灌浆路，兜圈来来回回跑，并喊着："有人污蔑图腾神了！有人污蔑图腾神了！"当他转了几个圈，重新回到出事地点，发现这里已聚集了很多人。忽然，有人揪住陈欣的耳朵。这人穿着黑色警服，戴着雪白的大盖帽，透出威严的杀气。陈欣忽然想：应该是梨园长老来调解此事，怎么会是管辖梨园的汇镇警局来人呢？高个警官像拎小狗一般揪住陈欣的耳朵，把陈欣的眼睛向前凑了凑，对准陈欣先前看到的被污染的所谓图腾说："你再仔细瞧瞧！"

　　陈奕一看傻了，那青砖墙上，用白粉笔写了"打倒金土豪"五个大字。金土豪是地区级集政、财、神一体势力很大的人物，那人名还被人恶狠狠地画了叉。陈欣还能感觉到自己要吃枪子了，他哭丧着脸说："这不是我干的，是郝加先发现的呀。"

　　陈欣的父亲惊恐着，一边穿衣一边跑出屋子。他昨天夜里才醉过酒，浑身还感觉飘浮着。父亲看到自己的儿子被警局的人揪住，心有些急了，他想：儿子刚定好倒插门时间，礼金才收了一半，如果被警局抓去，孩子倒插门不成还要人财两空的。老爷子还算机灵，急急说："愣着干吗呢，还不快去找邻居郝加呀！"

　　陈欣的布鞋在刚才的奔跑相告中，鞋面与鞋底脱了帮。他一瘸一拐地朝邻居郝加家的木门走去。

　　看热闹的人群又蜂拥挤到郝加的家门前。陈欣的老爸猛击郝加家的木门，似乎不敲散它不甘心。但那门却纹丝不动，只发出蚊蝇一样的回敬声。此时，郝加他爸身穿着背心和黑色大裤衩也出来了，他问明事情来龙去脉后，当即肯定地否认道："我的儿子连门也没出！"

陈欣脑袋"嗡"的一声，他感觉郝加一家不够意思，想：明明是郝加主动对自己指认的，做家长怎么能说他的儿子连门也没出呢？还是警官比较聪明，警官要家长请郝加儿子从房里出来，让当事双方来个对质。此时，陈欣又像打了强心针，振作精神提升起希望。

陈欣与郝加的目光对视着。当两个没有笑脸的目光对视，可能就意味着威逼或进攻。这已经完全没有在清晨时，两个人发现图腾被污染时，那种携手与好奇。郝加和他老子一样，穿着背心走出门。父子俩胆怯地斜视着荷枪实弹的警官。郝加说："我一直在家没出过门。"这句话，也是他那做爹的在临打开家门前，对儿子的反复叮嘱。

"你在说谎！"陈欣怒视着郝加，心底猛然生出仇恨。但他不理解，两个人之间存在的真实，只要其中有一个人有所否定，这真实就立刻烟消云散了。

罪犯在此，一切似乎已成定局，陈父对着儿子忽然在众多的邻居乡亲们面前跪下，他抱紧儿子的腿，抬头望着警官说："你是不是找反动派啊？"

陈欣眼前有些茫然，望望就要逃脱的郝加，他想：郝加也许是被另一个人引导，发现了那青砖墙上，用白粉笔写上的反动标语呢？陈欣抚摸着跪在自己膝下父亲的头，望着正要离开的郝加道："郝加！在我来之前，还有谁告诉你这儿写着标语的呀？"

对这句话，在警官看来是诱导否认犯罪事实。这同时，郝加摇摇头，他还是在说着我一直在家没出过家门这句老话。除了这句话郝加什么也不会说了。

陈父望望马上就要做上门女婿的儿子，他觉得自己一生都对不住儿子。陈欣的母亲是个漂亮的女人。当时陈爷还在，母亲嫁到陈家生了两个儿子陈奕与陈欣。当时陈家条件中等，祖辈一直靠租着别人的地过活。

大儿子陈奕被爷爷送去读过私塾，然后脱离家庭。爷爷为此一病不起，心气郁结归西。而到了陈父这辈持家，乡人认为他有一身的懒肉，田里的力气活他都不能做，还痴迷传销。汇镇上的老中医却诊断说：他是患上了一种奇怪的肌肉萎缩症。但他还能酗酒，喝过酒后会发脾气，乱打人。陈家的四间平房被人一间一间拆掉，划为邻家的宅地。陈家的媳妇就在风雨之夜出走他乡。

这时，陈父仰头望着儿子，现在他更感到全身的肌肉软得都不听他使唤，就像无脊椎软体动物一样。

陈父继续跪着，对在场的警官和乡民道："这并不是我儿干的，是我昨天喝醉了酒写的！"

此时，在场的警官很高兴地用手顶了大盖帽，白边的帽圈更显出一种紧张过后的愉快。他们终于又破获一起共产党组织的地下活动案件。还好，当时并没有如明清朝代满门抄斩的说法。陈欣还可以做他的倒插门女婿。

"但他并不识字呀！"围着的乡民指着陈父说，明显在为他开脱。

可民国警官好像没听见，用枪押着陈父走在梨园环绕水塘的灌浆路上。陈父此时已经不觉得痛苦和惊怕了。他是这样想：家庭从爷爷那辈已显败迹，小儿子陈欣从小就失去亲娘，大儿子陈奕走时被怀疑投革命党人，现杳无音信。如今父子竟靠着乡民施舍为生，他一生都对不起两个儿子，但这件事老子是值得去为儿子替罪的。他又想：也许自己到了警局，吃喝都不用愁呢。酒醒后的陈父，从施暴者的性情已转为逆来顺受的被害者的性情。总的来说，陈父似乎还是老实人。

父亲被戴上手铐，慢慢沿着绕水塘的环路行进。太阳壮丽地升起，周围的乡亲渐渐散去。押送者与被押送者一前一后地行走，只有儿子在后面尾随着。河塘北面与西面路段较为狭窄，没有住家与房屋。那路紧贴着水塘的矮埂子。人影倒映在平静如镜的水面。河塘中心大片的粉色荷花在开放。此时，父子俩都没有再挣扎和说明了。

忽然，陈父的腿一软，跌倒在地，顺势像软体动物一样滚落水塘中。经验丰富的民国警官判断陈父要畏罪潜逃。他们利落地端起枪托，开了枪。那就像猎枪打麻雀发出的声音，在太阳刚刚升起的空中回荡。

没有隆重的葬礼，陈欣一个人背着父亲，前往汇镇的西面、梨园的南面，那西山去了。

当时，陈欣并没有感到很深的悲哀，他觉得自己的父亲只是提前到了他该去的地方。他想起父亲年轻力壮时，自己还是四五岁，哥哥陈奕已经离家。当时，父亲肌肉萎缩症的病情还没怎么发展，还很有力气。他醉过酒后，竟无缘无故把母亲一阵打，并扒了她的衣服，让她坐在家门口示众。自己爬在母亲的大腿上，无形间帮助她遮羞，找回她那一点可怜的尊严。

天气很好，太阳突然从山头松林间的树梢跳跃出来，把北面的山林也照亮了。银色的阳光竟从天空扩展到整个幽暗的山谷。逝者都葬在一个山头，只是墓碑与坟头装饰是否豪华而已。陈欣在守墓老人帮助下，在自己爷爷坟边，又挖了个洞穴，平放好父亲的遗体。当他要回土时，他忽然觉得以后再也看不见老父了，而无论父亲生前做过什么对不起自己和母亲的地方，或者就是个败家子也好，然而，他给了自己生命，并在几小时之前，他用自己的生命换回他儿子的生命。想到这里，陈欣一阵心酸，终于他痛哭起来。

（十五）

陈欣葬完了父亲就到汇镇，到卫家做倒插门女婿了。因为原来事先讲好上门的时间，也就没什么忌日了。迎接他的是卫家老丈人，还有丈母娘。有点反传统的婚姻，再加上陈欣是戴孝上门的，一切都着实低调、简单。假如不特意打听，就连山墙相连的邻居也不太能知道的。

陈欣的媳妇是在两位老人出门后，才蹒跚着到卫宅的大门迎接陈欣。陈欣见到自己的媳妇很是吃惊：她脸蛋滚圆红润，眼睛也很大，穿着雪白的西式婚纱。但让陈欣感到揪心的是，他的媳妇走起路来一瘸一拐的，就像自己穿着面与底脱了帮的鞋时走路一样。媳妇一只脚踏出门槛时，还特拄着一个单拐，防止摔跤。陈欣真想再哭上一遍。他梦中的媳妇是穿着白衣的，但是健康的，是能和自己一起奔跑的。

婚后许多天，晚上陈欣没与妻子同床。白天，陈欣拿着竹鱼竿去秦河下游宽阔的江面钓鱼。这天，陈欣看着很晴朗的天气，拿着鱼竿鱼篓就要出门，岳父叫住了他，似乎是在恳求女婿，说："欣儿，我今天到营造厂去，给你跑工作，一起去吧！"

岳父原是镇营造厂的总设计师和总工，因身弱体病，已经辞去工作，靠曾经较为厚实的家底和一点顾问金生活。他希望女婿还能有所作为，但他还不知道：梨园家庭的孩子，并不都是有志向的。

陈欣没有回头，他现在穿着很好的白底蓝面的球鞋，身着蓝色的运动服。服装设计的样式已经有点像现在李宁的运动装。这在当时还有遗老留小辫子的汇镇，也算是够前卫的了。他径直朝秦河下游宽阔的河面奔去。

秦河的水出汇镇后，因为流经了良渚文化区域的大湖泊，就变得很宽阔。从烟波浩渺的湖面，驶出向东海的大货船，它吃水很深。船帮吃力地拍着微波粼粼的河面，艰难地劈开一条水路。但立刻，那后涌的水浪就把水面的痕迹抹平。而相对行驶去西部空载的货船则轻巧许多。空载船就如同海船一样浮出水面很高，大船底部的舵竟露出水面。那接近船帮的出水口快乐地向外喷着水柱，长长的水柱在阳光下反射着白光，水柱与天空的光柱上下辉映，构成秦河画卷富于跳跃的景致。

此时，陈欣找到他每天都在河畔草丛间垂钓的位置。他清楚地看见

有

一艘向西部行驶的空船。那货船的甲板，靠近船驾驶舱的位置，有一个身穿白色连衣裙的女孩子，正扶着舵盘，身体随着船行一起一伏的。她长长的发一直快拖到腰间，阳光照在她圆圆的脸庞还有胸部。陈欣真感觉到那女孩的外貌很像他的妻子，一阵心动的感觉油然而生。他记得，自己第一次到卫家的大门前，想着妻子卫萍站在大门口迎他时的样子，她那神情就如同此时一样。但空船上行驶得很快，很快就消失在上游的光雾之中。陈欣就这么立在河岸好一会儿。江风轻柔地吹拂。他很希望还能看到从同样的水道、同样的船只、同样相似的船舱里，依然会有一个白衣女孩在船甲板上伫立，但那情景在河面始终没有出现过。

陈欣习惯性地走向他的垂钓地。穿过一片比较阔的绿草坪，那有蝴蝶和蜻蜓在并不高的草叶间飞舞。江水拍打着堤岸，有约一米宽的土台阶，这里非常适合蹲点等候鱼儿上钩。这个土台阶原来是隐藏的，在河坝下的灌木草丛间。陈欣几经修整，竟成了他做倒插门女婿后最好的休闲逃避之所。他喜欢独自坐在土台子上，享受屁股下有柔软草垫的感觉。江帆随风顺流而下，各种鱼儿被迫挤压着至堤坝附近。江水荡漾，深绿色的水草在鱼竿的附近轻盈漫游。很好的阳光照在淡黄的江面，闪着像金子一样灿烂的光泽。他喜欢这样懒洋洋的生活。此刻，他拿着已经接长的钓鱼竿，并伸出一只脚慢慢地向前探。同时，他想到这垂钓惬意，脸上不觉闪出一丝淡淡的冷笑。这怪怪的笑，算是他对倒插门婚姻的一种报复吧。

他的脚尖忽然被一块嶙峋的怪石绊着。他没有深入思考眼前的顽石，也并没有简单顺势把它从土台踢到水里。因为他担心这棱角突兀的怪石一落水，会惊动河底鱼的世界，冲了鱼窝，让他今天两手空空。他于是用吃奶的劲，把怪石移到离此地十几米以外的地方。

一切准备就绪。陈欣坐在土台上，伸出长鱼竿。当他正安静地等候鱼儿上钩的时候，岸边的草坪由远而近传来了嘈杂声。一个很粗暴的声音在叫："这是我的地盘，怪石是你移的？"

陈欣回头，因为逆光，他只能看到有两个人影的轮廓。一个很清楚，他就是死了也不会忘记，是邻居郝加，还有一个是头戴瓜皮帽的人。陈欣不知道郝加怎么到了汇镇和豪门子弟攀上了。但他觉得这是可笑的：一块怪石，就能当作人，替代人，在豆腐铺和米店前排队时是有这么个情况，但在这河岸的垂钓场，还想用这种方式据为己有？陈欣并不打算让位，他没有移动身体。但当瓜皮帽站在他的身后，用脚踢到他弓起的脊背时，他才勉强地放下鱼竿站起，郝加简单地向瓜皮帽介绍陈欣。当听到陈欣要做本镇的上门女婿时，瓜皮帽嗤之以鼻地"哼"了一声。陈欣想解释说明两件事：一件是上门女婿，一件是垂钓摊位。但瓜皮帽并不等对方开口解释什么，很熟练地把头竟埋在陈欣并不结实的胸前，并强顶住陈欣胸口心脏的部位。然后，西瓜皮帽人顺势把双手并拢，向上做成挺举的姿势，两个平行的大膀子护住头部，两只手臂就刚好能触碰到陈欣的眼鼻。陈欣被瓜皮帽顶着想退后身体，但身后不远就是很深的河道。当陈欣正不知所措的时候，雨点一般的拳头，就砸向陈欣的脸颊和眼鼻。这拳头的食指就套着陈欣羡慕的白玉扳指。迅疾的拳法，让陈欣并无还手机会。两人原地扭在一块时，双方还互为轴心旋转着。终于，陈欣放弃了很好的鱼竿和窝点。陈欣鼻子里面淌着鲜血，蓝色运动服沾满了河泥，眼睛与脸显现蛤蟆青一样的颜色。郝加在笑。陈欣灰溜溜地朝老丈人家方向跑。

陈欣感觉左眼和脸颊随着心脏狂跳，并且导向全身一阵阵疼痛。他在暗地里骂着瓜皮帽，和曾经玩得很好但已经背叛他的郝加，却也没什么好的办法。当他回老丈人家路过镇营造厂的大门时，他呆立了一会儿。这营造厂内部像个园林。大门像一个小宫殿门的模样，是琉璃瓦的飞檐。两个公母配对的石狮，威严地守着朱红的门扇。陈欣记起自己小时候，父亲身体还健康的时候，也在里面做过临时工。那时，他们家也有一阵快乐的时光呢。父亲的钱全交给母亲，后来父亲犯了肌肉萎缩症，脾气暴躁。

此时，从营造厂对面走来一支队伍，前面是敲着紫锣红鼓的迎宾队，她们多为妇女。红衣的裙袖，黄绶的飘带在早晨的风中随着锣响鼓震而舞动。抗战胜利的国民军，为收复汇镇出了力，流了血。他们正骄傲地跟着迎宾队伍，接受爱戴他们的镇民夹道欢迎。这时军号也随即响起，像悠长的小号，响彻在秦河无边的旷野。兵士们肩扛的枪擦得乌黑发亮。当后面跟着的伤残部队上来，行进到陈欣身边时，几个老大妈上前热心地搀住陈欣的胳膊，说："小兄弟，受苦了！"随即送上热腾腾的米粥。

陈欣一方面感到盛情难却的无可奈何，一方面感到一种说不出来的恐慌。他知道眼前的国民队伍是从前线来的，但并不知道士兵们还要走向什么地方。一个同郝加长像极为相似的小军官，拉着陈欣，想带他朝他老丈人家相反的方向走，并递上一件新洗的军服。陈欣忽然想到，这不是拉他做壮丁吗？他不知道这批队伍枪口要转到哪个方向，也不清楚这批队伍要再和谁打仗。陈欣一下清楚了自己心情恐慌的原因。他拔腿就在小镇青石板路上狂奔起来，所有街道、人影都向他的身后倾倒。小镇的青石板路面，不时有几处深陷的洼槽和松动的道板砖，这让陈欣踉跄，并险些让他栽倒在地上，但他不顾了。几个闲散游民，看见脸上青紫狂奔的年轻人，开玩笑地大叫："抓贼了！"于是，有见义勇为者就跟在陈欣的身后追赶。就如同百米赛跑的冲刺，一切与命运休戚相关。

陈欣时而在街面成片的人流中忽左忽右曲折地奔跑，时而在只能通行一个人的狭窄巷子直线穿梭。小巷幽深，蓝天高远，如两条细线向遥远的青山交汇。他终于奔行到河岸长长的木廊道上。两排木柱延绵，向遥远处黑暗的一点慢慢收紧。幸好陈欣后面只有一路追兵，前面堵截他的人还不存在。这时，陈欣觉得人要有个栖身之所是多么重要的事情。

他忽然感到，在这汇镇，他再也不可能有什么闲荡的地方了。就这样，他终于钻入老丈人家的宅门

（十六）

陈欣进卫家门的时候，发现卫家极为肃穆。香案上摆着红色的蜡烛。客房对着大门的中央墙壁上，挂起巨幅的明朝卫家宗祖的画像。卫祖安详地坐在太师椅子上，细眼长眉冷静地望着大厅和他的后人。画卷随着画轴垂挂下来，但画轴内好像还有没展示完的故事，精工细笔的人像画两边还有对联。陈欣虽不太懂文言，但他曾在梨园水塘畔的小亭子听过《三国演义》等一些评书。有时说书人会在白板上用墨炭笔涂鸦两笔。陈欣大概猜测出左边一半对联是赞卫家功绩，而右边一半是贺子孙满堂，画顶部烫金的横匾则是"光宗耀祖"四个字。阳光宁静，从北面半开的窗扇照进并不很大的厅堂，一股股光线或橙或黄，奇丽而静美。香案下的朱红方桌，还有厅中央两侧如纵向队列一般的二排四椅，也显出庄严。陈欣想起原先住在自己家里，那是父亲所租住的茅屋。家中也曾在清明时祭过祖，那只是在屋外墙角找个位置，匆匆烧烧纸钱而已。

卫家父母与女儿卫萍正站在香案前祭拜自己的祖先。陈欣看到三人每人慢慢举起一炷香。此时已经点燃的香柱在案前烟雾缭绕，人仿佛一下进入深邃和迷离的境界。而就在此刻，陈欣蹒跚的脚步和沉重的身体，撞在卫家半开的结实的门扇上。卫家三人惊回头，看见鼻青眼肿的陈欣。岳父脸上显现惊讶之后，他的头脑被一种想象中更庄严古老仪式的场景所控制，他对已经奔跑得浑身无力的陈欣说："无大碍吧！"口语像慰问也像是肯定。

此时，岳父没有进一步询问与关切的意思了。而丈母娘想离身查验一下女婿伤势，并想问清楚缘由，但被老丈人一把拉住袖口。老丈人的

眼睛带着坚定与恳求，希望把整个祭拜仪式完成。此时，卫萍正在自己父亲的右边，陈欣就靠在右门框上。卫萍离老公较近，她毅然推开自己腋下的单拐，利用一只好腿脚产生的向后的力量，加上手掌撑力所形成的冲劲，在木桌与木椅间向前跌行，然后猛扑到陈欣面前。而此时的陈欣，也多么需要精神上的安慰呢。卫萍一只手吃力地扶着门框，以支撑自己残疾身体的全部重量，另一只手从怀里掏出手绢，轻轻给陈欣擦拭，从那眼上青紫的部位到鼻孔附近已经凝结的血块。卫家的祭拜仍在进行，此时分不清是卫萍搀扶着自己受伤的老公，还是陈欣扶助自己残疾的妻子，他俩一起进了厅堂旁的里间。

这时，卫家厅堂祭拜的活动，如汇镇的千家万户一样，正在举行。陈欣躺在里屋的婚床，他感到头有点眩晕，脸上青肿的部位依然阵痛。屋内的窗扇并未完全合上，陈欣眼睛微闭。窗外的树影模模糊糊，有时竟像青色的山影在水中移动。卫萍几乎跪在床前，手里拿着白如雪的棉签，蘸着酒从脸到脚给陈欣擦拭身体的污垢。此时，陈欣感觉到自己还从未碰过的妻子呼吸轻缓，她丰满的胸部在自己眼前起伏不定。陈欣感到自己就像在劈波斩浪的江船上。妻子穿着白色连衣裙，她很像清晨自己在江岸看到的那个江船上的白衣天使呢。当卫萍擦拭他的下肢时，陈欣不知从哪儿传导来一股力量，他恢复了一些体力。他猛地抱住妻子的前胸，搂紧她的后背。床帮部位发出"吱呀呀"响动。陈欣感到柔软又结实的丰乳在怀里轻轻颤动。他俩婚后就这样第一次结合了。

汇镇祭祖的标准仪式很长，似乎要穿过地下千年的古老墓道一样。

陈欣这时饿了，他不断用血腥气未褪的鼻子，嗅着从厨房里传来的饭菜香味。很多事情在他这一代已经脱节，两个人根本就不会往深层次考虑。卫萍吃力地撑着墙，并以墙作拐，把厨房里两样菜端到陈欣的枕旁。看到陈欣狼吞虎咽的样子，卫萍感到欣慰。像貌与腰肢决定当时汇镇女性对异性追求的高度，可卫萍这一生想法就比较简单：只要有人能娶她爱她就行。

那盘中的鱼只剩下一副骨架，但它白如珍珠的眼珠还这么静静望着你。它就像刚从秦河里打捞上来，在脱水后不能动弹，还有一些求生的基本想法一样；那碗中的野猪蹄只剩下一副骨头，它似乎还想恢复曾经附着在上面的肌肉和脚皮，还想在旷野间寻觅与奔跑，哪怕脚下的大地是垃圾或坟场，但那生命的欲望还在。

吃完饭，陈欣和卫萍又开始相拥相依，用肉体的相触，弥补各自心灵的创伤与孤寂。这时厅房内传来母亲的呼唤："萍儿，把祭祀用的鱼儿与猪蹄拿到香案来。"

里屋静静的并没有回答，接着是父亲同样的催促。

陈欣和卫萍有些紧张起来，身体迅速分开。陈欣看着卫萍慢慢梳理着长长的被自己抓乱的头发。然后，卫萍把盘子架在碗上，缓缓地依然用一只手撑着墙，一只手托着碗盘走入厅房。陈欣想帮她，但是卫萍拒绝了，她仿佛是在跟丈夫说："一切都让我承受了吧！"

陈欣的岳父母显然极为惊讶，他们都想狠命地斥责女儿一番，但看看女婿青紫的脸，还有女儿没有理好的蓬头乱发，心里发出最深沉的吼叫：真是养了个小祖宗，又供了一个小祖宗啊！

卫萍理解父母意思，是随俗还是认错，她自己已经说不清了。但她十分吃力地双膝跪在卫祖的画像前，那只残缩的右腿在青砖地板上微微颤抖着。陈欣心里一阵怜悯，此时，他并不感觉卫萍那伤残的腿是一种残疾。他现在感到，那痛苦与伤残就是自身的一部分，他缓慢对着卫家的祖先跪下双膝。这时，陈欣心里却被一种强烈的屈辱感抓住，他觉得如果自己家境好，他应该在自己家里（就是茅屋寒舍）结婚，并在婚后的今天，在自家的厅堂，带着自己的妻子，同汇镇人一齐拜祭自己的祖先，应该是自己的父母陪在身旁。这时，陈欣腿脚还坚挺着，结果他用恕罪般的思想，还是让自己的膝盖弯曲，并触到冰冷的青砖板地面。

陈欣随着卫萍叩首三次，岳父母也陪着儿女们再次叩拜。当庄重的礼仪结束时，已显苍老的岳父感激地望着女婿，并搀扶起年轻人的膀子。此时，陈欣发现香案上，比他刚进门时除了又增加了几炷香烛之外，还多出一组如玉圭式样的竹制牌位。其中有一尊就刻有自己父母的姓氏名字。陈欣长长松了一口气，他感觉心里舒缓很多。

傍晚的时候，家里来了客人。他是营造厂与岳父共事的同事，叫林坯。岳父并不特意回避陈欣见客了，相反他似乎有意培养女婿懂得人情世故了。三个男人在大厅中央就座，岳母端来茶具。岳父还向这位同事介绍："这是我的女婿，"并有意隐去"上门"这刺激陈欣之词。岳父介绍道：陈欣是自己姐夫弟弟家的孩子。那姐夫因参加北伐而英年早逝了。陈欣这才知道自己生父与岳父之间还有这层关系的。

客人林坯穿着中山装端坐靠椅上，并解开风纪扣，不时用手搓搓脖子，把皮肤屑揉捏成一小团丢在地上。他慷慨陈词时有些结巴。早年他在营造厂忽而倾向中统，忽而倾向军统，而陈欣岳父卫显是无党无派的。林坯曾不断与卫显斗，至于最终目的，本质就是争总工程师的地位和争薪水。当底下一层的人对自己不构成威胁，而更高层次的人够不着，这两方并不形成争斗的对象，营造厂也只有卫显充当他生存竞争的对手了。现在卫显或因年龄，或因健康退下了，大家都充满善意了。

林坯向卫显及上门女婿透露出让人意想不到的两个消息：一是梨园二流子郝加，经豪门介绍，进营造厂做工，自然是做底层小工；二是营造厂连顾问这一闲职，也不聘用卫显了。林坯希望过两天在卫老觉得方便的时候，向自己移交全部技术档案资料。林坯临离开卫家时，他还提出一个神秘的在卫老看来是哲学问题，他问："卫老，你设计了那么多优秀的园林和建筑，究竟有没有一试百成的诀窍？"

卫老觉得好奇怪，他曾师承詹天佑，而一些人总喜欢找诀窍，并想用这一种窍门控制万物与约束人，真有些可笑。这种想讨窍门的人与卫老扎实的学风相比，是因为人的性情各有不同呢？还是与后期教育有关呢？卫老不清楚，他暗想：世间要是有这等巧门，掌握了就能做出成千上万种好的设计，自己早就传给儿女了。但林坯一直认为卫老是在有意隐藏技术。

面对郝加的就职，陈欣心里酸溜溜的，他想："郝加也能有工作？"

林坯辞行，他站在卫家的大门口时，还望着陈欣，叮嘱卫老，说："只是最后一次机会了，别让女婿在外溜达了，趁这次告老还乡（卸职），向老板提出让女婿顶职作为交换条件吧，过了这村以后也没这店了。"

卫老扶扶深度近视眼镜，他的视力已经微弱，满眼通红。他想自己一辈子没求过人，都是和人一般高的。终于，他临老退职，还要向人低三下四求情办事，他心里很痛苦！

（十七）

陈欣随岳父去营造厂那天清晨，一直没看到日出，头顶天空淡蓝，显得十分高而远。汇镇的街道上还没什么人，小青瓦的檐口钩在黑砖墙角上，像能延伸到遥远地方的空中轨道似的。东方的云沿着天际先铺成长长的一片，并镶嵌着橘黄色的金边。随着隐藏在云层身后太阳的升起，那条镶金边似青纱云的帷幕也慢慢向人头顶延展过来。

妻子卫萍艰难地拄着单拐，送陈欣一直到大门外不说，还坚持再走几个巷口才肯回。卫萍知道丈夫要到外面的世界了，她心里从昨晚就开始有一种不安的感觉，她竟然梦见自己是双胞胎，自己是姐姐（反梦：实际应为小妹），而另一个胞妹腿脚却很灵活。她俩在一个奇形怪状的洞穴中抢着一个男人，当这个男人膀子被拉断之后，胞妹忽然也松了手，她自己竟跌倒在地，而陈欣被剥离的肩膀却没有流血，他脸上还露出淡淡的笑容。

小夫妻就要别离的时候，卫萍忽然丢了单拐，猛倒在陈欣怀里嗓子哽咽着说："我不让你走！"

老岳父有些生气，终于说了句："萍，闹什么闹！"

婿岳俩并没有叫黄包车。过去在营造厂上班的时候，陈欣的岳父每天都叫黄包车的。岳父时而身穿马褂、时而身穿中山装，他带着让镇民羡慕的眼神。他将脚跨进人力车落地的扶手圈把中，然后，踏上车架的踏板。当人坐在黄包车里，头都比站立行走的街民高。清晨阳光喷薄万丈，黄包车奔跑时清脆的铃响起，打破宁静的街巷。家里到营造厂徒步也就十五分钟，这份享受与优越感让人觉得有些痴迷。但今天岳父要完全退出职场，他已感到手头的拮据，他努力要为日后的生活多留一些，以防深不可测的未来。所以卫老思考良久，终于带着女婿选择徒步去营造厂交接工作项目了。

陈欣在街上，已经看见镂空雕花的围墙，那墙的开口就是营造厂大门。进厂门右首，是仿制法兰西的小埃菲尔铁塔，这用于军事通信兼瞭望的钢结构建筑，有十几米高；进厂门左首，是苏州园林式样的办公区，由飞檐的小楼、红柱的六角亭、曲折的廊道等小建筑群组成；正大门中央的花池，被一汪浮萍绿水充盈着，嶙峋的假山怪异地从水中突起，那附着于山石黝黑的洞体，像人的眼睛一样，好像监视着进出营造厂的人。水池边有如乱发一样的杂草略显营造厂的萧条。日夜看守小门房的保安直接放了熟人卫老先生，盘查了迟迟蹒跚跟上来的陈欣。保安恪尽职守，处处提防讨薪的临时工混入厂部。一个与陈欣妻子穿着打扮相仿的白衣女与陈欣擦肩而过，白衣女停顿了一下，然后好像有急事在身，便匆匆出了厂门。卫老先生与那白衣女都愣了一下，老先生显出一丝尴尬的神情。

进总工办公室的时候，林坯早已等候多时了。并且很奇怪的是，业务交接现场还站着一个保安，大家都不知保安隶属中统还是军统。陈欣看着老丈人在他自己的资料柜前站了很久。橱柜玻璃能隐约显出人的影像，卫老忽然发现自己苍老许多，曾经师承下来的各种救民富乡的理念，如今都烟消云散了。卫老一边用颤抖的手把档案资料摆在地上摞着，一边用毛笔誊写成蝇头小楷字，他把内容记录在泛黄的纸上。当技术档案袋码了两垛都与卫老人一样高时，他才把深度老花镜从眼与纸张的空隙间移开，最后说："好了!"

林坯认为这并没有交接好，他觉得卫老还有所隐瞒，比如说汇镇西山那全部的地形地貌图、那待建陵园的设计图。但卫老觉得很冤屈，他身边一直没留地形图。他清楚地记得自己曾看过一次，然后又还给林坯了。但卫老碍于面子，不愿意硬指点林坯的记性差。卫老头卜冒着冷汗，说："我们一起寻找!"但林坯却懒得回自己办公室看一下。至于陵园的设计，卫老当时只在脑中过了几遍，也没成稿。除了汇镇的无梁殿，其他卫老连草稿也没来得及画呢。

可时隔不久，汇镇军统和中统的值班室，就都接到营造厂保安的报警，说：营造厂出大事了，一份图纸找不到了。这建筑用的地形图，就像当时一般人理解的商用"藏宝图"或军事"联络图"一样，它丢失了性质是严重的。陈欣的岳父看着军警来了，他们荷枪实弹，并包围了整个厂部办公小楼。卫老一下精神恍惚起来，他清晰的记忆愈加模糊起来，自己竟不能确定地形图看过后，是收起来摆在什么地方了？还是交还给林坯了？

陈欣帮着老岳父重新拆开两垛码有一人多高的档案袋，就像在巨大的森林间一片片数着秋天无尽的落叶一样。他俩自早晨到日落，从山脚到峰顶数尽那最后一片叶子，但始终没有找到神秘的图册。岳父知道他已经退职，是不能再找其他的职员，让他们在各自的办公桌搜寻一遍的。他此时有些绝望，向军警毫无表情招呼，走向铁塔的花岗岩基座。他记得自己曾拿到营造厂瞭望塔平台上展开过，并在高处俯瞰过，还亲自对着汇镇和西山比画过，后来的事情他就记不清了。卫老踏上铁塔的梯台，这时并没有人阻拦，人们以为他在寻找丢失与失落。他上了法兰西的小埃菲尔铁塔顶端。法兰西那是他曾留学的地方啊！他不让女婿陈欣上来，开始岳父是想通过重复曾经阅览图纸的路径，努力回忆什么……

汇镇的天空阴沉。早晨丝状的云层慢慢铺展开，触碰到苍穹圆形的地平线。偶尔，那淡墨色的云层裂出连环状天青色的孔洞，万道橘光从寰宇投射到朦胧的小镇，还有秦河与西山构成的广阔的原野，又怎能不让人联想到天堂真的很美，而人间的一切反倒像是天堂的影子似的。当淡墨色的云一下盖住天光，卫老忽然感到人世间的沧桑与凄凉。人的思想有时竟这样脆弱。曾经少年时代踌躇满志、一腔热血的岳老，快到晚年时，忽然在小埃菲尔铁塔平台上消失了，而这铁塔也是他主持兴建的。他的魂灵已超然解脱到灿烂无比的深青色的云层之上……

陈欣临时拿来附近的芦席轻盖在岳父身上，他凝视一下侧靠在地上的脸，猛然间他想起自己父亲的样子，两位父亲的影子在他脑海中闪现与比较着，他感到心里莫名的恐慌。他此时也想到卫萍与她的母亲，她们一会儿就要赶来，陈欣不知怎样表述刚才发生的事情。

这时，卫老的同事林坏也靠过来，看看已停止呼吸的卫老，脸上显出可惜的神情。但此刻他脑子像被电击了一下，一种沉睡已久的记忆忽然被唤醒。他小跑回自己的办公桌前，把所有抽屉都卸了下来，把手伸向黑洞洞似乎无底的空间努力摸索，而地形图册就安静地蜷缩在抽屉架最深处的底部。林坏对这次发现最终选择了沉默。

陈欣的岳母和卫萍，她们是被几个好心的大妈大婶搀着，来到出事现场的。母女俩面对着卫老尸骨失声痛哭。岳母时不时要抽身，伸着头对着铁塔下的四个花岗岩基座冲去，要陪丈夫一起殉葬。街坊四邻吃力地劝拉，竟然把卫母的衣裤都扯坏了，并露出青紫色皮肉。卫萍一边哭一边拼死抱住母亲的小腿，想不让它移动。军警固定排成小方队不动，护住坚硬的石基，意在保护要寻短见妇人的脑袋，还是要保护坚硬花岗岩石基不让其被滋事者污染，着实有些让人费解，他们也同时看到女人露出的青紫色肉体。陈欣慢慢走到岳母面前，声音轻而恳切道："妈，相信我，我会给爸厚葬的"。

这话刚出口，陈欣忽然愣了一下，他自己都不知这爸妈两字此时说出来是这样自然顺畅，陈欣忽然感到自己一下从懵懂状态变得通晓人情世故起来，好像是心灵经过一幕幕悲剧洗礼过后，发生了一场剧烈的突变。而他的岳母也一下安静下来。岳母用那似乎在几十分钟内就变得很苍老的脸庞，吃惊却有些信任地看着女婿，她的乱发在风中飘动。这比神医的安抚和众人的劝拉要灵验许多倍。

"营造厂朱老板已经同意你顶替岳父打工，但从最基层干起。"林坯走过来贴近陈欣，带着对逝者家属的抚慰道。

陈欣望着在微风中坚强挺立的小埃菲尔铁塔。云雾时浓时淡地南移，像徐悲鸿先生的骏马图镶在空中似的，成百上千匹骏马复活着，在通向更广阔云海的天道上奔腾。陈欣感觉，他一下欠了老丈人许多许多，并形成一种强大的压力积蓄在胸口，让他透不过气来。

当陈欣从镇上殡葬小店叫来一口棺木，岳母的表情一下从痛苦中略略有些舒缓。几天的祭祀活动由殡葬小店策划，它的形式却有些让人无法接受，它带"冲喜"的味道。祭台就安排在卫家沿街的大门口，并用白布圈起临时戏台。演出活动开场是先用唢呐奏起哀乐，然后是社戏。推演的节目多像北方的二人转似的。说唱的腔调，则带着吴侬软语与京腔曲调的混搭。街坊邻里在哀乐四起时，就早早聚集在卫家的门口了，目的却是在等着观看男扮女，女扮男，公公与媳妇打情骂俏的节目。

终于，事发后第三天，陈欣在西山坟场，离自己父亲的坟墓不远处，也葬了岳父。

（十八）

在营造厂打工的第一天，陈欣竟没有像他的父辈，或者干脆地说像他岳父生前一样，趾高气扬地去建造优美的苏式园林、去修筑能翻山越岭的彩虹桥梁，干这样一些能传世流芳的工程，而是直接去了正在修修补补着的，那从秦河码头到西山墓场区的一段道路工地。这道路坑坑洼洼，在北伐与抗日战争中被战火中的弹片不断炮轰，已变得满目疮痍。

这天的太阳不再像许多月以前，那样惨烈地照着秦河南岸的战场，那曾是中国和日本军队争夺秦河水道的战场。枪弹与刺刀在阳光下旋转，士兵们互相绞杀着肉体。然后，是流淌的鲜血，汇集进入秦河的水道，染得河水与天空刚升起的太阳一样红，并连成了一片。那天，双方各自几个团的兵力拼杀得只剩几个营。这局部战斗鏖战正急，还没有分出胜负，只有尸横遍野。杀红眼的残余士兵就像斗红了眼的疯牛一般，准备再次肉搏。但此刻，兵士又都听到了这旷野上，发出的另一个声音。它是用高音喇叭传送过来，那日本天皇无条件投降的声音。双方正在交战，日军放下了枪与刺刀，他们哭了，有人剖了腹。但中国军队此时没有笑，活着的战士默默收拾着自己同伴的遗体，将其抬到秦河南岸的西山掩埋。烈士下葬时，有的连包裹身体的芦席都没有，更谈不上棺木。除了生前磨损、烧烤的一身戎装外，随葬的只有镶入体内的弹片了。

太阳从东方青色的云中跳出，橘光照着正在被人修整的灌浆路上。陈欣和营造厂其他劳工一样挥着大铁锹，他与郝加，还有一位名叫葛慊的工人作为一组，共同翻拌石灰土。这灰土就是将公路周围松软的原土翻出，与石灰充分拌和后，感觉就像用大锹和面一样，再填回到原地，再经过人工夯筑，或车辆自然碾压，这路基就会变得平整坚硬。这一组的三个人身后有监工和质量检验员，做活自然是怠慢不得。

葛慊并没有读过书，但前额却是光秃秃的，他也没有职位，连小工头也不是。葛依仗着与营造厂老板是表亲脾气大得很。

青色而怪异的天空，太阳的光线则始终透过那薄薄的青雾，照着与秦河堤岸平行的道路。路旁的水杉树高大而挺拔。其间虽有几株经战火摧残的枝叶，就像提早入秋一般。整体望去，却如翡翠间夹着金黄的色泽，让人痴迷与心醉。两排树林间，褐色的土地与青色的天空，最终在很远的地方交汇一点。这就像一幅透视感极强的油画展现眼前。陈欣、葛慊与郝加望着眼前没有尽头的道路，都感到那修路的时间是远远大于自己生命长度的。忽然，在他们三人的身后，响起运送石灰马车的铃声和鞭声。那清脆的响鞭把凝结的空气变得活跃起来。驾驶马车的李马车夫因为不属于苦脏累的工种，在当时还算是有技术含量的活呢！他高扬马鞭的同时，嘴里却持续不干不净地骂着人。李马车夫对挡住车道的陈欣他们三个小工喊："快滚开，瞎了眼，马车来了！"

不就是一个拉石灰的马车夫吗？李马车夫在车前凳上坐着，摇晃着脑袋，趾高气扬的，就像他的车上面坐了皇上一样。三个人都有这样的想法。

陈欣与郝加都没有吱声，只有葛慊忽然拍拍自己发亮的脑门，算是壮了胆，他知道李马车夫是营造厂朱老板的亲信，有点像现在领导干部的小车司机的地位。但葛觉得自己说到底与老板是同村的表亲、老乡。他在壮过胆后回首侧身骂道："呸！你算个什么东西，不就是一介车夫！"然后，他高扬起手中的铁锹，佯装做着要进攻砸车轮的样子。

当拉石灰的马车驶过侧立路旁已让开道的三个小工，李马车夫一惊忙侧头，庄严地敬了个军礼说："对不起，是葛二厂长呀！"

这在旁人看来本好像是一句讥讽的话，但葛慊却很得意，很满足。而陈欣自然而然注意到李马车夫右首边，还坐着一位披蓑衣的女孩子。这种注意开始并没有什么很特别，就像男人喜欢多看美女养眼，女人喜欢多看俊男寻觅愉悦一样。但这女孩子看见车上车下的人在斗嘴，立马愤愤脱掉蓑衣，展露出贴身穿着的高贵绸缎白连衣裙。女孩子想拉住马缰绳欲说什么的，她的身体特别是两对胸乳，随着马车的颠簸而抖动。还有，她脖颈间黄金项链闪着光泽。随着这情景展现，让陈欣竟吓了一跳，随风飘逸的白衣女！他竟幻觉出是自己妻子乘车到来，想：难道是妻子不放心？第一天查他上班的岗吗？但这女孩子脸是圆胖胖的，比自己妻子脸色要红润得多，妻子也没有项链。此时，当女孩子注意到陈欣时，心也不由自主地慌乱地跳，暗自想道："是一个新来的小白脸吧！"然后，嘴上情不自禁喊："小白脸！"

陈欣想起了，他随着岳父进厂交接工作时，在营造厂门口遇到的女孩子，就是现在的朱丽。

葛慊似乎也很会观察，也很会从眼前所碰到的男女眉来眼去之事幻想与扩展开去。他歪着头，站在陈欣的身后竟咧着嘴笑，那嘴咧到极限时，就和郝加笑的面部表情是一样的。这会儿他真不愧是郝加的师傅了，师徒两个脸部肌肉的拉伸角度，竟然也如出一辙。当马车跑远之后，扬尘在阳光下变成橘色的粉雾。望着消失在尘雾中马车的影子，葛慊神秘道："这是朱老板的千金呢！"同时，这位朱厂长的老表亲终于明白，今天这位拉石灰的马车夫，他刚才的态度为什么如此蛮横了。原来真有格格在此！葛慊也庆幸自己是有先见之明的，没有贸然挥锹出手惹出杀身之祸。

陈欣知道自己的肤色有些怪异，他的皮肤是有些和正常人不大一样的。一般人肤色都是愈晒愈黑，若从事体力劳动，一个酷暑晒下来，就像从非洲大草原回来的人。而陈欣的皮肤则是愈晒愈白，一个夏季下来，他的肤色白净如雪，比保养好的闺房小姐肤色都漂亮。那是让每个要嫁女儿、想做丈母娘的老太太都欢喜的肤色。但葛慊有儿没女，他不管这些，他看见陈欣挥大铁锹的姿势就气不打一处来，加上刚才被李马车夫折腾了一下，他内分泌激素一下亢奋起来。葛慊觉得陈欣这小子，挥锹的姿势不像在干活。这小子倒像是营造厂或汇镇上的头头。那头头们在给新开工程剪彩时，为项目纪念碑奠基培土，腿脚直挺挺的，身体礼节性地弯曲。葛慊嘴上喷着唾沫，一把冲向陈欣，道："呸！有你这么挥锹的吗？看我的！"他一边说，一边做着示范，脸上带着神秘，仿佛在传授一项很高深的技艺。葛慊师傅眨眨眼睛，示意郝加让开，或干脆临时离开，然后道："是左脚前弓，右脚后蹬，左脚要像蟋蟀的后大腿，手膀子要抢锹把，用力甩开，这轻巧不？"他边说着，边不时擦擦额头上的粒粒汗珠，接着又把唾沫星喷溅陈欣一脸！

陈欣通过落入自己眼角与鼻嘴的飞沫，清晰闻到葛慊口腔的异味，但陈欣强压住心里的不快，脸上表情故作平静，并深深吸一口气，好像要让自己努力记住这怪味似的。

葛慊发现陈欣接受能力很快。此时的陈欣左脚弓，右脚蹬，手里抢着铁锹棒，就如同持着岳飞家的长矛大枪似的。见此情景，葛慊马上把上身短布衫扯开，露出古铜色的胸膛，逼向陈欣道："我能做你师傅不？我能做你师傅不？"

陈欣呆愣地站在水杉林护住的道上，此时，他又想起自己寄人篱下的事情：在秦河岸边垂钓时被人殴打；对异姓家族祖先下跪；还有在一场莫名其妙的图腾事件中被人陷害，以至老父竟赔了性命。突然，原野刮起一阵小旋风，这风窜入绿色的围屏。陈欣感觉自己被这旋转拎起来了似的。他用铁锹把强撑着地，努力让轻飘的身体保持一种平衡。他将口中自然生成的，那一股口水与痰的混合物深深咽下，就像咽下一块很难闻的腐肉似的。但他表面忽然显出快乐的表情，道："师傅！"

接着，陈欣就要下跪，拜行大礼。但葛师傅却捏住陈欣手臂的肉，道："要等等的，要等等的，晚上我们喝拜师酒，还要再看你的能耐呢！"

陈欣终于明白了，言下之意他现在就跪拜还没有资格呢。真是又一个不是冤家不聚头，郝加咧嘴大笑着，他在小镇的江湖上混过，知道尽管陈欣岁数比他大，但自己先拜了葛慷为师，那陈欣自然就是他的师弟，以后就有人能给他像当作丫鬟一样使唤呢！陈欣想："郝加嘴歪不是疾病，而是因为一次恶作剧，开心迎着风笑歪的，最后用了针灸也没纠正过来。"陈欣继续想："他如果还不注意，以后可能会歪得更厉害。"

有些汇镇人的世界好像就是酒的世界，特别是有的男人酒水要伴他一生的。满月酒、生日酒、节日酒、谢师酒、婚庆酒、关系酒、庆功酒……而无酒是不成席的，无酒也不成友的。豪门的下酒菜是山珍海味，而梨园人的下酒菜则是花生和萝卜头。

这天下工后，三个小工围坐在用木料拼接支起的小桌凳前，对酒当歌了。

（十九）

傍晚的天空，青云叠嶂，高远的云层像薄纱一样凝然不动；而那略低一些的云则像印在平静水面的油彩，慢慢晕染开去，形成山峰或险谷的浮雕；而最低的云朵仿佛要贴到旷野上远方的树梢上，或如蛟龙或如舞狮，急急奔向在霞雾间有着万道迷幻光束的西方。那光的源头，其间仿佛有寺有庙，并似乎能听到美轮美奂悠荡的钟声。

就在这迷幻的晚霞中，葛慷从附近农家小店中买了两瓶二锅头白酒、花生与卤干，还有一小盘猪头肉。他有序地把下酒菜摆在案桌上。那小碗猪头肉是靠近师傅眼前摆着的。三个人喝酒的酒具就是三个黑釉陶碗。碗内的釉面则是淡蓝色，带着冰裂纹的花饰。陈欣看着满碗的酒，心里开始恐慌起来。开席时，葛师傅还念念不忘道："这酒这菜钱都应徒弟们共出（就是现在的 AA 制），陈欣首次出工还没领工钱，我作为师傅只好自己先行垫付。"

陈欣父亲就是个老酒坛，但他从不让陈欣沾酒，陈欣只能闻。现在陈欣初到社会，就要陪人喝，不喝就是看不起师傅和小兄弟。陈欣先慢慢呷一小口酒，这酒如同硫酸一样刺鼻烧胃熏脑。当第一碗酒下肚后，陈欣口鼻开始没有什么刺激感，却觉得这烈酒有些醋甜，便又一碗饮尽。葛慊与郝加着实有些惊讶，他俩只顾吃菜，却努力逃避喝酒，嘴上不断夸赞陈欣有本事、够哥儿们、人实在、好弟子。

赞誉之词与酒精的共同作用，让陈欣感到轻飘飘的，他开始觉得自己从来没有被人这样尊敬过。很快他的人格开始分裂了。他感觉自己像在迷惘的梦中，头有些眩晕。他被郝加扇了耳光，也被他师傅用双手按在草坪上，像一匹被驯服的野牛一样，被人骑，被人象征性地以掌为鞭拍打屁股，但陈欣却感到很快乐。反过来，陈欣也骑了别人。

陈欣被郝加再次推搡。小兄弟短衫褪下一半，露出剧烈起伏的紫色胸膛。忽然，郝加拉住陈欣的衣领，说："朱丽，是我的，是我的！"

陈欣这时一下蒙住了，道："朱丽是谁？"陈欣酒后迷糊，但他有一个好处，就是醉了不立刻吐酒。可一扯到女性，陈欣忽然一下回到现实中，还进一步追问。

郝加进一步明确："你别装蒜，就是运石灰马车上坐的朱厂长的女儿呀！"

葛师傅俩并不知道陈欣已经做了上门女婿，似乎是在劝拉，道："陈欣是小白脸，好找，让给郝加吧，郝加不容易呀！"

陈欣不能说什么，只有沉默。

天色渐暗，天空变成深蓝。两件事情似乎是同时进行的：第一件事是陈欣感到酒力与体力不支，独自北走，向抗战时秦河畔的战场，蹒跚而去。这场汇镇光复战是国民军与新四军协同作战的；另一件事是运石灰的马车从汇镇政府回来了。白衣少女朱丽怀揣着要在西山建造抗战英烈无梁殿的招标文件档案袋，正赶回营造厂。当时内战还没有展开，经过当地新四军部与本镇国民政府协商：大家不计前嫌，不计摩擦，只要是中国人，都集中散落遗骨，妥为安葬，烈士英名同碑共刻无梁殿。

酒到醉时方恨少，葛师傅手头还有前几天剩的小半瓶酒，三人最后也喝干了。陈欣溜走后，葛慊与郝加互相划拳玩，输的一方就让对方打自己的脸。此时，郝加并不示弱，他赢的时候师傅脸哪边红，他就往哪边打，也不换个位置，也算酒后无大小了。他俩都呕吐了，并把脏东西都吐在对方身上。陈欣是悄悄跑到原野外的一株老槐树根下呕吐的，并没有给人看到。

天空此时已完全黑暗下来。那黑色非常美丽，是一种蓝经过逐步加深，最后至黑的那种透明的蓝黑。月亮像琥珀宝石一样挂在安静的夜空中，它旁边的金星也十分明亮。旷野里的萤火虫就像正升起的小天眼，似乎在遥远的地方快乐地相互追赶着，升向有着北斗七星的夜空。有时，漂亮的流星在云海中与飞鹰互相招呼，形成壮观的星雨，迎接要从人间飞入这月夜的星虫。

"今天还是七夕节啊！"陈欣想，他在夜的迷幻中看到了一个白衣女，似乎像卫萍，离他并不远，并跟着自己。

白衣女朱丽是发现小酒桌上少了小白脸，便带着好奇慢慢跟着寻找过来的。陈欣主动靠近她的身子。那夜的魔幻，让人慢慢放弃思考，走向内心深处各自情感最脆弱的地方。

对陈欣来说，他一下回想起自己童年时母亲的小脚，也想起父亲最终在梨园荷塘绿叶间挣扎的身体，还有跪倒在卫家祖坛的祭拜。此时，他最终想起与卫萍身体相互摩擦的舒适感，这种摩擦让人在永恒的孤寂中，找到一丝丝可怜的心理安抚。

而对白衣女朱丽来说，从第一次在营造厂遇见陈欣，这小白脸就让她心跳，她不知道陈欣是已婚的男人。因为当时作为倒插门婚姻，女婿本人和上门的那个家庭，总是不会四处向乡里邻居声张。朱丽知道卫老生前每次看见她，就有一种深深的负债感。卫老先生是在没有自己的亲生孩子卫萍时，收养当时叫卫丽这个孤儿的。当卫老亲生女卫萍满月后，因为卫丽长得可爱，而营造厂朱厂长也因家中无女，厂长利用一次流感小病为由，把卫丽冲"喜"到朱家，也改名叫朱丽了。朱丽喜欢穿白连衣裙，也是她很小时从卫家带来的记忆。朱家生活条件比卫家好很多，但朱丽不喜欢朱家的生活。

今晚的月色，同样触到朱丽敏感的神经，她一直想象不出自己亲生父母的样子，进卫家后又遭遗弃（她自认为），而到朱家后她与继父那种父女不像父女，情人不像情人的感觉更让她很痛苦。在营造厂承接任务的交际场上，朱丽觉得自己同舞场交际花没什么两样，她多希望找个好人家把自己嫁出去呀。但无论什么人提到自己出嫁，或有说媒的，她的继父就莫名其妙地紧张。

是借酒劲，还是发酒疯？总之，乘着月色，陈欣把朱丽紧紧抱住，并把她压在身下。开始白衣女还有些抗拒，侧着脸，双手隔着，不让高耸的山峦与宽阔的草坪这两个前胸迅速挤靠一起。在她的想象中，爱情的音乐是像舒伯特的小夜曲一样。它柔情而舒缓，并不是急风暴雨似的。但很快，随着陈欣动作的急促，白衣女的防线崩溃了，她竟努力迎合陈欣的动作。让那能够弥补精神空虚与心灵孤寂的肉身，这碰撞快些到来吧！

忽然地，陈欣感到有些异常，这跟他以往的经历有很大冲突。陈欣推开朱丽，从草坪上坐起，他知道自己错了。他被酒分裂的两个人格如同身体与影子的关系，它们竟忽然回归一体。此时的朱丽有些颓废地倒在一旁，她的脸色苍白，但她确信自己是陈欣的人了。

陈欣扶着白衣女朱丽起来，让她拿住丢在地上的牛皮档案袋，自己径自朝秦河畔昔日的战场走去。刚才那算是对女性的猥亵、侮辱？陈欣不知道怎样定性自己的行径，再进一步就是……会不会有官府追究，如果告发的话，怎么应对呢？朱丽似乎并不愿马上离开，也没有急于跟陈欣过来，她在困惑中等待。她忽然感到陈欣是对的，他是很疼女孩子的人，也很尊重自己。她对陈欣从爱慕转为敬仰了。她伫立在月光中，白色的衣裙在旷野中飘动。

陈欣深一脚浅一脚，朝昔日的战场上的草坪前行。他主观上是逃避朱丽，客观上却是在经历另一种寻找。人生有时经常会这样：想要逃避却是一种迎来；想要摆脱却是一种缠绕；或者相反的假设也是成立的，这里有太多与自身愿望相违背的企图。

此时，陈欣愈加在往前行。那镇上老人们对收复汇镇战场零碎的陈述，那对这战争的印象，在陈欣的脑海中逐渐复原，已构成较为清晰的画面了。

他慢慢在一个很深很长的沟壑旁坐下。已经立秋的时节，夜晚略略有些凉意。轻风拂来，使人头脑发出类似耳鸣的虚叫。它轻而长，好像从沟渠旁的草丛一直弥散到田地与已安静的秦河之上。深夜的星空，月亮和星辰的确十分遥远了，旷野已没有人烟，河里也没有船只。陈欣闭上眼睛虽然睡去了，但眼球还在转动。

陈欣悄悄拿起了长枪，跟着队伍潜入这一片开阔的秦河堤畔的空地，他和部队的其他战士在等候伏击。这片连着秦河畔的旷野，日军修建了临时军用码头。有一条拓宽的道路，从西山脚下通向码头。已经能看到黑压压队伍前打着强光的摩托车，那马达发出震耳的轰鸣，后面跟着吉普车，再往后是脸色疲惫五官模糊的日本兵。沟壑里长满了杂草，当人身体进入这天然的掩体后，整个头都已埋在草丛之中。毒蚊虫在叮咬后不知满足地飞舞，然后换一个部位叮咬。陈欣的下半身完全陷入泥潭里，感觉湿黏黏的，而且闻到一股腐草淤泥刺鼻的异味。陈欣想及早脱离，这让整个身子都像被浸在炼狱围困的地方。

忽然，有一个怪怪的像从空中发出的沉重声音，道："小兄弟，害怕了？"

陈欣恐慌道："没有，胸口有些难过。"夜空中，有一个嘲笑的眼神好像看着他。

陈欣问："兄弟你是谁？"

那像从空中发出的声音没有了，但一个清楚的声音道："我是曾在水中救起蓝妹的那个小男孩，也曾是陈奕将军的部下！"

陈欣惊叫道："我哥现在在哪里？"

但后来就始终没有声音了……

当日军护卫队的摩托车经过，地面震得发抖。陈欣还没有经历过战斗，感到有些紧张。此时，枪与榴弹四面响起，而且从黎明到日落，一直响个没完。后来，日军来增援的小坦克车开来了，那发出怪声音的形体也同时出现了。这中国士兵猛地跃出沟壑的掩体，一只左手撑着正要塌陷的柔软沟坡，另一只右手握着冒青烟的集束手榴弹，把弹塞到小坦克车钢轮与履带的缝隙间，速度之快要用现代人的高速摄影机才能展现。士兵旁边的沟坡，在坦克车最后挣扎般的碾压与爆炸中塌陷了。当中国士兵回到沟壑里的时候，身体是横倒着的。陈欣感觉他在微笑，并真切地听到这样的声音，还是从空中往下传的声音，他对陈欣道："兄弟，我这次是为你而死的！"

（二十）

当陈欣从半睡半醒的状态恢复过来，天空如血一样的红。薄云如纱一样地悬浮空中，太阳如柿子一样红，那光辉照着整个秦河两岸的原野、还有悠长无比的沟壑。相反，那远远铺展到天四方的红云，已把整个淡蓝色的苍穹盖住，让人感觉身处在美轮美奂的火星世界中。陈欣发现自己完全睡躺在沟壑里。陈欣还能想起昨晚似真似幻的那句话："兄弟，我是为你而死！"陈欣此时没有恐慌，他临时用草茎编成一张席子盖着兄弟，并利用工地的独轮木车推着兄弟，也就像当时送自己两个父亲一样，穿过汇镇未醒的黎明，朝西山顶上艰难地背拉而去。陈欣和他兄弟的影子，就沐浴在这一片南红玛瑙般迷幻的光雾中。

就在陈欣要给他的兄弟下葬的时候，守护西山英烈陵墓的老人听说又发现了一具英烈遗骨，便请来了一口棺木，他们再次理了理英烈破损的军服，最后装殓好，葬入陵园。老人问陈欣："你兄弟叫什么名？"而对陈欣来说，或许对整个汇镇人来说，这是一个无名烈士，但陈欣想了想道："就叫陈抗吧，抗日的抗"。老人弯着腰，用皇历纸记下名字，然后用沙哑的嗓音道："就要造无梁殿了，你兄弟的名字会刻在上面的。"

当天空褪成淡青色的时候，陈欣青布短褂上结满了白色厚实的汗盐巴，他回到了有水杉林围护着的长长灌浆路的工地。

从工棚到工地，葛慊这天早上也姗姗来迟，昨天的酒虽然已经醒了，但他的肚子却很难受。他觉得：这新收的徒弟陈欣要比郝加强些，郝加像《西游记》里的孙猴子，经常做些恶作剧，陈欣似乎有些城府和思想。而且，陈欣接受能力很快，几个翻锹动作，推、铲、翻、甩，这小子一气呵成，学得有板有眼，除了力道欠妥外并不比自己动作差，而且，小子酒量也不小，嘴上口口声声说不能喝，但竟没有发现他吐。

昨夜，葛慊师傅隐约看见陈欣与朱丽在秦河畔皎洁的夜光中，而郝加气得直跺脚，并口吐唾沫。要不是师傅奋力劝阻，并答应机会一到就帮郝加修理陈欣，两个徒弟则必有一血拼。这郝加暗恋着朱丽、明中暗里追女孩子快三个月了，什么结果都没有。可这个陈欣刚来一天就抱得美人归。葛慊用双手撑了撑似乎被干柴烧过的肠胃，昨日一股酒气，像汽水泡一样从肚子冒出。他翻了翻白眼，对走过来的陈欣道："都几点了，今天你不用来上工了！"

陈欣很吃惊，他知道今天上工自己来迟了。厂里对师徒三个是有工作量考核的，但陈欣确信自己能够补回手里所欠的活计。陈欣知道，营造厂干活的人搭配组合后，都以岁数大的老师傅带班，他们是有权清理不称职的搭档。陈欣要对他的师傅解释，但葛师傅摆摆手，他脸上的眼珠奇怪地突出，想说话，但口水没来得及吞咽，慢慢从嘴角里流出。

陈欣知道自己再解释申辩都没有用了。他竟然想起卫萍，觉得自己第一天上班，就被迫酗酒、夜不归家、上工迟到，还勾搭上另一个女孩子，自己简直就是个流氓，无耻啊！自己第二天就这么被师傅辞退了，反过来，陈欣又想："人为什么都有恨呢？营造厂又不是你葛慊开办的，你就不能宽容别人一下？"

陈欣忽然双腿下跪，两手撑地，俯下腰身道："葛师傅，那我就告辞了！"他知道：自己不是孙悟空，没有本领，而师傅也不是好说话的唐僧，自己觉得这一去就回不来了。

葛慊见陈欣行大礼，那江湖上的义气，让他心头有些软化，他又觉得这昨天刚收的徒弟不就是上班迟会儿到吗？昨晚他还舍身陪自己喝酒。葛师傅一想别人的好处，又有些于心不忍了，他下意识看看旁边的郝加。郝加凑近了拉拉他师傅的衣袖，脸上露出坚定而不容置疑的神情。青色的天空，绿色的草地。无奈地走回汇镇的陈欣的影子，正远离眼前的灌浆路和它两侧高大的水杉树。

此时，远处有一辆面漆发亮华贵的老板马车奔驰而来。白衣女朱丽急匆匆下来，她喊着陈欣的名字。这声音在旷野中似乎带着回声，像周围四面八方的空间是山谷一样，非常奇特。葛慊并不知道什么情况，他像报喜讯一样对朱丽说："陈欣上工不守时，被我开掉了！"

朱丽从来没这么激动过，脸憋涨得通红，长时间没说出话，然后却像伸手打小孩子一样，给了葛慊一个很响的耳光，并道："你算什么人物？"

葛慊没有回辩一声，慢慢流出口水，眼睛像孩子一样流着泪水，一滴滴下挂着，他半天才挤出这几个字："大小姐，你再打俺一巴掌吧，左右对称了打，俺才舒服啊！"

朱丽拖着长裙，迅速奔向在绿地间漫无目的行走的陈欣，她的胸剧烈起伏着，与完全木愣着的陈欣对视着。原来，整个小镇已开始传颂着，陈欣拯救抗日英雄遗骸的事迹。最后的版本成了：陈欣在黑夜中发现了还未被人入殓的烈士遗体，他独自一个人硬背着，把遗骨葬入西山的烈士陵。

"陈欣！"朱丽对着她心目中的英雄喊。

"不！"陈欣此时节节后退，昨晚那丽人的香吻似乎还能感觉，也许站在眼前的白衣女是来找我算青春账的？想到这陈欣抽身想逃避。但朱丽紧逼道："我做厂长的老爸，让你去厂部！"

陈欣带着深深的负罪感登上了营造厂厂长的专用马车。在装饰过的金碧辉煌的车厢里，陈欣一直注意着枣红马一起一伏的脊背。绿色高大的水杉树渐渐向马背后面隐去。陈欣想：自己是一个有妇之夫，已经欺负了一个白衣少女，而去怎样赎罪，是自己将面临的一个严重的问题。他不知道如何解释已经发生的一切，如果人能够倒着生活，欲念、烦恼一定会少很多，人也一定聪明很多了。他想到情愫与死亡同时存在的昨晚，相对于其他来说，一切的一切，又何足挂齿呢？目前要给生活着的人以善的解释。

营造厂厂长的马车，穿过小镇的古牌楼坊，踏上了汇镇青石板的道路。

陈欣没有坐过富丽堂皇的交通工具，他感到车厢内外所有金属构件都像是用黄金镶嵌的。虽然这是一辆经历多年战火后修复过的残车，却仍不失为民国时期的名牌风范，乘坐时依然让人感到富有优越感。陈欣是在家徒四壁的梨园茅屋内长大的，他望着车窗外的人们：有的人带着肃然起敬的神情，有的带着惊慌失措的表情，有的带着对不平等愤恨的激情。但所有路人看着金马车风驰电掣过闹市，却不得不避让。

驾马车的还是昨天拉石灰的李马车夫。昨天，李马车夫确实有些郁闷，拉的是辆破旧马车。但今天马车夫一下就有些忘形。这名牌马车再次在战后小镇显现，看上去真有些再造本镇民国黄金十年的气派。驾好车也如沐浴月盈，赶破车如顶着月缺，也影响人的心情呢！犹如现代人开着极品奔驰、宝马车得意招摇穿过都市区，让驾车与坐车人脸上都有一副好面子。但忽然马车惊叫、缰绳紧勒、金轮刹住。车厢上的三个人前仰后翻，车轴处发出长长的啸叫，撕裂小镇上空的气流。

李马车夫急急下了马车，他首先注意到的是车厢原本光亮的面漆，那塌陷处的一块犹如翻毛牛皮，就像割自己的肉。但陈欣却看到一个手拿残缺青花瓷碗的孩子，已被撞倒在地。小男孩的头流着鲜血，眼圈青紫，就像自己在秦河畔被人殴打过的惨状。而白衣女朱丽此时心里很急，想：陈欣是要急着送回营造厂厂部的呀！没有多余的话语，陈欣已经习惯了背负，他背负受伤的小男孩一步一步向汇镇的私人诊所走去，他一直想着："这怎么会是被我所坐的车撞呢？"这样，陈欣就把一些并非自己直接造成的事情与自身联系起来，他觉得很痛苦。

时间像为各种事情的纠缠而停滞不前。几乎快到中午，营造厂的镏金马车才又得以缓慢起步。而陈欣又看到了车厢外的什么呀？那是他老丈母娘的家，也就是他自己的家。陈欣觉得自己长时间没有进家门了，他此时看到了另一个真正属于他的白衣女卫萍。在午后的强光中，卫萍立在门口拄着拐，朝营造厂金马车奔驰的地方望去。陈欣却没有呼喊，当马车驶过卫萍的身旁，陈欣不知为什么竟深深埋下头。他曾听说大禹治水，路过家门而不入的故事。但他清楚，自己现在怎么会是大禹？此时，朱丽紧靠着陈欣，见他脸色苍白没有血色，问："怎么了？"

陈欣是怕两个白衣女在空中的相撞，而他定会在其相撞中毁灭。"没什么的！"陈欣只能唐突道。

（二十一）

在营造厂富有苏州园林特色的办公室里，空气凝结，气氛紧张。这个雕梁画栋仿古建筑，曾经作为侵华日军一个大队司令部所在。日军投降时，镇民们把日本军使用的所有物品都焚毁了，唯有一只精美的日式座钟，恰好时针定格在九点十五分，是日本在中国战区签订投降书的时间。它被人们作为见证历史的文物保留。此时凝固的氛围，好像还有个无形的时钟，在嘀嗒嘀嗒走动。

陈欣终于看见营造厂长官了。会议长桌一字排开，在座的几个营造厂的中层领导，都用执行军令的目光注视着主持的位置。因为只有这样关注会议主持人，或许能给自己带来加官增薪的机会。会议自然由朱健厂长主持。据考证厂长家族与明代皇亲沾亲带故，但后来改朝换代这一情节便隐匿了。厂长方脸形，与传说中的其祖先的月牙长脸不同。他看人的目光很特别，先是一声不吭，钩眼直盯着下属，仿佛要用那冷峻的目光，把你五脏六腑都钩出来似的。然后，他会仔细分析你的心、肺、肝、胆、肠是在怎样运作与思索，对他的企业是否忠心无二，然后，一旦感觉满意，眼皮一耷拉，就松弛下来，好像把对方的内脏又送回去似的。如果有疑虑，厂长眼睛不动，就直勾勾地看着人，让人脊背发凉。

陈欣并没有自我介绍，朱厂长看见他和养女并肩在门口，就已经知道八九不离十了。当朱厂长把眼皮松弛下来，他咧了咧嘴，算是招呼与微笑了。他说："这就是镇上忽然传扬的葬灵的英雄陈欣吧，也算是本小镇的一张名片了！"

厂长清了清嗓子，道："这次在西山建造的无梁殿，是抗战后本小镇国民政府投资的第一个重大项目，经测算利润可观，附近其他乡镇多家营造厂都在积极争夺此项目，跑关系，请吃饭，送红包，无所不用其极。"朱健厂长心里想着，"已经瞒了诸位在座，今晚，我还有活动。"然后他继续发声道，"这明里暗里，我们工作也都要做到位，本工程送投标书，我特请咱们厂刚入职的英雄陈欣，协同我女朱丽一起送达镇国民政府，利用新闻效应，确保万无一失。"

这是一个马拉松会议，本来计划上午两小时就应结束的会议，因朱厂长要统一想法，加上板等（俗话：死心眼）陈欣，直到近中午会议还在进行。陈欣很怕看到在座厂部高管对自己怪罪的神情。他们有的本是要到梨园或秦河畔垂钓的，有的本是要下榻乡村酒店与佳人有约的，现在都要被耽误了。战争的疮疤刚刚凝结成血痂块，但疼痛早已忘记。终于投标报价讨论会就要结束了。营造厂新任不久的总工林坯最后想想，还是有些不踏实，没有底气。因为对他来说工程中了标，在厂里就数他最要承担技术风险，如落实各种建筑设计，实施各项施工方案等。何况他工资也并不比现在浑浑噩噩高多少，而不作为比瞎指挥要好。直到他搬到卫老办公室后，才知道自己最擅长的还是拉关系这项特色工作。但他不这么直接讲，却换了个角度提醒与会各位道："听说蒋公子（蒋经国）正彻查一宗财政行贿贪腐案，我们宁可放弃工程，也不可做靶子的。"

朱厂长很吃惊地望着忽然说出这番话的林坯。此刻，他有点后悔当时厂里任务不多时，把卫老一竿子打到底，让卫老空怀一腔振兴汇镇的抱负，忧郁而离世。卫老在职时，是从不过问这关系那关系，表面看有些迂腐，但他认真敬业，精通技术，不做麻烦的事和不说麻烦话。林坯话一说完，无形间，就感到了莫名其妙的恐慌。他发现这个感觉的来由，是厂长看他时的一副怪异神态，和那带钩的眼神。林坯有些后悔刚才自己言语的冒失与任性。

会议结束后，朱健厂长本来想让林坯和自己一起走，前去找钦差大臣公关，那大臣专门负责无梁殿招标项目的。因为朱厂长对林坯最近做的一些事有些失望，一时又没有合适的人选，他这次临时改变主意，就让林坯发给陈欣一套灰卡其布青年装。这套服装行头，是厂部中层管理者才配穿戴的。午饭后，朱厂长就让陈欣与养女朱丽去镇政府按时送达标书，晚上指定陈欣参加相关的公关活动。

陈欣并不知道那职业装只算是借用，穿上这管理者拥有的职业服，一时间不知给他带来多大荣耀。在营造厂里，陈欣恰好碰见了前来提领新工具的葛慊与郝加，他俩还是身穿短裤短衫，在陈欣看来是衣衫褴褛。葛慊习惯性地流着口水，不时用衣袖擦着嘴，郝加跟在他身后，用羡慕、嫉妒来形容这两人此时的心态则一点也不过分。师徒二人忽然尊称陈欣为陈管家。让陈欣感到一愣一愣，然后，师傅与师兄是要屈膝下跪反过来行大礼，陈欣慌忙拉住他们。这管理者的服装一着身，也让陈欣感觉到一种责任。穿上它，扣好风纪扣，让陈欣竟然能发现总工林坯在封汇镇无梁殿投标书时，正本档案袋封口漏盖了骑缝章。陈欣制止了一场废标的情形。这件事让林坯非常尴尬，一个刚入职的外行竟发现内行粗心的问题。当朱厂长再次用怪异的目光看着林坯时，林坯察觉到自己在营造厂愈难混迹了。

陈欣陪着林坯去他的办公室补盖章了。那是一次回顾过去的发现，也是一次带有诡异的交谈。陈欣第一次感到，作为这一阶层精神压力沉重，生活得更累，那种累不是体力层级的，而是在心智上，是心累。

陈欣在林总的桌上发现有一套图册。打开它，上面布满了如雨花石样漂亮的等高线，那是汇镇西山地形地貌蓝图，也是陈欣岳父卫老临自尽前一直要寻找之物。只有作为卫老女婿的陈欣，他才清楚是什么直接诱发卫老跳下小埃菲尔铁塔的。陈欣此时心里有些紧张，胸口跳得厉害，如果是林坯有意收纳隐藏，站在眼前的就是杀人凶手呀！林坯则后悔自己没有及时把图册收藏好，他向陈欣解释，以便摆脱干系，便支吾道："是新近测的图……"但陈欣对老旧图纸的颜色还分得清，他一把抓住林坯的衣领，随便打开翻了几页，上面都有卫老蝇头小楷的亲笔签名。

陈欣并没有多说什么，他就像背一个完全没有呼吸的人那样，慢慢朝营造厂大门外走去，任凭林坯挣扎。其他看到的人还以为林总忽然得了急病，要背到镇上的诊所。林坯在陈欣的身后喊着："我没有病！"陈欣感到背负的这个人，在后面强烈抽筋一般努力挣脱。陈欣在击拳散打中抵挡不过郝加与豪门子弟的双人舞，但他这时还是有把死力气的。他已经背过三个人到西山墓地，那都是他的亲人。今天他觉得林坯是害卫老的祸手，他也应去西山墓地，赎罪也好，活葬也罢，那才是林坯应该去的地方。

刚出了营造厂门口，林坯忽然显得极为镇静了，他感觉到自己的肉体在陈欣身上一上一下，软绵绵，他不做无用功的体力挣扎了，他说："你想把我活埋吗？可我还是你的大媒人呀！"

"媒人？"陈欣有些纳闷，他从来没听说过这事，他想：难道自己做倒插门女婿，与林坯还有些关系？但他没有停住到西山墓地的脚步，却想仔细地听。天空有些燥热，职业装紧扣的风纪扣堵着身体向外散发闷气，一下把人体内温度抬得很高。

"朱丽看上你了，对你一往情深。"林坯单刀直入。

"那是她单方面的想法，我是有家室的人。"陈欣回道，并继续往西山墓地走。他的手紧勒一下林坯不结实的大腿肌肉，生怕背上这无缚鸡之力的凶手挣扎跑掉。

"但是，你为什么不和朱丽说清楚，你还对人家姑娘动过手脚？你玩弄了人家的感情，害得姑娘为你流泪，你还显出正人君子的样子，这是哪门子的事？"林坯紧逼道。

陈欣想起那醉酒的夜晚，他与朱丽在那星月之夜，是自己把人家玷污了。一想到这，他感到自己的嘴唇麻木，心里发慌。然后，这种类似于刺疼后的麻，便一下传导向陈欣灵魂深处脆弱的神经，让他崩溃，让他觉得自己全部的弱点，暴露在这个似乎应该活葬的人的面前。就这么一刻，陈欣感觉手足无力了，就像自己的父亲有一日，在梨园的池塘边拎着沉重的木水桶，然后桶砸到石子路上。陈欣想：是生物钟的指针到了？家族遗传病肌肉萎缩症开始犯病了？陈欣手脚刹那间就无力了，他觉得手臂与腿脚像是假肢体，并不完全听自己的使唤。林坯就这么从他肩上摔下来，重重地摔在地上。

林坯很久才慢慢从地上站起来，他此时一点没有怪罪陈欣的意思。相反林坯觉得自己是已经到西山死神面前报过到，然后活过来一回似的，曾经欠的账已经得到了清算。林坯反而觉得有些庆幸，他一步一扭，强撑着摔痛的屁股，与陈欣朝营造厂的大门而行。

林坯轻拍着陈欣的肩膀，道："对待自己没有意思的姑娘，那又何必去动粗呢？朱姑娘是认死理的人，难道你会让她为你而寻短见？你要么娶了她，她是朱厂长的女儿，娶了她，你也前程似锦，要不你还是去街上做二流子、二混子，连郝加也不如！"

"娶她？"陈欣自语道。

"对，娶她，但绝对不能是二房，你只有先休了现在的老婆卫萍。"

陈欣头脑里闪现出那身穿白色连衣裙，挂着单拐，在木门柱旁翘首等待自己的形象。妻子的脸颊还有两行泪慢慢地流着，像流入秦河的两条平行的小溪一样。陈欣抿着嘴角道："不，不能够的。"

林坯说："凡事都能变通的，可先休掉，过一两年再把卫萍娶回来。厂长的女儿不就要一个脸面，要做大太太的名分罢了。"

他们两个人的距离拉开，林坯竟走到陈欣前面了，谁是谁的债主就这么一下彻底翻了个。他俩一前一后地回到营造厂。

（二十二）

午后的天空很蓝，没有一丝云彩。大太阳发着银白色的强光，显出在它宇宙间原本的颜色。阳光直直投照在汇镇青石板的道上、投在青砖黑瓦的房屋上，光明无处不在，四下似乎感觉不到影子存在似的。修饰一新的金马车，慢慢在路上缓行。枣红色的马仿佛没什么气力，再也没有徐悲鸿笔下所展现的那股灵气了。这匹原来曾久经沙场、死里逃生的强悍的宝马，如今经过这些和平岁月的洗礼，变得除了善于等待之外，还显出那不急不躁的耐心。

除了赶车的李马车夫，车上还坐着朱厂长和他的女儿，还有陈欣。沿着穿过小镇的古道一直往前走，是小镇韩氏制衣厂厂门，再走一点有个往北转的丁字路，就出现宽阔如广场的草坪。广场南面的尽头，可见红柱青瓦，一对威猛的花岗岩石狮守着大门，这迫使到访者对镇衙门产生敬畏。本来说好西山无梁殿工程标书送达以后，从宁城来的钦差大臣就立刻出来先与朱厂长见个面，但朱厂长一行在广场上等了很久，也许是"严阁老"的冷板凳？也许是在开评标会？

这儿奇怪得很，广场草坪四周并没有树。多次的战争，这里都用作军营和训练场地，树木已砍伐殆尽。马车就在阳光下暴晒着，车厢里很闷人。朱丽似乎有意无意地，趁着旁人的目光并不注意，时不时用她的丰胸往陈欣臂膀和后背轻擦着，此时热汗与冷汗同时从陈欣额头渗出。

等待，长时间的等待，终于镇衙的侧小门悄然开了。朱厂长手脚很快，将事先准备好已装入信封的厚实金圆券，夹放在怀中迅速下了车，迎了上去。大臣穿着绸缎长袍马褂出了衙门，他紧套的黑马褂让上半身显得很拘谨，而他下身的绿长袍却显得很松弛，并像绿裙子一样荡漾摆动。这大臣靠近了马车，他与厂长并没有多说什么话。朱厂长反手伸进自己的怀里，经过反复揣摸，掏出的不是雪茄烟，而是封好包的金圆券大信封。大臣用手拿捏了一下，眼里放出光彩。朱厂长只轻声道了两个字：晚上。大臣用右手摆了个 OK 的手势，顺势把厚信封放入自己怀中。衙门再次合上，一切又皆空如前夜。

"爹，这次项目没到手就撒了？"朱丽撒着娇问道。

朱厂长转过脸却没看养女，而是用不大但很有神的眼睛看着陈欣道："这叫心理投资，这次项目若失分了，下次一定会得分。对动物来说食物是驯化之源，对有的人来说……"朱厂长用右手的拇指与食指相互搓了搓，像是模仿数着什么，继续道，"……则是驱动之源。"

枣红马似乎也听到了这句话，一下变得欢快起来了，李马车夫吆喝一声："回去加餐喽！"

大家在这样一阵吆喝中返回营造厂。朱厂长此时心里有些放松，在他看来，他怕的并不是像林坯说的万一给人做靶子，而是担心送不出去。马车快到厂门口时，朱厂长轻声而强硬地对李马车夫道："为人低调些！"陈欣看着马车夫镇定了一下欢乐的情绪，状态又回到事前了。

日落时分，朱厂长没有用自己专用的马车，他觉得那样太张扬，只叫了两辆人力黄包车，也没让女儿朱丽陪同，就带陈欣去镇上的"华碧泉"浴室跑招待。朱健确实有他的难处，他感到：自己包括林坯在内年岁都算大了。而现在需要招待公关的人员，都是民国时期少壮派的人物，自己这辈儿与他们吃喝谈吐毕竟存在代沟。让干女儿出面主跑公关，有几次她竟差点失身，回到家里与干娘又哭又闹。目前据自己女儿说，陈欣对她有意思。朱健觉得，这个小子可以试试这个岗位，以后真成了自家人，关键事情都可放手让他干，只是目前这小白脸处世稚嫩。

算是未来的乘龙快婿吗？陈欣没想到自己一个只配给别人拉黄包车的人，反坐了上席，让曾和自己一样的布衣人拉着跑，他清楚摆在自己面前的两条路：一个就是娶了朱丽，也算攀上小镇的豪门，今后生活一片富足。但这，自己要先断了已经失去父亲、腿脚不便的卫萍；还有就是维持现状，但他恐慌地预感，这现状能维持吗？如果自己脱下职业服，回到葛慊师傅那里，与二流子师兄郝加一起卖苦力，挥大锹，但那夜自己对朱丽的强吻怎么解决？自己会被报复重新流落街头吗？不是情人就是仇人的情况，在汇镇也发生过许多。

陈欣望着拉朱厂长的黄包车，车子出了厂门并转向东，而他自己却忘记吩咐一声拉车人：跟着前面的车跑！这拉车人就像骆驼祥子，一身蛮力，他却拉着陈欣转向西，陈欣觉得就是朝西山墓地的方向，他忽然大叫着："走错了！那里都是坟墓？啊！"陈欣此时说话声音有些颤抖，让人分不清是肯定句，还是疑问句。拉黄包车的骆驼人听到背后的惊呼，忽然也吓了一跳，想：这好端端的路怎么全变坟场了？等这拉车的骆驼回过神，转头憨厚地一笑，道歉说："方向错了！"然后一个急转身，把陈欣摆布得摇摇晃晃，让坐车人胸口像差点要吐血一样。陈欣坐的黄包车才朝朱厂长的黄包车紧追上来。

这汇镇也有多家浴室，分高中低档不等，而分档的依据：首先，是在服务上，服务的品种有中式、泰式、日式按摩。日本人被赶走后，留下了细菌战产生的遍地沟壑的龙虾，还有就是安抚日伪高级军官的日式按摩手艺。其次，就是装潢与洗浴环境，有豪华的包间和寒碜的大棚休息室之分。这些最终都是反映在洗浴价格高低上，不同收入的人进不同的池子洗浴。

镇上最好的洗浴房是华碧泉。据说，明清年间这里的浴池，曾引进了西安华清池（杨贵妃洗澡池）的几块硅砖奇石砌筑，因此浴池的水有特别的香气，并远近闻名。抗战前后，江南一带有短暂的和平时期，连宁城的政府要员，也会来华碧泉浴池泡上一泡，解乏去霉气。日军占领小镇时，因传说有东渡日本贵妃娘娘的保驾，华碧泉庆幸没有被损毁，很快就恢复了战后的营业状态，那浴池的水清香依旧。

在非洲大草原上，如果遥望同一种群，没有衣物、草叶的遮拦，肉体都差不多，精细点区分就有雌雄、大小、健壮瘦弱之分。人类最终靠思维能力比试高下，而这在脱光的外表上是完全看不出来。陈欣脱光了，站在雾气蒸腾的浴室，头上是如同白天太阳般的白炽灯光，有水汽不断从如蓝色海洋的大池中向外蒸发，眼前的一切都显得朦朦胧胧。陈欣感到自己是站在一个白色大厅的中央，背后是冰一样白罗马瓷砖的墙壁，一直贴到云一样白的天花顶。靠近天花顶的墙壁，有隔着数米就设置一个的圆形小换气扇，那金色的转叶在半空旋转着。说不定从黑色的宇宙天际就有一颗粒子从扇叶间穿透进来，激在人的由核糖酸蛋白质构成的脑细胞上，让人会突发奇想，获得聪明超出常人的创意，运用到实际，或获得专利，或打一个漂亮的商业胜仗，让肉体生活得更加体面而舒适。

正对着陈欣的，是一排排如窑洞般的洗浴包间。但那包间门框所嵌的材料不是木板，而是用半透明的磨砂玻璃镶嵌。陈欣隐约看见朱厂长和大臣模糊的光着身子的影子，一人进了一个包间。他先是很好奇，也想进入的，过一会儿他有些犹豫，是跟谁呢？但他终于悟出，此时跟谁都不很合适。他慢慢靠近一个没有反锁的，如冰种翡翠一样的门扇。他站在那儿，看着半透明的磨砂玻璃，上面已沾满细小如汗的水珠。陈欣仔细端详，它就像一幅云雾喷成的青山水墨画一样。然后，里面还有个人影渐渐出现，并贴近磨砂玻璃，就像法国印象派画家雷诺阿画的西方浴女油画一样。陈欣此时的头脑血液上升，他一下想到自己所接触的女性卫萍、朱丽。陈欣手已经触碰到半打开的包间门，他却紧张而迅速缩了回来。他心跳加快，难道自己还想再玷污一个女子？他赶快回到更衣室换了职业服，身上那没清洗干净的皂液，正紧贴着自己的内衣。他知道自己是假装正经，还扣紧了风纪扣，并装模作样地进了浴室大厅。陈欣竟觉得自己都有些恶心，坐在雕龙刻花的红木沙发椅上，板等着大臣和朱健出浴入厅。

朱健厂长在台前结账时，才知道他们三人，只使用了两个包间，朱厂长带着疑惑和不太能理解的表情看了一眼陈欣，也没有多说什么。

大臣在厂长结账前就悄悄离开大厅，他满意地独自消失在小镇的夜幕里。

这一天晚上，陈欣终于也可以回家看看了。当厂长问陈欣住哪里时，陈欣还说尚住梨园，竟还没敢提及自己做倒插门女婿的事情。但此时，他心里充满矛盾与惊慌。陈欣临离开华碧泉的浴室大厅时，有一个穿紫色旗袍身材很好的女孩跑来，她哭得很厉害。她先砸了收银台最不值钱的一个陶罐子，然后继续哭闹，好像要把前台所有的瓶碗瓷罐都砸了，才能缓解弥散在胸中的郁闷似的。其理由是：一个男人在洗浴包间看过她的身子，却又不要她了。

陈欣心里带着深深的苦痛斜视着浴女，他心里清楚浴女说的是谁，但这人穿了衣服，浴女已经认不出他了。

（二十三）

今晚没有月亮，星空在遥远处闪着的微光。陈欣并没有再找黄包车，他忽然发现，他在营造厂工作了许多天，并没有拿到薪水，如果按做小工，他应该按天去厂部结算，而算小工头则应该每月底结账，但现在竟不知道自己摆在一个什么位置。他此时才觉察自己是身无分文的。他望着紫色的黄包车在汇镇的街巷上，慢慢变少并且消失。好在华碧泉浴室离他家并不算很远。陈欣觉得也很奇怪，自己穿上职业装后，竟随时产生坐黄包车让人伺候的念头。他独自在小镇深紫色的道路上向倒插门的家行走。

陈欣的头脑淡淡地浮现自己小时候的一个情景：那是在梨园的池塘边，母亲刚被喝过酒的父亲虐待过，但母亲看见自己跑过来，脸就转变成温存的笑。母子俩就坐在塘边，母亲教孩子看星宿图，那是她母亲小时候从外婆那学来的，什么白羊、巨蟹、狮子、天蝎星座，她也只知道这几个以动物命名的星座，可陈欣觉得，自己能画出天上无数的动物星图呢，什么青蛙、蛟龙、水牛、大象、老虎，等等。母亲这天告诉儿子，她明天就要走了，去找大牛星了，就是要改嫁一个生肖属牛的山里人，只因为那人的脾气比父亲好。当时，陈欣什么也不懂，也不像别的孩子特别悲伤。

又过了两年，陈欣曾看见过西方天际有一颗暗淡的星，它忽然发出橘色的光芒。那光芒灿烂无比，仿佛就要落入梨园水塘的水底一样。后来，陈欣再向那个方向望去，那星光用肉眼却看不到了，同时，他听说母亲改嫁后并不开心，郁闷病逝。母亲却又葬回了汇镇的西山，具体在山体的什么位置，陈欣当时还小就没有什么印象了。

夜是无比透明的玻璃体的墨色，而所有的房屋飞檐和庭院树木则是黑暗的实体,像美丽黑色之海底层的黑珊瑚。这一起构成夜晚海底的画卷。黑石板路在人的脚下慢慢地铺展开。这黑水晶之夜,有一对在屋脊上交媾的野猫,忽然发出类似婴儿苦痛的嘶叫。但这一阵嘶叫,却仿佛把夜的大地撕裂一条口子。那是秦河多次改道以后泥沙覆盖着的一个地下城,里面与人平行地住着龟蛇蚁蜥。地下的动物们是忽然出现在夜晚的街面,并个个瞪大黄绿的眼睛,在白日它们不敢穿行的街道上望着陈欣。

陈欣有些恐慌,不知道将要发生什么事情。

陈欣知道自己已经回家很晚,担心卫萍和丈母娘已经睡去,门会被反锁,毕竟有好些天没有回来了。那门很奇怪,当陈欣稍稍用些力推时,大门并没有松动。他就慢慢地靠在门槛前,坐在那一块平滑的青石板上准备睡去。夜的凉意与澡堂的温暖形成鲜明的对比,他不禁打了个寒战,上下牙齿连在一块抖动起来。他用背靠着木门框,那样比靠着门旁冰凉的砖石要温暖些。当陈欣整个上半身倚在木门板上时,忽然,他觉得整个背部是空悬着。门被猛然开启。这一刻,陈欣没能控制住,身体向后翻仰并倒下。他的腰磕碰在门槛上,头肩却翻入卫家的厅堂内,腿脚却在街道上。

陈欣听到,并隐约看到一个撑杖的人影也轰然倒下。卫萍从上面紧紧压住陈欣的身体。此时,陈欣觉得很突然也很痛苦,一方面他被这毫无准备的摔倒而惊愕,一方面隆起的门槛坚强地顶住他的腰部,他的脊柱似乎断裂了,并无法承受双人的力量。这刹那间的肌肤相贴,却完全来自外力的强制造成。

自陈欣有许多个夜晚没回家后,卫萍整夜处于浅睡眠的状态。她独自躺在床上,半开着窗,面朝遥远的星空,脑子一会儿想到陈欣是不是就住在营造厂,是否遭到像郝加那样的二流子殴打或恶作剧;一会儿莫名其妙梦见一个不认识的完全透明的男人,从黑色的天幕间下来,要抚摩她的身体。她迎上去了,但那个透明男人却从上到下把她的皮肤像拉拉链一样开了一条缝，在她的内脏寻找什么东西。

当陈欣立足在自家的门前，卫萍再次从浅睡眠中惊醒，她完全能听出门外那熟悉的脚步声。这脚步停了下来，卫萍觉得这是在做梦，又觉得这很真实。她坚强地拄着单拐从床上站起来，她感到口中有一股酸水要喷出喉咙，同时，她也感到黑夜突然开了明亮的天窗，幸福正向她走来。

卫萍打开门的时候，正是陈欣准备依门而卧的时候，强制的外力把他们的躯体扭在一起。曾经风月场上的气味还未得到洗涤，对卫萍来说幻想两人相见时的卿卿我我，温存体贴的闪念顷刻竟不存在了。卫萍从陈欣头发、脸上、脖颈间，闻出一股弥漫澡堂子的异样香味。但这绝不是自然的或来自家的芳香，虽然，它香气扑鼻，但吸入口中，却像野花丛中忽然蹿出的蛇蝎，猛咬过人后一样的，让卫萍觉得痛苦与窒息。

那是很奇怪的残留气味。陈欣觉得，卫萍身上也有一股他不太舒服的味道。那是他自己在那醉酒之夜，残留在记忆中无论如何他想抹也抹不掉的一种香乳味，但它一旦与卫萍所用的天然香皂味融合，却让陈欣内心产生暂时不可控的需排他的情绪。

没有久别相逢的惊喜、温存，对话也是单刀直入。

"几晚都不回来，同谁睡了？"说话带着哭腔！

"没有的事，我刚出去工作几天，你就胡思乱想，这让人以后日子怎么过？"说话带着遮掩。

同时，里屋大房间传来丈母娘的声音，像是迷糊的伴奏："什么声音那么闹，是欣儿回来了吗？早些上床吧！"

"事情还没说清楚，睡什么睡！"这是卫萍努力压低的声音，但情绪不低。

"疑神疑鬼的，不如休了。"好半天，陈欣从嘴里蹦出这句话，那就是现代小夫妻两个人吵架，说离婚吧。

卫萍腿脚无力地慢慢撑着单拐，她在黑暗中凭着记忆，穿过厅堂，走向里屋。

地下熔岩之火，在遥远的大山那很深、很远的地幔下运行。紫色的地光浮向空中，像北极光一样，在黑夜的天边游离与闪烁。淡淡的山影在那紫雾间层叠起伏，仿佛要与深不可测的星夜对话。

忽然，整个大地轻轻抖动了两下，卫萍与陈欣的眼睛在黑色的空间对视，但怎么努力，双方也就只是个模糊的轮廓而已。是地震吗？以后会有更大的震动吗？今天的汇镇会像古秦河改道，再次陷落地幔深处吗？陈欣不能多想了，他背起眼前的卫萍就朝黑夜的街道走，卫萍想挣扎但已没有气力。陈欣这次背卫萍的感觉，是觉得她非常沉重，而自己腿脚和手都是软的。街面还有一些没有深睡的人，但觉察出震感的镇民跑出屋子。他们就站在街的中央，还努力喊着，唤着沉睡没有知觉的人。

陈欣把卫萍安置在空旷的地上，他发现丈母娘穿着睡衣，跟了出来。

那街心青石板在黑夜中，如冰冻的墨汁构成的河面，光滑而透着寒气。陈欣望着在街道中心，肩背相互依靠的卫家母女。她俩没有力气和精神，像突出立在墨河上用肉体筑成的一个小山。这小岛上有两个大小不一的山峦，山脚漆黑底座是松松软软的，在慢慢地下沉，不久就会融化变成水，最终消失在墨色的河中。

陈欣再一次后退一点，仍能看到卫萍被黑夜罩着的眼睛。卫萍已经完全没有震前的倔强，只是没有表情地看，看着爱人和他周围黯然的世界。陈欣的头脑突然显出一种空灵感，后来他又感觉一种将要离开才有的失落。那黑暗与荒野中的失落，哪怕只是暂时的，为避免它的存在对人心理的绞杀，有时人都愿意放弃就要到手的追求，还有白日已经争取到的拥有。陈欣此时又想靠近这在眼前就要沉陷下去的生命之岛屿。这与其说是挽救眼前无依无靠的母女，不如说是在拯救黑夜中自己孤寂的

魂灵

在一些镇民离家避难的时刻，还有一个黑影，慢慢沿着黑色的墙角

向几家厅堂内蠕动着，就像立着游动的青蛇一样，其中遭到光顾的就有卫家。

这次居民的避震行为，对汇镇来说是一个很小的意外，或者说是生活的小插曲而已。此次震源中心深度较深，发生在几百公里以外，秦河上游的无人居住的山区。波及汇镇，也就小震。经宁城的地质专家分析，再也不会有大的余震了。为维护治安，特发了电报、打了手摇电话把消息转到小镇，平定了人心。街上避灾的人们，各自回归自家的宅院、住所，连同样不安的龟蛇蚁蜥也隐居回地幔深处的洞穴。

卫家人回到了自家的厅堂内。黎明的天空发着淡淡的银光，在轻淡的却渐渐增强的晨光中，卫家人发现大堂中央祭拜的祖像竟给人偷了。那画像和对联，是明朝一个书法绘画名家的墨宝。一家人正惊愕、愤怒之际，警局的人押着二流子过来。他被五花大绑，带到堂画被盗的各家指认罪证了。陈欣一看，竟是自己的师兄弟郝加呀！郝加此时目光呆滞，陈欣忽然问郝加以前发生在梨园的一件事，道："那在金土豪名字上打叉的人是你不？"郝加此时并没有再隐瞒，承认："是我，但那是抗争！"

卫家的祖像在黎明前，在小镇牌坊处的跳蚤市场，被郝加换成金圆券了。陈欣望着郝加想：这也算找到杀害我老爸的隐形凶手了。此时，陈欣心里也清楚，真正做大事的人，是敢作敢当的，绝对不会嫁祸于人的。

陈欣临离开卫家去营造厂前，他跳进秦河，洗了洗身子，然后走近卫萍。那原本乡土的味道，在陈欣身上重新溢散。卫萍搂着陈欣，她哭了。

（二十四）

忠烈无梁殿拟建在汇镇西山南麓，那有一个较宽阔的天然露台。无梁殿设计上就像守护陵园与墓道的宫殿一般，有并不很宽的石砌台阶从露台通向山顶与山脚。露台右边，是亿万年山体运动形成的石柱，这些花岗岩石高低错落有致，像自然通向天空的隧道一般，细波浪纹岩体表面都被古人刻了字。让陈欣印象最深的摩崖石刻，就是被后人用朱砂描绘多次的"印象"本身这两个字了。露台左边，是一汪清澈见底的深潭，那深潭的切面，如同倒置的透明翡翠状的蘑菇。潭的上口被清晨的阳光照着，沐浴在白桦林橘色的光雾间。潭的下口有管状的通道，直达地岩深处永恒的地火。轻微的热浪沿着地心处的岩壁传导上来，渗透到地上裸露的岩层，并形成光雾。蒸腾的雾气，让整个世界充满朦胧的感觉。当人用手合掌相拍，那双掌相击的声音碰到岩崖，会在一个小范围空间来回传递，并产生非常浑厚低沉的共鸣，激励着深潭底众多珍珠小气泡加快上浮。小珍珠快浮出水面时，是最令人惊叹的时刻，此时，所有环视的景色：山水、泉水，还有看上去很遥远处墓地的鲜花，都凝聚在这袖珍的小寰宇间，仿佛能让人完全触摸与掌握，一切如梦如幻。

朱氏营造厂已经毫无悬念地中标了。当参加无梁殿开工典礼的人流汇聚到了露台，山林的宁静就被打破了。典礼台约一米高，采用毛竹做支架，铺满好木板，上面再覆盖蓝色彩布。陈欣依然身穿青年装式样的职业装，他在台下距离葛慊师傅不远。厂长女儿朱丽身着红色的旗袍，显得十分耀眼，她站在临时搭建的典礼台上。

天空湛蓝，开工剪彩仪式就要开始。朱丽面带微笑，那齐耳的短发在晨风中飘逸。

朱丽手持雪白的纸片，一一念着要站在台上的领导，她念道："下面有请朱健，朱厂长上台！"此时，陈欣暗自佩服朱丽主持的艺术，明确姓名，也不失尊敬。接下来是请与陈欣一同进华碧泉洗浴的钦差大臣，当朱丽微笑着念："有请林坯，林总工上台！"陈欣在台下胸口怦怦乱跳，他想：营造厂所有职员都快上台了，马上就要轮到自己了。他腿脚又紧张、又激动而且有些发软。

陈欣想：就要登上能一呼百应的舞台了，也许，每个站在讲台上的人，都要对下面的穿短衫布衣的劳工讲上一句呢。朱厂长是很会演讲的，假如让我陈欣来讲讲什么呢？陈欣知道，当时大家在公共场合都谈三民主义，但真正信仰和实践的人不多，而背叛孙先生积极准备内战的人倒是有。每个民众都有自己的想法，可大家聚在一起共事，总要有个共同的目标去凝固意识吧，否则营造厂这小社会不就乱套了？等上了台就喊上一句口号：民生！

长长的红绸子在另外两个和朱丽一样穿着红旗袍的女孩子手中拉开。当金色的剪刀在朱厂长与大臣手中开剪，陈欣依旧站在典礼台下，他成了唯一身穿管理职业装，还站在台下的人。

事后，陈欣觉得，他上台的幻想是多么可笑的。就在朱丽上台主持开工典礼剪彩前，朱丽单独找过陈欣，他俩在水潭旁一棵很粗也很高的白桦树下。那白桦树淡青色的皮露出深处的浅白色，像人皮肤被滚开的水烫过才有的花纹。朱丽的脸被红旗袍映衬着，又上了很浓的胭脂红，她的眼角留有一丝泪痕，她问陈欣："和卫家说了吗？"

陈欣当时脑子就"嗡"了一下，就清楚了。已经没什么隐瞒，也没什么后退了，他的事，朱家全知道了。

无梁殿开工剪彩快结束时，忽然，台下站的短褂布衣人群发生一阵小的骚乱。人们躁动，并渐渐让开一条通道，这通道好像很深、很远，直对着临时典礼台。陈欣是站在人群的最前排，他转身朝人墙构成的通道顶里面望去，看见两个布衣小工人拉出了红横幅，上面用白底字写着：

发我薪水！葛慊也歪咧着嘴，一反与朱厂长嘴上沾亲带故的常态，通红的眼睛鼓起，左手握成拳，不断地向上挺举，嘴喷着口水，那口腔中却一点酒气也没有，他和其他劳工喊："发我薪水！"的口号。陈欣这才知道，劳工有好些天没有领薪水了。陈欣穿着职员装，也好些天没领薪水，他困惑的是：不知道自己是按月还是按天领薪水。但他忽然想到，在自己刚进厂第一天的月夜，他背着在汇镇保卫战牺牲的兄弟，把兄弟装殓入棺，葬入西山的密林中，那情景历历在目。陈欣忽然愤愤脱了自己的职业管理装，他看着葛慊溢着口水的嘴唇道："师傅，这两件事不能扯在一块，并作为要挟的理由，修路那也许是为国军开路运枪炮用，但这无梁殿是用来纪念我兄弟陈抗，还有好多英烈魂灵用的。我们就是要饭，也要把无梁殿建好，让抗战英烈之灵安息啊！冶

当着葛慊和其他劳工的面，陈欣脱了营造厂职员装。劳工们虽然不知道陈欣当时脱装的刹那间是怎么想的，但他们觉得，这个葬灵英雄如今算是丢了官职，并和他们劳工站在一起，并且异常兴奋。一个蘑菇头的小男孩跑了过来，他就是陈欣在金马车前搭救过的那个小男孩。男孩拉着陈欣的手说："叔叔，带着我吧！"陈欣忽然感觉到身体很沉，他没想到，自己一下像变成这营造厂劳工的代言人似的。

宁城来的大臣准备动身了，他要坐营造厂金马车去码头，朱丽也要跟他一齐上马车了。陈欣看到这一幕有些不高兴了，他心里十分清楚：是朱厂长克扣粮草才闹出的事。修路用的可是军饷，朱厂长欠薪水算是克扣军饷，给上面知道了是要治罪的。但朱厂长还是聪明人，他对劳工说："兄弟们，现在时局吃紧，每天先给大家发一半的薪水，加快干吧！"

陈欣望着随大臣即将起程的朱丽，她的脸色完全没有早先在台上那样风光而美丽了，胭脂被泪水褪去，能看到她被大臣亲吻了一下。两人并排坐进车厢时，大臣还忍不住在她的丰胸上狠命地摸了一把，但她肯定没有快感。透过金马车的小木方窗，陈欣看见朱丽远远地瞥了自己一

眼，那眼神带着凄苦和宿怨。陈欣一下揪心地疼痛起来，让他不清楚的是：自己既然决意和卫萍厮守终生，却对另一个不能爱的女人有撕心裂肺的感觉。他叩问苍天，是否每个男性都是多情的种！

朱丽这次真嫁给大臣了，是到宁城给大臣做第三房姨太太。也就在这件事发生的第二天，陈欣接到卫萍已经怀孕的消息。

无梁殿施工最艰难的就是从山脚把青砖运到半山坡的露台。营造厂只有十来个民工承担搬运，开始民工用竹篓硬背着小青砖上山。那天和煦的太阳被青云笼罩，入秋时节，空中水汽凝结在青草叶上。枝叶如同搬运青砖的民工，在风中吃力地摇摆。浸着水渍的花岗岩台阶，透出彩色的花纹。人背着沉重的竹篓一层一层拾阶而上，猛然抬头，石梯就像要通到天空的青云之中，上山的路好像一辈子也走不完。

陈欣也同营造厂的几个民工一齐背篓上山，开始整个运输队伍还算整齐，但慢慢地随着岁数、体力的区别距离便拉开了。稍快的人把料运至露台后已经下山，而步履慢的人才刚刚背篓登山，陈欣没有参加记工分的事情，这样他觉得非常安心。他看到在搬运工中还有一对已经六十的老夫妇，蘑菇头小男孩很高兴地随着跑前跑后，嘴里喊着姨爷爷姨奶奶，孩子觉得上上下下很有意思的。陈欣不知道自己为什么没和葛师傅这样的壮年走在一起，却与落伍的老人同行。他的腿脚上山下山，都感觉到发软发抖。他记得自己的父亲在梨园池塘边挑水，有一阵子也感到腿脚发软，然后犯了病。

细雨从空中飘落。远处的天际，时而乌云滚动，时而开出耀眼的天光。细雨打在花岗岩的石阶，脚下湿润而光滑。

"老人家，当心呀！"陈欣对着一步一停吃力下山的老夫妻叮嘱着，然后问，"老人家什么时候进营造厂的？这么大岁数还在做？"

陈欣问后才知道，这两个老夫妻并不是营造厂的员工。

当陈欣缓步超过这两个老夫妻和他们收养的蘑菇头小男孩时，忽然，陈欣听到身后发出沉闷的声音，他惊回头，看到大妈已经跌倒在台阶上，整个身体正朝坡道下方滑移。雨水把她的头和身子全部裹住，额头渗出鲜红的血。陈欣顺势倒下，用身体挡住了老人正在滚动下滑的躯干。老妇人被周围的几个民工用很大劲儿才挽起来，她颤颤巍巍在风雨中被人扶立着。大伯这时急得直跺脚，道："叫你别上山，你却偏要来！"

淡淡的血随着飘落的细雨还在大妈额头上渗透，这时，大妈用很轻但很坚强的声音道："我的儿子就在这山上呀，他是为抗战而死的。我怎能不来呢！"

受伤的大妈是被人抬下山的。那天，汇镇的一些老弱病残都来了，他们连续几天，从山下沿着花岗岩的石阶，组成两排传递砖石的纽带，把施工所需的砖瓦硬是手手接力相传，输送到山间露台。人站在山脚抬头望去，传砖石的队伍就像两根青线织成的云梯，一直通向云雾缭绕的山腰。

（二十五）

无梁殿砖瓦传递是汇镇镇民自发的活动，但奇怪的是无论是营造厂，还是镇上都在努力寻找事件的组织者，他们是通过思索得到的结论：陈欣是活动的召集人。因为事件的起因是陈欣搭救了抗战英烈的母亲，又正因这一行为感染了镇民，才产生了如同生命火炬传递那样的壮观场景。陈欣依旧在西山半山腰的露台工地，给砌筑大殿的工人打杂，一会儿搬运砂浆，一会儿帮瓦工师傅拎水，小蘑菇头男孩喜欢跟在他后面。葛慊师傅站在新砌好的楼顶上，很有成就感地与在楼底的陈欣等人打着招呼，师傅嘴角边已清清爽爽。这时，无论朱厂长，还是林坯看见陈欣，不像以前总是有一种利用之意，而是真正有了敬重之感了，竟还有小镇保卫战的幸存者向他举手敬礼。

有时，陈欣站在清晨很好的日光下，太阳忽然从一组高矗的石柱间跳跃升起。人还能见到一小丛草叶，它在橘黄色的天空下迎着晨风摇曳。陈欣忽然发现自己淡黑色的影子斜映在露台，他由此想见小光影在眼鼻处都存在着，如果没有这些影子，旁人就根本无法看见自己。他开始惊叹无梁殿的设计者：殿堂完全没有梁柱，每一块砖都咬合得非常完美，特别是在圆拱处，它们群体支撑着挡风避雨的巨大屋脊。

也有很困难的时候，在无梁殿砌筑墙体的日子，每到收工的时候，都是在昔日完全看不见的时辰。水潭边临时搭起了炉灶，篝火在大铁锅上燃烧，而时常那锅里的水在空荡沸腾，中午就应该从宁城转运到工地的大米经常未能运到。见此情此景，陈欣每次都回到家，取了银票到镇上的米店先提一些新米。一个老妇的声音总在房里喊着，不能败掉卫家啊！陈欣想解释，想说明。卫萍总缓步迎上来，她好像什么都知道似的，她对母亲，也对陈欣说："拿去吧，那无梁殿是咱爸生前的设计，你也是在为咱爸的工程而做，那也是圆他的一个梦。"

当无梁殿最后一块瓦当上墙的时候，又同时发生了两件大事：一件是陈欣老婆卫萍难产；一件是秦河北岸发出轰隆隆解放的炮声。

汇镇的人们本以为，无梁殿的落成，是要准备重大的庆典仪式，营造厂朱厂长还有县府都有这个打算的，也许宁城还会派大臣来。陈欣想：那朱丽也许会回到家乡来看看。她与卫萍俩能相认相聚的，姐妹之间也没有猜疑。陈欣自己超脱到另一境界：博爱，爱许多与自身有相同命运的人，当然包括朱丽。

秦河北岸的滩涂有无数过江的船只在等待，等待黎明的炮火。信号弹不时划过夜空，解放军正向南推进。朱厂长、林坯还有远在宁城的大臣都准备去往海峡的对面。参加建造无梁殿的民众自发聚集，形成了这次无梁殿的竣工仪式。陈欣和工友们先进入巨大的圆形拱门。整个殿堂恢宏，阳光能从五个大拱门映照进来，青砖上有刻着许多姓名的楷体字，陈欣终于发现他干哥哥陈抗的名字。他轻轻用手抚摩着这个名字，就像那天月夜用手抚摩哥哥已经闭上的眼睛一样。葛慊师傅，还有已经脱了囚服的郝加也夹在人群中。

庆典的台子并不很大，是利用了一块天然的花岗岩板。台子两旁百年的雪松傲然屹立，承受着早晨太阳的光辉。无数鲜红的绸缎挂在绿色的松枝上，在微风中摇曳。让陈欣想不到的是，这天他竟成了小镇的公众人物，镇民都觉得是他最终成功组织了无梁殿的建造。连夜就要坐军舰南下的林坯曾赶过来挽留他道："朱厂长觉得你是一个很好的施工管理人才呀，和我们一起渡海吧！那儿也有好多工程的，但有句话想问你，你有什么窍门？"

陈欣忽然想起林坯在自己老丈人家里也曾问过这话，陈欣的回答是真诚的："我没有读过书，但我小时候在梨园经常听评书，也许，这就是全部吧。我不会像早年我奕哥与蓝妹一样，离开汇镇的。"林坯觉得陈欣的话也等于没说了。奕哥与蓝妹？林坯知道的，他们在离别小镇时竟成了公众人物呢，而现在大家几乎忘记了。这小镇的公众人物都是暂时的。林坯望望陈欣想："不走？不和我们一起干？那随你了。"

上台前，陈欣想到卫萍，她一定头缠着蓝布，手紧紧抓住床单，但她一定是想捏住自己的手呀！陈欣既焦虑又紧张，他是急于想回卫家看看临产的妻子，可他却被一些自己并不认识的人推上台。

陈欣站在这略高于众人的庆典台，抬头能看到已经时至傍晚的云霞。云霞像红色的雨花石，镶在白桦林树冠上，并慢慢融化向南，北两极壮丽地铺展。而当陈欣眼睛转为平视时，却看见有许多头发，犹如深色的青云一般，一朵一朵连成无数，每一朵下面是两只如黑宝石一般的眼睛，并形成无数的关注。陈欣只是和乡民们一起在工地吃住。当工地缺粮时，他只是从家里拿了善款，去接济建造无梁殿的民工。如果不这样，他自己也没有吃的，也要饿死的，如此而已。但今天，面对乡民他真要说话了。本来应该是承揽项目的营造厂高层表态的，他们因为害怕北方轰隆隆的炮声，已经登上就要后撤到海峡对岸的军舰上了。陈欣站在别人看来是无限荣耀的典礼台上，小腿肚子却还是有些轻轻发颤，就如同征服苦难一样，他要坚强地立着，不愧为榜样地站立。

陈欣在头脑中慢慢回味，说什么呢？他知道自己曾有许多让人厌恶的地方：醉酒、对女孩子朱丽极不礼貌等不能宽容的举止，甚至还有嫌弃结发妻子的念头，他有些痛恨自己。但是作为男人，陈欣要面对台下无数的乡民、背靠西山上的祖先和英烈的亡灵，他只能把立体的人格加以修剪，把心灵被阳光照耀的崇高展现给乡民，对那心理阴影的部分表示沉默。他苦于这样做，但他有表现的冲动，他想向乡民们展示自己全部内心活动，明与暗的全部。

陈欣看看台下壮观的场合，想：也只能按部分的展示去做了。最后，让陈欣有勇气在众乡亲面前说出话来的，是童年他在梨园听评书时的一些记忆。陈欣忽然觉得，他对乡民讲的应该是自己心境的阳光部分，再掺杂一下说评书的形式。他开始演讲了，并获得成功。

于是，他听到了台下热烈的掌声，他脸红了。只是在红色晚霞的衬托下，那红着的脸已经不那么惹人注意罢了。

当庆典结束曲终人散的时候，陈欣感觉自己是一个人下山的。长长的石阶，他慢慢地走。忽然，在最后一抹晚霞中，有一支丧葬队伍拾阶而上，能看到铜唢呐在斜阳中闪着光，但却听不到声音。面对下山的那一段路，陈欣可是小跑着回家的，但他一路却总是被石板间小缝隙绊倒，是家族遗传病的魔咒来了吗？在卫家的大门口，接生的老婆婆上前拦住了陈欣，不让他进门看生产困难的妻子。

"你是男人！"接生婆说。

但陈欣在门口喊道："我是她的丈夫，未来孩子的父亲呀！"接生的好像没听见，依然轻轻关上卫家的大门。

陈欣后来看到一块白布盖着可移动的床，朝西山的墓地去了。悲痛欲绝的丈母娘跟在可移动床的后面，她临离开卫家的大门时，望着女婿因救济建造无梁殿的民工，而导致家徒四壁的空房子。丈母娘忽然想起什么，自语道："厅堂上的画呢？"没等陈欣回答，她自语道，"是地震那天用去镇妖精了。"

陈欣要上前帮助推那可移动的床，丈母娘说："谢谢了，这是卫家的事。"然后，用很大力气掰开陈欣扶在那床上的手。

陈欣只好虚拟状地扶着永远都在他心中的床，慢慢向西山上移动。许多许多天，他感到没有日升日落，也没有星月当空，那一整天就都是傍晚。晚云呈现绛红色，如血一样布满天空，宁静而壮丽。他推着移动的床，踏上通向山顶的台阶。周围有圆形的石柱、清澈的水潭，还有白桦林。深秋，白桦树金色的叶子渐渐飘落。最终，那雪白的床穿过无梁殿。

仰目而视，在那永不落的晚霞中，陈欣想起那曾经帮他挖过墓穴的老人，他为什么没有出现？掐指算算，他已经百岁了。陈欣头脑闪过一个念头，自己就做个守墓人吧！这时北方的天空划过一串色彩斑斓的信号弹，然后，轰隆隆解放的炮声在头顶如雷霆一样，他想：旧时代过去，新生活来了，应该唱唱别的歌了！

就在第二天清晨，解放军已经进驻汇镇。部队是半夜进驻的，当镇民们打开房门，发现军人们抱着枪，就躺在露天做稍微的休整。太阳出来的时候，小镇上喜庆的鞭炮在空中闪着灿烂的火花，欢迎的锣鼓震天。陈欣已紧跟在解放军队伍的后面。

六十年后

汇镇有两个长寿的归乡人：一个是蓝妹，一个是欣弟。在小镇解放六十年后（2009），九月三日的那天，而此时蓝妹已经百岁，欣弟也九十二了。他们在当地抗战胜利纪念活动中，被人用轮椅推着上了无梁殿。自无梁殿建成后，只要是为汇镇做出牺牲的战士的名字都镌刻在墙碑上，包括后来在解放战争中牺牲的烈士；还有凡是汇镇人，不管在哪儿为国捐躯，英名也被人们镌刻在墙碑上，这里面还包括陈奕哥。

这汇镇无梁殿的选址，是当时的人所没有想到的。当战士放枪庆典时，只要放一枪，就都能听到一阵阵回响，好像这无梁殿高地周围还有巨大群山环抱似的，这回声悠荡，能持续很久。但这种奇妙的地理现象，至今没有一家地质科学研究所能解密。

那天，两个老人被人推上无梁殿的平台，许多中青年都前来介绍自己，表达对跨世纪老人的仰慕，但老人转身就忘记了众多来人的名字。他们被人推着竟然面面相觑。蓝妹嚅动嘴唇喊："奕哥！"她自己听如响铃，但旁人却不清楚她喊谁。而欣弟视力模糊，面对蓝妹，他有疑问："是朱丽？还是卫萍？"

但这些都不重要了。重要的是，这一刻他们内心深处，从来没有像这样清晰地看到和感受到汇镇的历史，自己从旧时脱骨换髓，并最终成为新生活的开拓人。

以上撰文，现已作为汇县县志的补充材料列入档案，供人研究。

附：网络点评部分作品

秋风矢

小说语言成熟，富有生活实感。真实的生活体验。欣赏。

书绿梨

这一章的文字很细腻，引着人往下读，很棒。

您的细节处理得很棒，也很擅长环境场景描写，欣赏学习了……

娌婵

暮年守望，守得住对儿女的思念和引以为傲的心情，却守不到子女的陪伴。引人深思，无限心酸。

疯哥哥

虚幻和现实因为对母亲和故乡的思念模糊了界限，读着让人动容。情感浓郁得像蜜，像母爱那样甜。

虚实交替，感情一以贯之，文到情到，文完，情未完，欣赏学习。

婉昭晗影

用这样的手法表达对母亲的深情很好，读来虚实辉映，都是浓浓的情。

孤独小男孩：

叙述的角度非常好，给人耳目一新的感觉。亲情永远是世上最温暖的，一生的依靠就来自此！问候作者。

玄鉴2017：

情景交融，这样的结构，这样的手法来描写思乡思母之情。是真正的好文呢，很容易被带入进来，如在眼前的景象。